中国书籍文学馆 大师经典

萧红精品选

萧红◎著

中国书籍出版社
China Book Press

图书在版编目（CIP）数据

萧红精品选 / 萧红著 .—北京 : 中国书籍出版社，2014.3
（中国书籍文学馆 · 大师经典）
ISBN 978-7-5068-3906-8

Ⅰ . ①萧… Ⅱ . ①萧… Ⅲ . ①中国文学—现代文学—作品综合集 Ⅳ . ① I216.2

中国版本图书馆 CIP 数据核字（2013）第 306396 号

萧红精品选

萧红　著

图书策划　武　斌　崔付建
责任编辑　杨铠瑞
责任印制　孙马飞　张智勇
出版发行　中国书籍出版社
地　　址　北京市丰台区三路居路 97 号（邮编：100073）
电　　话　（010）52257143（总编室）（010）52257153（发行部）
电子邮箱　chinabp@vip.sina.com
经　　销　全国新华书店
印　　刷　北京世纪雨田印刷有限公司
开　　本　710 毫米 ×960 毫米　1/16
字　　数　296 千字
印　　张　23
版　　次　2014 年 6 月第 1 版　　2016 年 1 月第 2 次印刷
书　　号　ISBN 978-7-5068-3906-8
定　　价　39.80 元

出版前言

我国现代文学是指用现代文学语言与文学形式，表达现代中国人思想、情感、心理的文学。是在20世纪初“五四”新文化运动的影响下，广泛接受外国文学影响而形成的新兴文学。其不仅用现代语言表现现代科学民主思想，而且在艺术形式和表现手法上都对传统文学进行了革新，建立了新的文学体裁，在叙述角度、抒情方式、描写手段以及结构组成等方面，都有新的创造。

我国现代文学的主流是人民的文学，集中表现为大大加强了文学与人民群众的结合，文学与进步社会思潮及民族解放、革命运动的自觉联系，构成了我国现代文学的基本历史特点与传统。此时的文学，以表现普通人民生活、改造民族性格和社会人生为根本任务。

在创作实践上，我国现代文学中出现了从未有过的彻底反封建的新主题和新人物，普通农民与下层人民，以及具有民主倾向的新式知识分子，成为了文学主人公，充分展示了批判封建旧道德、旧传统、旧制度以及表现下层人民不幸、改造国民性与争取个性解放等全新主题。也是通过这些内涵和元素，现代文学对推动历史进步起到了独特作用。

我们已经跨入21世纪，今天的历史状况和时代主题与现代文学的成长背景存在巨大差异，但文学表现人物、反映社会、推动进步的主旨并没有改变，在此背景下，我们非常有必要重温现代文学的经验，吸取其有益的因素，开创我们新世纪的文学春天。我们编选《中国书籍文学馆·大师经典》丛书，精选鲁迅、郁达夫、闻一多、徐志摩、朱自清、萧红、夏丏尊、邹韬奋、鲁彦、梁遇春、戴望舒、郑振铎、庐隐、许地山、石评梅、李叔同、朱湘、林徽因、苏曼殊、章衣萍等我国现代著名作家的文学作品，正是为了向今天的读者展示现代文学的成就，让当代文学在与现代文学的对话中开拓创新，生机盎然。因为这些著名作家都是我国现代文学的开拓者和各种文学形式的集大成者，他们的作品来源于他们生活的时代，包含了作家本人对社会、生活的体验与思考，影响着社会的发展进程，具有永恒的魅力。

中国书籍出版社

2014 年 1 月

作者简介

萧红（1911 ~ 1942）原名张乃莹，笔名萧红，悄吟，出生于黑龙江省呼兰县。著名女作家，在我国现代文学史上很具影响力。

萧红读中学时，接触到“五四”以来的进步思想和中外文学，尤其受到著名作家鲁迅、茅盾和美国作家辛克莱作品的影响。

在萧红上小学期间，由父亲包办把她许配了人家，她因反抗包办婚姻，1930 年离家出走。1932 年，她与青年作家萧军相识并相爱，在萧军的影响下，她开始为报刊写稿。1933 年 4 月，萧红以“悄吟”为笔名，发表了第一篇小说《弃儿》。这篇小说发表以后，萧红便以“悄吟”作笔名陆续发表了《看风筝》、《腿上的绷带》、《太太与西瓜》、《小黑狗》、《中秋节》等小说和散文，从此踏上了文学征程。

1934 年，她与萧军一起到达上海，与鲁迅交往十分密切。同年，萧红完成长篇小说《生死场》，第二年在鲁迅帮助下作为“奴隶丛书”之一出版，萧红由此取得了在现代文学史上的地位。鲁迅为之作序，并给予热情鼓励。

1936年，萧红只身东渡日本养病，这时期她出版了散文集《商市街》、《桥》，短篇小说集《牛车上》等。抗日战争爆发后，萧红回国投入抗日救亡运动，后应著名民主人士李公朴之邀到山西临汾，在民族革命大学任教。她随同西北战地服务团辗转各地，写有短篇小说集《旷野的呼唤》，散文集《回忆鲁迅先生》和《萧红散文》。

1940 年，萧红去香港，1942 年，因病在港病逝。她在港期间，创作了回忆性长篇小说《呼兰河传》，以及一系列回忆故乡的中短篇小说。《呼兰河传》被香港“亚洲文坛”评为20世纪中文小说百强第九位。

萧红的代表作《生死场》和《呼兰河传》，以及许多作品，都取材于家乡，以其敏锐纤细的艺术感受力，朴实细腻的笔调，写出了当时东北乡村小镇的闭塞与荒凉，塑造的人物鲜活可爱，风格明丽凄婉，弥漫着忧郁和感伤气息，是诗化小说的精品。

在我国现代小说史上，从《生死场》到《呼兰河传》孕育并造就了一种萧红式的独特小说文体。这种小说文体的发展道路就是“中国现代小说的散文化”。其意义在于“从一个方面实现了文学史的衔接、承续，在审美意识上沟通了现代文学与传统文学”，对后来文学发展产生了深远影响。

目录

小说

散文

文学馆

小说

萧红精品选

看风筝

一

拖着鞋，头上没有帽子，鼻涕在胡须上结起网罗似的冰条来，纵横地网罗着胡须。在夜间，在冰雪闪着光芒的时候，老人依着街头电线杆，他的黑色影子缠住电杆。他在想着这样的事：

“穷人活着没有用，不如死了！”

老人的女儿三天前死了，死在工厂里。

老人希望得几个赡养费，他奔波了三天了！拖着鞋奔波，夜间也是奔波；他到工厂，从工厂又要到工厂主家去。他三天没有吃饭，实在不能再走了。他觉得冷，因为他整个的灵魂在缠住他的女儿，已死了的女儿。

半夜了，老人才一步一挨地把自己运到家门，这是一件多么不容易的事：胡须颤抖，他走起路来谁看着都要联想起被大风吹摇就要坍塌的土墙，或是房屋，眼望砖瓦四下分离地游动起来。老人在冰天雪地里，在夜间没人走的道路上筛着他的胡须，筛着全身在游离的筋肉。他走着，他的灵魂也像解了体的房屋一样，一面在走，一面坍落。

老人自己把身子再运到炕上，然后他喘着牛马似的呼吸，全身的肉体坍落尽了，为了他的女儿而坍落尽的，因为在他女儿的背后埋着这样的事：

“女儿死了，自己不能做工，赡养费没有，儿子出外三年不见回来。”

老人哭了！他想着他的女儿哭，但哭的却不是他的女儿，是哭着他女儿死了以后的事。

屋子里没有灯光，黑暗是一个大轮廓，没有线条，也没有颜色的大轮廓。老人的眼泪在他有皱纹的脸上爬，横顺地在黑暗里爬；他的眼泪变成了无数的爬虫了，个个从老人的内心出发。

外面的风的嚎叫，夹着冬天枯树的声音。风卷起地上的积雪，扑向窗纸打来，唰唰的响。

二

刘成在他父亲给人做雇农的时候，他在中学里读过书，不到毕业他就混进某个团体了。他到农村去过。不知他潜伏着什么作用，他也曾进过工厂。后来他没有踪影了，三年没有踪影。关于他妹妹的死，他不知道；关于他父亲的流浪，他不知道；同时他父亲也不知道他的流浪。

刘成下狱的第三个年头被释放出来，他依然是一个没有感情的人，他的脸色还是和从前一样：冷静、沉着。他内心从没有念及他父亲一次过。不是没念及，因为他有无数的父亲，一切受难者的父亲他都当作他的父亲，他一想到这些父亲，只有走向一条路，一条根本的路。

他明白他自己的感情，他有一个定义：热情一到用得着的时候，就非冷静不可，所以冷静是有用的热情。

这是他被释放的第三天了。看起来只是额际的皱纹算是入狱的痕迹，别的没有两样。当他在农村和农民们谈话的时候，比从前似乎更有力，更坚决，他的手高举起来又落下去，这大概是表示压榨的意思；也有时把手从低处用着猛力抬到高处，这大概是表示不受压迫的意思。

每个字从他的嘴里跳出来，就和石子一样坚实并且钢硬，这石子也一个一个投进农民的脑袋里，也是永久不化的石子。

坐在马棚旁边开着衣钮的老农妇，她发出从没有这样愉快的笑，她触了他的男人李福一下，用着例外的声音边说边笑：

“我做了一辈子牛马，哈哈！那时候可该做人了，我做牛马做够了！”

老农妇在说末尾这句话时，也许她是想起了生在农村最痛苦的事。她顿时脸色都跟着不笑了，冷落下去。

别的人都大笑一阵，带着奚落的意思大笑，妇人们借着机会似的向老农妇奚落去：

“老婆婆从来是规矩的，笑话我们年轻多嘴，老婆婆这是为了什么呢？”

过了一段时间，安静下去。刘成还是把手一举一落地说下去，马在马棚里吃草的声音，夹杂着鼻子声在响，其余都在安静里浸沉着。只有刘成的谈话，沉重的字眼连绵地从他齿间往外挤。不知什么话把农民们击打着了，男人们在抹眼睛，女人们却响着鼻子，和在马棚里吃草的马一样。

人们散去了，院子里的蚊虫四下地飞，结团地飞，天空有圆圆的月，这是一个夏天的夜，这是刘成出狱三天在乡村的第一夜。

三

刘成当夜是住在农妇王大婶的家里。王大婶的男人和刘成谈着话，桌上的油灯暗得昏黄，坐在炕沿他们说着，不绝地在说，直到王大婶的男人说出这样的话来，最后才停止：

"啊！刘成这个名字，东村住着的孤独老人，常提到这个名字，你可认识他吗？"

刘成他不回答，也不问下去，只是眼光和不会转弯的箭一样，对准什么东西似的在放射，在一分钟内他的脸色变了又变！

王大婶抱着孩子，在考察刘成的脸色，她在下断语：

"一定是他爹爹，我听老人坐在树荫常提到这个名字，并且每当他提到的时候，他是伤着心。"

王大婶男人的袖子在摇振，院心蚊虫群给他冲散了。圆月在天空随着他跑。他跑向一家房脊弯曲的草房去，在没有纸的窗棂上敲打，急剧地敲打。睡在月光里整个东村的夜被他惊醒了，睡在篱笆下的狗和鸡雀在吵叫。

老人睡在土炕的一端，自己的帽子包着破鞋当作枕头，身下铺着的是一条麻袋。满炕是干稻草，这就是老人的财产，其余什么都不属于他的。他照顾自己，保护自己。月光映满了窗棂，人的枕头上，胡须上……

睡在土炕的另一端也是一个老人，他俩是同一阶级。因为他也是枕着破鞋睡，他们在朦胧的月影中，直和两捆干草或是两个粪堆一样。他们睡着，在梦中他们的灵魂是彼此地看守着。窗棂上残破的窗纸在作响。

其中的一个老人的神经被敲打醒了。他坐起来，抖擞着他满身的月光，抖擞着满身的窗棂格影。他不睁眼睛，把胡须抬得高高地盲目地问：

“什么勾当？”

“刘成不是你的儿吗？他今夜住在我家。”老人听了这话，他的胡须在蹀躞。三年前离家的儿子，在眼前飞转。他心里生了无数的蝴蝶，白色的，翻着金色闪着光的翅膀在空中飘飞着。此刻，凡是在他耳边的空气，都变成大的小的音波，他能看见这音波，又能听见这音波，平日不会动的村庄和草堆，现在都在活动。沿着旁边的大树，他在梦中走着，向着王大婶的家里，向着他儿子的方向走。老人像一个要会见妈妈的小孩子一样，被一种感情追逐在大路上跑，但他不是孩子。他蹀躞着胡须，他的腿笨重，他有满脸的皱纹。

老人又联想到女儿死的事情，工厂怎样地不给抚恤金，他怎样地飘流到乡间，乡间更艰苦，他想到饿和冻的滋味。他需要躺在他妈妈怀里哭诉。可是他是去会见儿子。

老人像拾得意外的东西，珍珠似的东西，一种极度地欢欣使他恐惧。他体验着惊险，走在去会见他儿子的路上。

王大婶的男人在老人旁边走，看着自家的短墙处有个人的影像，模糊不清。走近一点，只见那里有人在摆手。再走近点，知道是王大婶在那里摆手。

老人追着他希望的梦，抬起他兴奋的腿，一心要去会见儿子；其余的什么，他都不能觉察。王大婶的男人跑了几步，王大婶对他皱竖着眼眉，低声慌张地说：

“那个人走了，抢着走了！”

老人还是追着他的梦向前走，向王大婶的篱笆走，老人带着一颗充血的心来会见他的儿子。

四

刘成抢着走了。还不待他父亲走来，他先跑了，他父亲充了血的心给他摔碎了！他是一个野兽，是一条狼，一条没有心肠的狼。

刘成不管父亲，他怕他父亲，为的是把整个的心，整个的身体献给众人。他没有家，什么也没有。他为着农民、工人，为着这样的阶级而下过狱。

五

半年过后，大领袖被捕的消息传来了。也就是刘成被捕的消息传来了，乡间也传来了。那是一个初春正月的早晨，乡村里的土场上，小孩子们群集着，天空里飘起颜色鲜明的风筝来，三个，五个，近处飘着大的风筝，远处飘着小的风筝，孩子们在拍手，在笑。老人——刘成的父亲也在土场上依着拐杖同孩子们看风筝。就是这个时候消息传来了。

刘成被捕的消息传到老人的耳边了……

一九三三年六月九日

（首发于1933年6月30日《哈尔滨公报》副刊《公田》）

两个青蛙

一

楼上的声音从窗洞飘落下来了。

“让我们都来看吧，秦铮又回来了，又是同平野一道……”

秋雨过后，天色变作深蓝，静悄的那边就是校园的林丛。校园像幅画似的，绘着小堆小堆的黄花；地平线以上，是些散散乱乱的枝柯，在晚风里取暖；拥挤着的树叶上，跳跃着金光。

秦铮提篮里的青蛙，跳到地面，平野在阳光里笑着，惊惧的肩头缩动着，把青蛙装进篮里。

裙襟被折卷一下，秦铮坐在水池旁愉快着，她的眼睛向平野羞涩地笑，别离使她羞涩了。

平野和她的肩头相依，但只是坐着，他躲避着热情似地坐着。一种初会的喜悦常常是变做悲哀的箭，连贯地穿了两个心头，水珠在树叶上闪起金光滚动着，风来了，水珠落了。也和水珠一样，秦铮的眼泪落了，落到平野的衣襟上、手上、唇上，这情人的泪，水银似的在平野的灵魂里滚转。

平野觉得自己的生命这算是第一次有意义。

“不要哭啊，小妹妹……”

楼上的声音响震着玻璃窗时，秦铮扭动她的肩头，但不看上去，她知道这又是她的妹妹秦华在作怪。

提篮里的青蛙要去寻水，粗糙地呼吸着。

秦铮从来爱玩小孩子的事，从乡间回来特地带回两个青蛙，现在青蛙是放在水池里了。

晚天染着紫色红色的颜料，各自划分着，划分得不清晰了，越加模糊下去。

“这次我到乡下去，受罪极了，猩红热，虎列拉，……各样的传染病都有。只有传染病，没有医生，患病者只有死。——在这样的世界上，我也真希望死了。因为你，我死的希望破碎了。你不是常说吗？想要死的人，那是自私，或是个人主义的变态。”

平野吻了她手一下，并且问：

“那里工作怎样？”

平野又像恢复了自己似的，人像又涌上他的心来，他不再觉得自己是在喊口号了。他们的声音低下来，暗下来，和苍茫的暮色一样，苍茫下去。

南楼宿舍睡在夜里了，北楼也睡在夜里，久别的情绪苍白着，不可顿挫地强硬起来，纠缠起来。

踱荡着他们的热情似的，穿着林丛踱荡，踏着月光踱荡，秦铮是愉快着，讲了一些流水似的话，别离不再压紧她了。她轻松在跳着舞步，可是平野的心情正相反，他徘徊着，他作窘，平野为了她的青春所激动。

关于这个，秦铮是忽略了，她永不知道她的青春可能激动了别人，在一个少女这是一件平常的事。

平野引她到树丛的深处，他颤栗地走着，激动地走着，同时秦铮也不会觉察这个。两个影子，深藏在树丛里了。

南楼的影子倒在水池里，太空镶着无数的星座，秋夜静得和水晶似的透明。

从树丛颤巍着那里走出来了，秦铮的头发毛散了，衣裙不整齐了，怕羞的背影走上楼梯去。

平野站在月光中的池旁，目送她。每次他送秦铮回宿舍时，她都是倒踏着梯级向他微笑着，缓缓地走进去。现在，秦铮没有回头，她为新的体验淹没了。

平野的心思平静下来，满足同时而倦怠地转向北楼去。

青蛙叫了，要吵破这个秘密似地叫了。

二

这是一个回忆，完全是一个梦中的回忆。

平野醒转来了，铁窗外石壁的顶端，模糊着苍白的星座。深邃的院子，永恒的刮着阴惨的风，住在这里的人，有的是单身房，有的是群居，有的在等候宣告死刑，也有些是在挨混刑期。

等候大刑的人，他们终夜不能睡着，他们吼叫出不是人的声音来，但是他们腿上的铁锁和手上的木枷并不因为吼号而脱落，依然严紧地在枷锁着。五个人中的两个人是瘫落在墙角里，不喊叫也不挣脱，使你看到，你可以联想起那是两个年老的胡匪被死恐吓住了？但，他们不是，那两张面孔，并不苍白；手足安然的，并不颤索。

提着枪打着裹腿的人，整夜是在看守着这五个人，这是为了某种事体。提枪的人，总是不间断地在袖口间探望自己的手表，就像希望着天快亮起来似的。但，天亮起来又有什么事体要发生呢？这个事件，看守人和被看守人都像明白似的。被看守人嚎叫着，他们不能滚转，提枪的人在那里踱来踱去。

其中的一个向着那两个永不知嚎叫的人说：

“怎么你们的不是行抢，只为了几张碎纸在身上就……”

说话的被那个提着枪的绞断了话声，但是他现在一点都不知惧怕什么叫枪，他大骂了一阵，没有法治他。提枪的那个人仍然是走来走去，一面看他袖口间的表。

平野，他是个永久要住在这里的一个犯人，因为法律判断他是这样。

因为三年前的那天晚间，他同秦铮在校园里谈一些关于乡间和工作的事，第二天，秦铮的父亲处死刑了，第三天，秦铮被捕了。接着就是平野。

现在秦铮和平野是住在同一个铁包的院里，现在已三年了。放在水池里两个青蛙变作了一群小青蛙，在校园里仍是叫着。

在三年之中，他们总是追随三年前的旧梦，平野醒转来了。醒来他寻觅不见秦铮，他又闭起眼睛，窗子铁栏外，有不转动的白色的月轮，外面嚷着这样的声音，平野听到了：“又是五个：两个政治犯，三个强盗犯，被提出去。”过了一刻，车轮的声音轧过了，渐远了。

1933年8月6日

（署名悄吟，刊于1933年8月16日

长春《大同报》周刊《夜哨》第1期）

生死场

一、麦　场

一只山羊在大道边啮嚼榆树的根端。

城外一条长长的大道，被榆树荫打成荫片。走在大道中，像是走进一个动荡遮天的大伞。

山羊嘴嚼榆树皮，粘沫从山羊的胡子流延着。被刮起的这些粘沫，仿佛是胰子的泡沫，又像粗重浮游着的丝条；粘沫挂满羊腿。榆树显然是生了疮疖，榆树带着偌大的疤痕。山羊却睡在荫中，白囊一样的肚皮起起落落……

菜田里一个小孩慢慢地踱走。在草帽的盖伏下，像是一棵大形的菌类。捕蝴蝶吗？捉蚱虫吗？小孩在正午的太阳下。

很短时间以内，跌脚的农夫也出现在菜田里。一片白菜的颜色有些相近山羊的颜色。

毗连着菜田的南端生着青穗的高粱的林。小孩钻入高粱之群里，许多穗子被撞着，在头顶打坠下来。有时也打在脸上。叶子们交结着响，有时刺痛着皮肤。那里绿色的甜味的世界，显然凉爽一些。时间不久，小孩子争斗着又走出最末的那棵植物。立刻太阳烧着他的头发，机灵的他把帽子扣起来。高空的蓝天，遮覆住菜田上跳跃着的太阳，没有一块行云。一株柳条的短枝，小孩挟在腋下，走路时他的两腿膝盖远远的分开，两只脚尖向里勾着，勾得腿在抱着个盆样。跌脚的农夫早已看清是自己的孩子了，他远远地完全用喉音在问着："罗圈腿，唉呀！……不能找到？"

这个孩子的名字十分象征着他。他说："没有。"

菜田的边道，小小的地盘，绣着野菜。经过这条短道，前面就是二里半的房窝，他家门前种着一株杨树，杨树翻摆着自己的叶子。每日二里半走在杨树下，总是听一听杨树的叶子怎样响，看一看杨树的叶子怎样摆动；杨树每天这样……他也每天停脚。今天是他第一次破例，什么他都忘记，只见跌脚跌得更深了！每一步像在踏下一个坑去。

土屋周围，树条编做成墙，杨树一半荫影洒落到院中；麻面婆在荫影中洗濯衣裳。正午田圃间只留着寂静，惟有蝴蝶们为着花，远近的翩飞，不怕太阳烧毁它们的翅膀。一切都回藏起来，一只狗也寻着有荫的地方睡了！虫子们也回藏不鸣！

汗水在麻面婆的脸上，如珠如豆，渐渐侵着每个麻痕而下流。麻面婆不是一只蝴蝶，她生不出翅膀来，只有印就的麻痕。

两只蝴蝶飞戏着闪过麻面婆，她用湿的手把飞着的蝴蝶打下来，一个落到盆中溺死了！她的身子向前继续伏动，汗流到嘴了，她舐尝一点盐的味，汗流到眼睛的时候，那是非常辣，她急切用湿手揩拭一下，但仍不停的洗濯。她的眼睛好像哭过一样，揉擦出脏污可笑的圈子，若远看一点，那正合乎戏台上的丑角；眼睛大得那样可怕，比起牛的眼睛来更大，而且脸上也有不定的花纹。

土房的窗子，门，望去那和洞一样。麻面婆踏进门，她去找另一件要洗的衣服，可是在炕上，她抓到了日影，但是不能拿起，她知道她的眼睛是晕花了！好像在光明中忽然走进灭了灯的夜。她休息下来。感到非常凉爽。过了一会在席子下面她抽出一条自己的裤子。她用裤子抹着头上的汗，一面走回树荫放着盆的地方，她把裤子也浸进泥浆去。

裤子在盆中大概还没有洗完，可是挂到篱墙上了！也许已经洗完？麻面婆做事是一件跟紧一件，有必要时，她放下一件又去做别的。

邻屋的烟囱，浓烟冲出，被风吹散着，布满全院。烟迷着她的眼睛了！她知道家人要回来吃饭，慌张着心弦，她用泥浆浸过的手去墙角拿茅草，她贴了满手的茅草，就那样，她烧饭，她的手从来不用清水洗过。她家的烟囱也走着烟了。过了一会，她又出来取柴，茅草在手中，一半拖在地面，另一半在围裙下，她是摇拥着走。头发飘了满脸，那样，麻面婆是一只母熊了！母熊带着草类进洞。

浓烟遮住太阳，院中一霎幽暗，在空中烟和云似的。

篱墙上的衣裳在滴水滴，蒸着污浊的气。全个村庄在火中窒息。午间的太阳权威着一切了！

“他妈的，给人家偷着走了吧？”

二里半跌脚厉害的时候，都是把屁股向后面斜着，跌出一定的角度来。他去拍一拍山羊睡觉的草棚，可是羊在哪里？

“他妈的，谁偷了羊……混帐种子！”

麻面婆听着丈夫骂，她走出来凹着眼睛：“饭晚啦吗？看你不回来，我就洗些个衣裳。”

让麻面婆说话，就像让猪说话一样，也许她喉咙组织法和猪相同，她总是发着猪声。

“唉呀！羊丢啦！我骂你那个傻老婆干什么？”

听说羊丢了，她去扬翻柴堆，她记得有一次羊是钻过柴堆。但，那在冬天，羊为着取暖。她没有想一想，六月天气，只有和她一样傻的羊才要钻柴堆取暖。她翻着，她没有想。全头发洒着一些细草，她丈夫想止住她，问她什么理由，她始终不说。她为着要作出一点奇迹，为着从这奇迹，今后要人看重她，表明她不傻，表明她的智慧是在必要的时节出现，于是像狗在柴堆上耍得疲乏了！手在扒着发间的草秆，她坐下来。她意外的感到自己的聪明不够用，她意外的对自己失望。

过了一会，邻人们在太阳底下四面出发，四面寻羊；麻面婆的饭锅冒着气，但，她也跟在后面。

二里半走出家门不远，遇见罗圈腿，孩子说："爸爸，我饿！"

二里半说："回家去吃饭吧！"

可是二里半转身时老婆和一捆稻草似的跟在后面。

"你这老婆，来干什么？领他回家去吃饭。"

他说着不停地向前跌走。

黄色的，近黄色的麦地只留下短短的根苗。远看来麦地使人悲伤。在麦地尽端，井边什么人在汲水。二里半一只手遮在眉上，东西眺望，他忽然决定到那井的地方，在井沿看下去，什么也没有，用井上汲水的桶子向水底深深的探试，什么也没有。最后，绞上水桶，他伏身到井边喝水，水在喉中有声，像是马在喝。

老王婆在门前草场上休息。

"麦子打得怎么样啦？我的羊丢了！"

二里半青色的面孔为了丢羊更青色了！

"咩……咩……"羊叫？不是羊叫，寻羊的人叫。

林荫一排砖车经过，车夫们哗闹着。山羊的午睡醒转过来，它迷茫着用犄角在周身剔毛。为着树叶绿色的反映，山羊变成浅黄。卖瓜的人在道旁自己吃瓜。那一排砖车扬起浪般的灰尘，从林荫走上进城的大道。

山羊寂寞着，山羊完成了它的午睡，完成了它的树皮餐，而归家去了。山羊没有归家，它经过每棵高树，也听遍了每张叶子的刷鸣，山羊也要进城吗？它奔向进城的大道。

“咩……咩”羊叫？不是羊叫，寻羊的人叫。二里半比别人叫出来更大声，那不像是羊叫，像是一条牛了！

最后，二里半和地邻动打，那样，他的帽子，像断了线的风筝，飘摇着下降，从他头上飘摇到远处。

“你踏碎了俺的白菜！——你……你……”

那个红脸长人，像是魔王一样，二里半被打得眼睛晕花起来，他去抽拔身边的一棵小树；小树无由的被害了，那家的女人出来，送出一只搅酱缸的耙子，耙子滴着酱。

他看见耙子来了，拔着一棵小树跑回家去，草帽是那般孤独的丢在井边，草帽他不知戴过了多少年头。

二里半骂着妻子：“混蛋，谁吃你的焦饭！”

他的面孔和马脸一样长。麻面婆惊惶着，带着愚蠢的举动，她知道山羊一定没能寻到。

过了一会,她到饭盆那里哭了！“我的……羊,我一天一天喂,喂……大的，我抚摸着长起来的！”

麻面婆的性情不会抱怨。她一遇到不快时，或是丈夫骂了她，或是邻人与她拌嘴，就连小孩子们扰烦她时，她都是像一摊蜡消融下来。她的性情不好反抗，不好争斗，她的心像永远贮藏着悲哀似的，她的心永远像一块衰弱的白棉。她哭抽着，任意走到外面把晒干的衣裳搭进来，但她绝对没有心思注意到羊。

可是会旅行的山羊在草棚不断的搔痒，弄得板房的门扇快要掉落下来，门扇摔摆的响着。

下午了，二里半仍在炕上坐着。

“妈的，羊丢了就丢了吧！留着它不是好兆相。”

但是妻子不晓得养羊会有什么不好的兆相，她说：“哼！那么白白地丢了？我一会去找，我想一定在高粱地里。”

“你还去找？你别找啦！丢就丢了吧！”

“我能找到它呢！”

“唉呀，找羊会出别的事哩！”

他脑中回旋着挨打的时候：——草帽像断了线的风筝飘摇着下落，酱耙子滴着酱。快抓住小树，快抓住小树。……二里半心中翻着这不好的兆相。

他的妻子不知道这事。她朝向高粱地去了。蝴蝶和别的虫子热闹着，田地上有人工作了。她不和田上的妇女们搭话，经过留着根的麦地时，她像微点的爬虫在那里。阳光比正午钝了些，虫鸣渐多了，渐飞渐多了！

老王婆工作剩余的时间，尽是述说她无穷的命运。她的牙齿为着述说常常切得发响，那样她表示她的愤恨和潜怒。在星光下，她的脸纹绿了些，眼睛发青，她的眼睛是大的圆形。有时她讲到兴奋的话句，她发着嘎而没有曲折的直声。邻居的孩子们会说她是一头“猫头鹰”，她常常为着小孩子们说她“猫头鹰”而愤激：她想自己怎么会成个那样的怪物呢？像啐着一件什么东西似的，她开始吐痰。

孩子们的妈妈打了他们，孩子跑到一边去哭了！这时王婆她该终止她的讲说，她从窗洞爬进屋去过夜。但有时她并不注意孩子们哭，她不听见似地，她仍说着那一年麦子好，她多买了一条牛，牛又生了小牛，小牛后来又怎样，……她的讲话总是有起有落；关于一条牛，她能有无量的言词：牛是什么颜色，每天要吃多少水草，甚至要说到牛睡觉是怎样的姿势。

但是今夜院中一个讨厌的孩子也没有。王婆领着两个邻妇，坐在一条喂猪的槽子上，她们的故事便流水一般地在夜空里延展开。

天空一些云忙走，月亮陷进云围时，云和烟样，和煤山样，快要燃烧似地。再过一会，月亮埋进云山，四面听不见蛙鸣；只是萤虫闪闪着。

屋里，像是洞里，响起鼾声来，布遍了的声波旋走了满院。天边小的闪光不住的在闪合。王婆的故事对比着天空的云："……一个孩子三岁了，我把她摔死了，要小孩子我会成了个废物。……那天早晨……我想一想！……是早晨，我把她坐在草堆上，我去喂牛；草堆是在房后。等我想起孩子来，我跑去抱她，我看见草堆上没有孩子；我看见草堆下有铁犁的时候，我知道，这是恶兆，偏偏孩子跌在铁犁一起，我以为她还活着呀！等我抱起来的时候……啊呀！"

一条闪光裂开来，看得清王婆是一个兴奋的幽灵。全麦田，高粱地，菜圃，都在闪光下出现。妇人们被惶惑着，像是有什么冷的东西，扑向她们的脸去。闪光一过，王婆的话声又连续下去：

"……啊呀！……我把她丢到草堆上，血尽是向草堆上流呀！她的小手颤颤着，血在冒着气从鼻子流出，从嘴也流出，好像喉管被切断了。我听一听她的肚子还有响；那和一条小狗给车轮压死一样。我也亲眼看过小狗被车轮轧死，我什么都看过。这庄上的谁家养小孩，一遇到孩子不能养下来，我就去拿着钩子，也许用那个掘菜的刀子，把孩子从娘的肚里硬搅出来。孩子死，不算一回事，你们以为我会暴跳着哭吧？我会嚎叫吧？起先我心也觉得发颤，可是我一看见麦田在我眼前时，我一点都不后悔，我一滴眼泪都没淌下。以后麦子收成很好，麦子是我割倒的，在场上一粒一粒我把麦子拾起来，就是那年我整个秋天没有停脚，没讲闲话，像连口气也没得喘似的，冬天就来了！到冬天我和邻人比着麦粒，我的麦粒是那样大呀！到冬天我的背曲得有些厉害，在手里拿着大的麦粒。可是，邻人的孩子却长起来了！……到那时候，我好像忽然才想起我的小钟。”

王婆推一推邻妇，荡一荡头：“我的孩子小名叫小钟呀！……我接连着熬苦了几夜没能睡，什么麦啦？从那时起，我连麦粒也不怎样看重了！就是如今，我也不把什么看重。那时我才二十几岁。”

闪光相连起来，能言的幽灵默默坐在闪光中。邻妇互望着，感到有些寒冷。

狗在麦场张狂着咬过来，多云的夜什么也不能告诉人们。忽然一道闪光，看见黄狗卷着尾巴向二里半叫去，闪光一过，黄狗又回到麦堆，草茎折动出细微的声音。

“三哥不在家里？”

“他睡着哩！”王婆又回到她的默默中，她的答话像是从一个空瓶子或是从什么空的东西发出。猪槽上她一个人化石一般地留着。

“三哥！你又和三嫂闹嘴吗？你常常和她闹嘴，那会败坏了平安的日子的。”

二里半，能宽容妻子，以他的感觉去衡量别人。

赵三点起烟火来，他红色的脸笑了笑：“我没和谁闹嘴哩！”

二里半他从腰间解下烟袋，从容着说：“我的羊丢了！你不知道吧？它又走了回来。要替我说出买主去，这条羊留着不是什么好兆相。”

赵三用粗嗄的声音大笑，大手和红色脸在闪光中伸现出来。

“哈……哈，倒不错，听说你的帽子飞到井边团团转呢！”

忽然二里半又看见身边长着一棵小树，快抓住小树，快抓住小树。他幻想终了，他知道被打的消息是传布出来，他捻一捻烟火，辩解着说：“那家子不通人情，哪有丢了羊不许找的勾当？他硬说踏了他的白菜，你看，我不能和他动打。”

摇一摇头，受着辱一般的冷没下去，他吸烟管，切心地感到羊不是好兆相，羊会伤着自己的脸面。

来了一道闪光，大手的高大的赵三，从炕沿站起，用手掌擦着眼睛。他忽然响叫：“怕是要落雨吧！——坏啦！麦子还没打完，在场上堆着！”

赵三感到养牛和种地不足，必须到城里去发展。他每日进城，他渐渐不注意麦子，他梦想着另一桩有望的事业。

“那老婆，怎不去看麦子？麦子一定要给水冲走呢！”

赵三习惯的总以为她会坐在院心。闪光更来了！雷响，风声。一切翻动着黑夜的村庄。

“我在这里呀！到草棚拿席子来，把麦子盖起吧！”

喊声在有闪光的麦场响出，声音像碰着什么似的，好像在水上响出。王婆又震动着喉咙：“快些，没有用的，睡觉睡昏啦！你是摸不到门啦！”

赵三为着未来的大雨所恐吓，没有同她拌嘴。

高粱地像要倒折，地端的榆树吹啸起来，有点像金属的声音，为着闪的原故，全庄忽然裸现，忽然又沉埋下去。全庄像是海上浮着的泡沫。邻家和距离远一点的邻家有孩子的哭声，大人在嚷吵，什么酱缸没有盖啦！驱赶着鸡雏啦！种麦田的人家嚷着麦子还没有打完啦！农家好比鸡笼，向着鸡笼投下火去，鸡们会翻腾着。

黄狗在草堆开始做窝，用腿扒草，用嘴扯草。王婆一边颤动，一边手里拿着耙子。

“该死的，麦子今天就应该打完，你进城就不见回来，麦子算是可惜啦！”

二里半在电光中走近家门，有雨点打下来，在植物的叶子上稀疏的响着。雨点打在他的头上时，他摸一下头顶而没有了草帽。关于草帽，二里半一边走路一边怨恨山羊。

早晨了，雨还没有落下。东边一道长虹悬起来，感到湿的气味的云掠过人头，东边高粱头上，太阳走在云后，那过于艳明，像红色的水晶，像红色的梦。远看高粱和小树林一般森严着；村家在早晨趁着气候的凉爽，各自在田间忙。

赵三门前，麦场上小孩子牵着马，因为是一条年青的马，它跳着荡着尾巴跟它的小主人走上场来。小马欢喜用嘴撞一撞停在场上的石磙，它的前腿在平滑的地上踩打几下，接着它必然像索求什么似的叫起不很好听的声音来。

王婆穿的宽袖的短袄，走上平场。她的头发毛乱而且绞卷着，朝晨的红光照着她，她的头发恰像田上成熟的玉米缨穗，红色并且蔫卷。

马儿把主人呼唤出来，它等待给它装置石磙，石磙装好的时候，小马摇着尾巴，不断地摇着尾巴，它十分驯顺和愉快。

王婆摸一摸席子潮湿一点，席子被拉在一边了；孩子跑过去，帮助她。麦穗布满平场，王婆拿着耙子站到一边。小孩欢跑着立到场子中央，马儿开始转跑。小孩在中心地点也是转着。好像画圆周时用的圆规一样，无论马儿怎样跑，孩子总在圆心的位置。因为小马发疯着，飘扬着跑，它和孩子一般地贪玩，弄得麦穗溅出场外。王婆用耙子打着马，可是走了一会它游戏够了，就和斯耍着的小狗需要休息一样，休息下来。王婆着了疯一般地又挥着耙子，马暴跳起来，它跑了两个圈子，把石磙带着离开铺着麦穗的平场，并且嘴里咬嚼一些麦穗。系住马勒带的孩子挨着骂："啊！你总偷着把它拉上场，你看这样的马能以打麦子吗？死了去吧！别烦我吧！"

小孩子拉马走出平场的门；到马槽子那里，去拉那个老马。把小马束好在杆子间。老马差不多完全脱了毛，小孩子不爱它，用勒带打着它走，可是它仍和一块石头或是一棵生了根的植物那样不容搬运。老马是小马的妈妈，它停下来，用鼻头偎着小马肚皮间破裂的流着血的伤口。

小孩子看见他爱的小马流血，心中惨惨的眼泪要落出来，但是他没能晓得母子之情，因为他还没能看见妈妈，他是私生子。脱着光毛的老动物，催逼着离开小马，鼻头染着一些血，走上麦场。

村前火车经过河桥，看不见火车，听见隆隆的声响。王婆注意着旋上天空的黑烟。前村的人家，驱着白菜车去进城，走过王婆的场子时，从车上抛下几个柿子来，一面说："你们是不种柿子的，这是贱东西，不值钱的东西，麦子是发财之道呀！"驱着车子的青年结实的汉子过去了，鞭子甩响着。

老马看着墙外的马不叫一声，也不响鼻子。小孩去拿柿子吃，柿子还不十分成熟，半青色的柿子，永远被人们摘取下来。

马静静地停在那里，连尾巴也不甩摆一下。也不去用嘴触一触石磙；就连眼睛它也不远看一下，同时它也不怕什么工做，工作起来的时候，它就安心去开始；一些绳索束上身时，它就跟住主人的鞭子。主人的鞭子很少落到它的皮骨，有时它过分疲惫而不能支持，行走过分缓慢；主人打了它，用鞭子，或是用别的什么，但是它并不暴跳，因为一切过去的年代规定了它。

麦穗在场上渐渐不成形了！

"来呀！在这儿拉一会马呀！平儿！"

"我不愿意和老马在一块，老马整天像睡着。"

平儿囊中带着柿子走到一边去吃，王婆怨怒着："好孩子呀！我管不好你，你还有爹哩！"

平儿没有理谁，走出场子，向着东边种着花的地端走去。他看着红花，吃着柿子走。

灰色的老幽灵暴怒了："我去唤你的爹爹来管教你呀！"

她像一只灰色的大鸟走出场去。

清早的叶子们，树的叶子们，花的叶子们，闪着银珠了！太阳不着边际的圆轮在高粱棵的上端；左近的家屋在预备早饭了。

老马自己在滚压麦穗，勒带在嘴下拖着，它不偷食麦粒，它不走脱了轨，转过一个圈，再转过一个，绳子和皮条有次序的向它光皮的身子摩擦，老动物自己无声地动在那里。

种麦的人家，麦草堆得高涨起来了！福发家的草堆也涨过墙头。福发的女人吸起烟管。她是健壮而短小，烟管随意冒着烟；手中的耙子，不住地耙在平场。

侄儿打着鞭子行经在前面的林荫，静静悄悄地他唱着寂寞的歌声；她为歌声感动了！耙子快要停下来，歌声仍起在林端："昨晨落着毛毛雨，……小姑娘，披蓑衣……小姑娘，……去打鱼。"

二、菜　圃

菜圃上寂寞的大红的西红柿，红着了。小姑娘们摘取着柿子，大红大红的柿子，盛满她们的筐篮；也有的在拔青萝卜，红萝卜。

金枝听着鞭子响，听着口哨响，她猛然站起来，提好她的筐子惊惊怕怕的走出菜圃。在菜田东边，柳条墙的那个地方停下，她听一听口笛渐渐远了！

鞭子的响声与她隔离着了！她忍耐着等了一会，口笛婉转地从背后的方向透过来；她又将与他接近着了！菜田上一些女人望见她，远远的呼唤："你不来摘柿子，干什么站到那儿？"

她摇一摇她成双的辫子，她大声摆着手说："我要回家了！"

姑娘假装着回家，绕过人家的篱墙，躲避一切菜田上的眼睛，朝向河湾去了。筐子挂在腕上，摇摇搭搭。口笛不住地在远方催逼她，仿佛她是一块被引的铁跟住了磁石。

静静的河湾有水湿的气味，男人等在那里。

五分钟过后，姑娘仍和小鸡一般，被野兽压在那里。男人着了疯了！他的大手故意一般地捉紧另一块肉体，想要吞食那块肉体，想要破坏那块热的肉。尽量的充涨了血管，仿佛他是在一条白的死尸上面跳动，女人赤白的圆形的腿子，不能盘结住他。于是一切音响从两个贪婪着的怪物身上创造出来。

迷迷荡荡的一些花穗颤在那里，背后的长茎草倒折了！不远的地方打柴的老人在割野草。他们受着惊扰了，发育完强的青年的汉子，带着姑娘，像猎犬带着捕捉物似的，又走下高粱地去。他手是在姑娘的衣裳下面展开着走。

吹口哨，响着鞭子，他觉得人间是温存而愉快。他的灵魂和肉体完全充实着，婶婶远远的望见他，走近一点，婶婶说：“你和那个姑娘又遇见吗？她真是个好姑娘。……唉……唉！”

婶婶像是烦躁一般紧紧靠住篱墙。侄儿向她说：“婶娘你唉唉什么呢？我要娶她哩！”

“唉……唉……”

婶婶完全悲伤下去，她说：“等你娶过来，她会变样，她不和原来一样，她的脸是青白色；你也再不把她放在心上，你会打骂她呀！男人们心上放着女人，也就是你这样的年纪吧！”

婶婶表示出她的伤感，用手按住胸膛，她防止着心脏起什么变化，她又说：“那姑娘我想该有了孩子吧？你要娶她，就快些娶她。”

侄儿回答：“她娘还不知道哩！要寻一个做媒的人。”

牵着一条牛，福发回来。婶婶望见了，她急旋着走回院中，假意收拾柴栏。叔叔到井边给牛喝水，他又拉着牛走了！婶婶好像小鼠一般又抬起头来，又和侄儿讲话：“成业，我对你告诉吧！年青的时候，姑娘的时候，我也到河边去钓鱼，九月里落着毛毛雨的早晨，我披着蓑衣坐在河沿，没有想到，我也不愿意那样；我知道给男人做老婆是坏事，可是你叔叔，他从河沿把我拉到马房去，在马房里，我什么都完啦！可是我心也不害怕，我欢喜给你叔叔做老婆。这时节你看，我怕男人，男人和石块一般硬，叫我不敢触一触他。”

“你总是唱什么‘落着毛毛雨，披蓑衣去打鱼……，’我再也不愿听这曲子，年青人什么也不可靠，你叔叔也唱这曲子哩！这时他再也不想从前了！那和死过的树一样不能再活。”

年青的男人不愿意听婶婶的话，转走到屋里，去喝一点酒。他为着酒，大胆把一切告诉了叔叔。福发起初只是摇头，后来慢慢的问着：“那姑娘是十七岁吗？你是二十岁。小姑娘到咱们家里，会做什么活计？”

争夺着一般的，成业说：“她长得好看哩！她有一双亮油油的黑辫子。什么活计她也能做，很有气力呢！”

成业的一些话，叔叔觉得他是喝醉了，往下叔叔没有说什么，坐在那里沉思过一会，他笑着望着他的女人。

“啊呀……我们从前也是这样哩！你忘记吗？那些事情，你忘记了吧！……哈……哈，有趣的呢，回想年青真有趣的哩。”

女人过去拉着福发的臂，去抚媚他。但是没有动，她感到男人的笑脸不是从前的笑脸，她心中被他无数生气的面孔充塞住，她没有动，她笑一下赶忙又把笑脸收了回去。她怕笑得时间长，会要挨骂。男人叫把酒杯拿过去，女人听了这话，听了命令一般把杯子拿给他。于是丈夫也昏沉的睡在炕上。

女人悄悄地蹑着脚走出了，停在门边，她听着纸窗在耳边鸣，她完全无力，完全灰色下去。场院前，蜻蜓们闹着向日葵的花。但这与年青的妇人绝对隔碍着。

纸窗渐渐的发白，渐渐可以分辨出窗棂来了！进过高粱地的姑娘一边幻想着一边哭，她是那样的低声，还不如窗纸的鸣响。

她的母亲翻转身时，哼着，有时也锉响牙齿。金枝怕要挨打，连忙在黑暗中把眼泪也拭得干净。老鼠一般地整夜好像睡在猫的尾巴下。通夜都是这样，每次母亲翻动时，像爆裂一般地，向自己的女孩的枕头的地方骂了一句："该死的！"

接着她便要吐痰，通夜是这样，她吐痰，可是她并不把痰吐到地上；她愿意把痰吐到女儿的脸上。这次转身她什么也没有吐，也没骂。

可是清早，当女儿梳好头辫，要走上田的时候，她疯着一般夺下她的筐子：

"你还想摘柿子吗？金枝，你不像摘柿子吧？你把筐子都丢啦！我看你好像一点心肠也没有，打柴的人幸好是朱大爷，若是别人拾去还能找出来吗？若是别人拾得了筐子，名声也不能好听哩！福发的媳妇，不就是在河沿坏的事吗？全村就连孩子们也是传说。唉！……那是怎样的人呀？以后婆家也找不出去。她有了孩子，没法做了福发的老婆，她娘为这事羞死了似的，在村子里见人，都不能抬起头来。"

母亲看着金枝的脸色马上苍白起来，脸色变成那样脆弱。母亲以为女儿可怜了，但是她没晓得女儿的手从她自己的衣裳里边偷偷地按着肚子，金枝感到自己有了孩子一般恐怖。母亲说："你去吧！你可再别和小姑娘们到河沿去玩，记住，不许到河边去。"

母亲在门外看着姑娘走，她没立刻转回去，她停住在门前许多时间，眼望着姑娘加入田间的人群，母亲回到屋中一边烧饭，一边叹气，她体内像染着什么病患似的。

农家每天从田间回来才能吃早饭。金枝走回来时，母亲看见她手在按着肚子："你肚子疼吗？"

她被惊着了，手从衣裳里边抽出来，连忙摇着头："肚子不疼。"

"有病吗？"

"没有病。"

于是她们吃饭。金枝什么也没有吃下去，只吃过粥饭就离开饭桌了！母亲自己收拾了桌子说：“连一片白菜叶也没吃呢！你是病了吧？”

等金枝出门时，母亲呼唤着：“回来，再多穿一件夹袄，你一定是着了寒，才肚子疼。”

母亲加一件衣服给她，并且又说：“你不要上地吧？我去吧！”

金枝一面摇着头走了！披在肩上的母亲的小袄没有扣钮子，被风吹飘着。

金枝家的一片柿地，和一个院宇那样大的一片。走进柿地嗅到辣的气味，刺人而说不定是什么气味。柿秧最高的有两尺高，在枝间挂着金红色的果实。

每棵，每棵挂着许多，也挂着绿色或是半绿色的一些。除了另一块柿地和金枝家的柿地接连着，左近全是菜田了！八月里人们忙着扒土豆；也有的砍着白菜，装好车子进城去卖。

二里半就是种菜田的人。麻面婆来回的搬着大头菜，送到地端的车子上。

罗圈腿也是来回向地端跑着，有时他抱了两棵大形的圆白英，走起来两臂像是架着两块石头样。

麻面婆看见身旁别人家的倭瓜红了。她看一下，近处没有人，起始把靠菜地长着的四个大倭瓜都摘落下来了。两个和小西瓜一样大的，她叫孩子抱着。罗圈腿脸累得涨红，和倭瓜一般红，他不能再抱动了！两臂像要被什么压掉一般。还没能到地端，刚走过金枝身旁，他大声求救似的：“爹呀，西……西瓜快要摔啦，快要摔碎啦！”

他着忙把倭瓜叫西瓜。菜田许多人，看见这个孩子都笑了！凤姐望着金枝说：“你看这个孩子，把倭瓜叫成西瓜。”

金枝看了一下，用面孔无心的笑了一下。二里半走过来，踢了孩子一脚；两个大的果实坠地了！孩子没有哭，发愣地站到一边。二里半骂他："混蛋，狗娘养的，叫你抱白菜，谁叫你摘倭瓜啦？……"

麻面婆在后面走着，她看到儿子遇了事，她巧妙的弯下身去，把两个更大的倭瓜丢进柿秧中。谁都看见她作这种事，只是她自己感到巧妙。二里半问她："你干的吗？胡涂虫！错非你……"

麻面婆哆嗦了一下，口齿比平常更不清楚了："……我没……"

孩子站在一边尖锐地嚷着："不是你摘下来叫我抱着送上车吗？不认账！"

麻面婆使着眼神，她急得要说出口来："我是偷的呢！该死的……别嚷叫啦，要被人抓住啦！"

平常最没有心肠看热闹的，不管田上发生了什么事，也沉埋在那里的人们，现在也来围住他们了！这里好像唱着武戏，戏台上要着他们一家三人。

二里半骂着孩子。

"他妈的混帐，不能干活，就能败坏，谁叫你摘倭瓜？"

罗圈腿那个孩子，一点也不服气的跑过去，从柿秧中把倭瓜滚弄出来了！

大家都笑了，笑声超过人头。可是金枝好像患着传染病的小鸡一般，着眼睛蹲在柿秧下，她什么也没有理会，她逃出了眼前的世界。

二里半气愤得几乎不能呼吸，等他说出"倭瓜"是自家种的，为着留种子的时候，麻面婆站在那里才松了一口气，她以为这没有什么过错，偷摘自己的倭瓜。她仰起头来向大家表白："你们看，我不知道，实在不知道倭瓜是自家的呢！"

麻面婆不管自己说话好笑不好笑，挤过人围，结果把倭瓜抱到车子那里。

于是车子走向进城的大道，弯腿的孩子拐拐歪歪跑在后面。马，车，人渐渐消失在道口了！

田间不断的讲着偷菜棵的事。关于金枝也起着流言："那个丫头也算完啦！"

"我早看她起了邪心，看她摘一个柿子要半天工夫；昨天把柿筐都忘在河沿！"

"河沿不是好人去的地方。"

凤姐身后，两个中年的妇人坐在那里扒胡萝卜。可是议论着，有时也说出一些淫污的话，使凤姐不大明白。

金枝的心总是悸动着，时间像蜘蛛缕着丝线那样绵长；心境坏到极点。

金枝脸色脆弱朦胧得像罩着一块面纱。她听一听口哨还没有响。辽阔的可以看到福发家的围墙，可是她心中的哥儿却永不见出来。她又继续摘柿子，无论青色的柿子她也摘下。她没能注意到柿子的颜色，并且筐子也满着了！她不把柿子送回家去，一些杂色的柿子，被她散乱的铺了满地。那边又有女人故意大声议论她："上河沿去跟男人，没羞的，男人扯开她的裤子！……"

金枝关于眼前的一切景物和声音，她忽略过去；她把肚子按得那样紧，仿佛肚子里面跳动了！忽然口哨传来了！她站起来，一个柿子被踏碎，像是被踏碎的蛤蟆一样，发出水声。她跌倒了，口哨也跟着消灭了！以后无论她怎样听，口哨也不再响了。

金枝和男人接触过三次：第一次还是在两个月以前，可是那时母亲什么也不知道，直到昨天筐子落到打柴人手里，母亲算是渺渺茫茫的猜度着一些。

金枝过于痛苦了，觉得肚子变成个可怕的怪物，觉得里面有一块硬的地方，手按得紧些，硬的地方更明显。等她确信肚子有了孩子的时候，她的心立刻发呕一般颤栗起来，她被恐怖把握着了。奇怪的，两个蝴蝶叠落着贴落在她的膝头。金枝看着这邪恶的一对虫子而不拂去它。金枝仿佛是米田上的稻草人。

母亲来了，母亲的心远远就系在女儿的身上。可是她安静地走来，远看她的身体几乎呈出一个完整的方形，渐渐可以辨得出她尖形的脚在袋口一般的衣襟下起伏的动作。在全村的老妇人中什么是她的特征呢？她发怒和笑着一般，眼角集着愉悦的多形的纹皱。嘴角也完全愉快着，只是上唇有些差别，在她真正愉快的时候，她的上唇短了一些；在她生气的时候，上唇特别长，而且唇的中央那一小部分尖尖的，完全像鸟雀的嘴。

母亲停住了。她的嘴是显着她的特征，——全脸笑着，只是嘴和鸟雀的嘴一般。因为无数青色的柿子惹怒她了！金枝在沉想的深渊中被母亲踢打了："你发傻了吗？啊……你失掉了魂啦？我撕掉你的辫子……"

金枝没有挣扎，倒了下来；母亲和老虎一般捕住自己的女儿。金枝的鼻子立刻流血。

她小声骂她，大怒的时候她的脸色更畅快，笑着慢慢地掀着尖唇，眼角的线条更加多的组织起来。

"小老婆，你真能败毁。摘青柿子。昨夜我骂了你，不服气吗？"

母亲一向是这样，很爱护女儿，可是当女儿败坏了菜棵，母亲便去爱护菜棵了。农家无论是菜棵，或是一株茅草也要超过人的价值。

该睡觉的时候了！火绳从门边挂手巾的铁丝上倒垂下来，屋中听不着一个蚊虫飞了！夏夜每家挂着火绳。那绳子缓慢而绵长地燃着。惯常了，那像庙堂中燃着的香火，沉沉的一切使人无所听闻，渐渐催人入睡。艾蒿的气味渐渐织入一些疲乏的梦魂去。蚊虫被艾蒿烟驱走。金枝同母亲还没有睡的时候，有人来在窗外，轻慢地咳嗽着。

母亲忙点灯火，门响开了！是二里半来了。无论怎样母亲不能把灯点着，灯心处爆着水的炸响，母亲手中举着一支火柴，把小灯列得和眉头一般高，她说："一点点油也没有了呢！"

金枝到外房去倒油。这个时间，他们谈说一些突然的事情。

母亲关于这事惊恐似的，坚决的，感到羞辱一般的荡着头：“那是不行，我的女儿不能配到那家子人家。”

二里半听着姑娘在外房盖好油罐子的声音，他往下没有说什么。金枝站在门限向妈妈问：“豆油没有了，装一点水吧？”

金枝把小灯装好，摆在炕沿，燃着了！可是二里半到她家来的意义是为着她，她一点不知道。二里半为着烟袋向倒悬的火绳取火。

母亲，手在按住枕头，她像是想什么，两条直眉几乎相连起来。女儿在她身边向着小灯垂下头。二里半的烟火每当他吸过了一口便红了一阵。艾蒿烟混加着烟叶的气味，使小屋变做地下的窖子一样黑重！二里半作窘一般的咳嗽了几声。金枝把流血的鼻子换上另一块棉花。因为没有言语，每个人起着微小的潜意识的动作。

就这样坐着，灯火又响了。水上的浮油烧尽的时候，小灯又要灭，二里半沉闷着走了！二里半为人说媒被拒绝，羞辱一般的走了。

中秋节过去，田间变成残败的田间；太阳的光线渐渐从高空忧郁下来，阴湿的气息在田间到处撩走。南部的高粱完全睡倒下来，接接连连的望去，黄豆秧和揉乱的头发一样蓬蓬在地面，也有的地面完全拔秃似的。

早晨和晚间都是一样，田间憔悴起来。只见车子，牛车和马车轮轮滚滚地载满高粱的穗头，和大豆的秆秧。牛们流着口涎，头愚直地挂下着，发出响动的车子前进。

福发的侄子驱着一条青色的牛，向自家的场院载拖高粱。他故意绕走一条曲道，那里是金枝的家门，她的心胀裂一般地惊慌，鞭子于是响来了。

金枝放下手中红色的辣椒，向母亲说：“我去一趟茅屋。”

于是老太太自己串辣椒，她串辣椒和纺织一般快。

金枝的辫子毛毛着，脸是完全充了血。但是她患着病的现象，把她变成和纸人似的，像被风飘着似的出现在房后的围墙。

你害病吗？倒是为什么呢？但是成业是乡村长大的孩子，他什么也不懂得问。他丢下鞭子，从围墙宛如飞鸟落过墙头，用腕力掳住病的姑娘；把她压在墙角的灰堆上，那样他不是想要接吻她，也不是想要热情的讲些情话，他只是被本能支使着想要动作一切。金枝打断着一般的说："不行啦！娘也许知道啦，怎么媒人还不见来？"

男人回答："嗳，李大叔不是来过吗？你一点不知道！他说你娘不愿意。明天他和我叔叔一道来。"

金枝按着肚子给他看，一面摇头："不是呀！……不是呀！你看到这个样子啦！"

男人完全不关心，他小声响起："管他妈的，活该愿意不愿意，反正是干啦！"

他的眼光又失常了，男人仍被本能不停的要求着。

母亲的咳嗽声，轻轻地从薄墙透出来。墙外青牛的角上挂着秋空的游丝，轻轻地浮荡着……

母亲和女儿在吃晚饭，金枝呕吐起来，母亲问她："你吃了苍蝇吗？"

她摇头。母亲又问："是着了寒吧！怎么你总有病呢？你连饭都咽不下去。不是有痨病啦？！"

母亲说着去按女儿的腹部，手在夹衣上来回的摸了阵。手指四张着在肚子上思索了又思索："你有了痨病吧？肚子里有一块硬呢！有痨病人的肚子才是硬一块。"

女儿的眼泪要垂流一般地挂到眼毛的边缘。最后滚动着从眼毛滴下来了！就是在夜里，金枝也起来到外边去呕吐，母亲迷蒙中听着叫娘的声音。

窗上的月光差不多和白昼一般明，看得清金枝的半身拖在炕下，另半身是弯在枕上。头发完全埋没着脸面。等母亲拉她手的时候，她抽扭着说起：“娘……把女儿嫁给福发的侄子吧！我肚里不是……病，是……”

到这样时节母亲更要打骂女儿了吧？可不是那样，母亲好像本身有了罪恶，听了这话，立刻麻木着了，很长的时间她像不存在一样。过了一刻母亲用她从不用过温和的声调说：“你要嫁过去吗？二里半那天来说媒，我是顶走他的，到如今这事怎么办呢？”

母亲似乎是平息了一下，她又想说，但是泪水塞住了她的嗓子，像是女儿窒息了她的生命似的，好像女儿把她羞辱死了！

三、老马走进屠场

老马走上进城的大道，私宰场就在城门的东边。那里的屠刀正张着，在等待这个残老的动物。

老王婆不牵着她的马儿，在后面用一条短枝驱着它前进。

大树林子里有黄叶回旋着，那是些呼叫着的黄叶。望向林子的那端，全林的树棵，仿佛是关落下来的大伞。凄沉的阳光，晒着所有的秃树。田间望遍了远近的人家。深秋的田地好像没有感觉的光了毛的皮革，远近平铺着。夏季埋在植物里的家屋，现在明显地好像突出地面一般，好像新从地面突出。

深秋带来的黄叶，赶走了夏季的蝴蝶。一张叶子落到王婆的头上，叶子是安静地伏贴在那里。王婆驱着她的老马，头上顶着飘落的黄叶；老马，老人，配着一张老的叶子，他们走在进城的大道。

道口渐渐看见人影，渐渐看见那个人吸烟，二里半迎面来了。他长形的脸孔配起摆动的身子来，有点像一个驯顺的猿猴。他说：“唉呀！

起得太早啦！进城去有事吗？怎么，驱着马进城，不装车粮拉着？”

振一振袖子，把耳边的头发向后抚弄一下，王婆的手颤抖着说了：“到日子了呢！下汤锅去吧！”王婆什么心情也没有，她看着马在吃道旁的叶子。她用短枝驱着又前进了。

二里半感到非常悲痛。他痉挛着了。过了一个时刻转过身来，他赶上去说：“下汤锅是下不得的，……下汤锅是下不得……”但是怎样办呢？二里半连半句语言也没有了！他扭歪着身子跨到前面，用手摸一摸马儿的鬃发。老马立刻响着鼻子了！它的眼睛哭着一般，湿润而模糊。悲伤立刻掠过王婆的心孔。哑着嗓子，王婆说：“算了吧！算了吧！不下汤锅，还不是等着饿死吗？”

深秋秃叶的树，为了惨厉的风变，脱去了灵魂一般吹啸着。马行在前面，王婆随在后面，一步一步屠场近着了；一步一步风声送着老马归去。

王婆她自己想着：一个人怎么变得这样厉害？年青的时候，不是常常为着送老马或是老牛进过屠场吗？她颤寒起来，幻想着屠刀要像穿过自己的背脊，于是，手中的短枝脱落了！她茫然晕昏地停在道旁，头发舞着好像个鬼魂样。等她重新拾起短枝来，老马不见了！它到前面小水沟的地方喝水去了！这是它最末一次饮水吧！老马需要饮水，它也需要休息，在水沟旁倒卧下了！它慢慢呼吸着。王婆用低音、慈和的音调呼唤着：“起来吧！走进城去吧，有什么法子呢？”马仍然仰卧着。王婆看一看日午了，还要赶回去烧午饭，但，任她怎样拉缰绳，马仍是没有移动。

王婆恼怒着了！她用短枝打着它起来。虽是起来，老马仍然贪恋着小水沟。王婆因为苦痛的人生，使她易于暴怒，树枝在马儿的脊骨上断成半截。

又安然走在大道上了！经过一些荒凉的家屋，经过几座颓败的小庙。

一个小庙前躺着个死了的小孩，那是用一捆谷草束扎着的。孩子小小的头顶露在外面，可怜的小脚从草梢直伸出来；他是谁家的孩子，睡在这旷野的小庙前？

屠场近着了，城门就在眼前；王婆的心更翻着不停了。

五年前它也是一匹年青的马，为了耕种，伤害得只有毛皮蒙遮着骨架。现在它是老了！秋末了！收割完了！没有用处了！只为一张马皮，主人忍心把它送进屠场。就是一张马皮的价值，地主又要从王婆的手里夺去。

王婆的心自己感觉得好像悬起来；好像要掉落一般，当她看见板墙钉着一张牛皮的时候。那一条小街尽是一些要坍落的房屋；女人啦，孩子啦，散集在两旁。地面踏起的灰粉，污没着鞋子，冲上人的鼻孔。孩子们拾起土块，或是垃圾团打击着马儿，王婆骂道："该死的呀！你们这该死的一群。"

这是一条短短的街。就在短街的尽头，张开两张黑色的门扇。再走近一点，可以发见门扇斑斑点点的血印。被血痕所恐吓的老太婆好像自己踏在刑场了！她努力镇压着自己，不让一些年青时所见到的刑场上的回忆翻动。但，那回忆却连续的开始织张——一个小伙子倒下来了，一个老头也倒下来了！挥刀的人又向第三个人作着势子。

仿佛是箭，又像火刺烧着王婆，她看不见那一群孩子在打马，她忘记怎样去骂那一群顽皮的孩子。走着，走着，立在院心了。四面板墙钉住无数张毛皮。靠近房檐立了两条高杆，高杆中央横着横梁；马蹄或是牛蹄折下来用麻绳把两只蹄端扎连在一起，做一个叉形挂在上面，一团一团的肠子也搅在上面；肠子因为日久了，干成黑色不动而僵直的片状的绳索。并且那些折断的腿骨，有的从折断处涔滴着血。

在南面靠墙的地方也立着高杆，杆头晒着在蒸气的肠索。这是说，那个动物是被杀死不久哩！肠子还热着呀！

满院在蒸发腥气，在这腥味的人间，王婆快要变做一块铅了！沉重而没有感觉了！

老马——棕色的马，它孤独地站在板墙下，它借助那张钉好的毛皮在搔痒。此刻它仍是马，过一会它将也是一张皮了！

一个大眼睛的恶面孔跑出来，裂着胸襟。说话时，可见它胸膛在起伏。

“牵来了吗？啊！价钱好说，我好来看一下。”

王婆说：“给几个钱我就走了！不要麻烦啦。”

那个人打一打马的尾巴，用脚踢一踢马蹄；这是怎样难忍的一刻呀！

王婆得到三张票子，这可以充纳一亩地租。看着钱比较自慰些，她低着头向大门走去，她想还余下一点钱到酒店去买一点酒带回去，她已经跨出大门，后面发着响声：“不行，不行，……马走啦！”

王婆回过头来，马又走在后面；马什么也不知道，仍想回家。屠场中出来一些男人，那些恶面孔们，想要把马抬回去，终于马躺在道旁了！像树根盘结在地中。无法，王婆又走回院中，马也跟回院中。她给马搔着头顶，它渐渐卧在地面了！渐渐想睡着了！忽然王婆站起来向大门奔走。在道口听见一阵关门声。

她哪有心肠买酒？她哭着回家，两只袖子完全湿透。那好像是送葬归来一般。

家中地主的使人早等在门前，地主们就连一块铜板也从不舍弃在贫农们的身上，那个使人取了钱走去。

王婆半日的痛苦没有代价了！王婆一生的痛苦也都是没有代价。

四、荒　山

冬天，女人们像松树子那样容易结聚，在王婆家里满炕坐着女人。五姑姑在编麻鞋，她为着笑，弄得一条针丢在席缝里，她寻找针的时候，做出可笑的姿势来，她像一个灵活的小鸽子站起来在炕上跳着走，她说：“谁偷了我的针？小狗偷了我的针？”

“不是呀！小姑爷偷了你的针！”

新娶来菱芝嫂嫂，总是爱说这一类的话。五姑姑走过去要打她。

“莫要打，打人将要找一个麻面的姑爷。”

王婆在厨房里这样搭起声来；王婆永久是一阵幽默，一阵欢喜，与乡村中别的老妇们不同。她的声音又从厨房打来：“五姑姑编成几双麻鞋了？给小丈夫要多多编几双呀！”

五姑姑坐在那里做出表情来，她说：“哪里有你这样的老太婆，快五十岁了，还说这样话！”

王婆又庄严点说：“你们都年青，哪里懂得什么，多多编几双吧！小丈夫才会希罕哩。”

大家哗笑着了！但五姑姑不敢笑，心里笑，垂下头去，假装在席上找针。等菱芝嫂把针还给五姑姑的时候，屋子安然下来。厨房里王婆用刀刮着鱼鳞的声响，和窗外雪擦着窗纸的声响，混杂在一起了。

王婆用冷水洗着冻冰的鱼，两只手像个胡萝卜样。她走到炕沿，在火盆边烘手。生着斑点在鼻子上、新死去丈夫的妇人放下那张小破布，在一堆乱布里去寻更小的一块；她迅速地穿补。她的面孔有点像王婆，腮骨很高，眼睛和琉璃一般深嵌在好像小洞似的眼眶里。并且也和王婆一样，眉峰是突出的。那个女人不喜欢听一些妖艳的词句，她开始追问王婆：“你的第一家那个丈夫还活着吗？”

两只在烘着的手，有点腥气；一颗鱼鳞掉下去，发出小小响声，微微上腾着烟。她用盆边的灰把烟埋住，她慢慢摇着头，没有回答那个问话。鱼鳞烧的烟有点难耐，每个人皱一下鼻头，或是用手揉一揉鼻头。生着斑点的寡妇，有点后悔，觉得不应该问这话。墙角坐着五姑姑的姐姐，她用麻绳穿着鞋底的嘭音单调地起落着。

厨房的门，因为结了冰，破裂一般地鸣叫。

“呀！怎么买这些黑鱼？”

大家都知道是打鱼村的李二婶子来了。听了声音，就可以想象她梢长的身子。

“真是快过年了？真有钱买这些鱼？”

在冷空气中，音波响得很脆；刚踏进里屋，她就看见炕上坐满着人。“都在这儿聚堆呢！小老婆们！”

她生得这般瘦。腰，临风就要折断似的；她的奶子那样高，好像两个对立的小岭。斜面看她的肚子似乎有些不平起来。靠着墙给孩子吃奶的中年的妇人，观察着而后问：“二婶子，不是又有了呵？”

二婶子看一看自己的腰身说：“像你们呢！怀里抱着，肚子还装着……”

她故意在讲骗话，过了一会她坦白地告诉大家：“那是三个月了呢！你们还看不出？”

菱芝嫂在她肚皮上摸了一下，她邪昵地浅浅地笑了：“真没出息，整夜尽搂着男人睡吧？”

“谁说？你们新媳妇，才那样。”

“新媳妇……？哼！倒不见得！”

“像我们都老了！那不算一回事啦，你们年青，那才了不得哪！小丈夫才会新鲜哩！”

每个人为了言词的引诱，都在幻想着自己，每个人都有些心跳；或是每个人的脸发烧。就连没出嫁的五姑姑都感着神秘而不安了！她羞羞迷迷地经过厨房回家去了！只留下妇人们在一起，她们言调更无边际了！王婆也加入这一群妇人的队伍，她却不说什么，只是帮助着笑。

在乡村，永久不晓得，永久体验不到灵魂，只有物质来充实她们。

李二婶子小声问菱芝嫂，其实小声人们听得更清！

菱芝嫂她毕竟是新嫁娘，她猛然羞着了！不能开口。李二婶子的奶子颤动着，用手去推动菱芝嫂："说呀！你们年青，每夜要有那事吧？"

在这样的当儿二里半的婆子进来了！二婶子推撞菱芝嫂一下："你快问问她！"

那个傻婆娘一向说话是有头无尾："十多回。"

全屋人都笑得流着眼泪了！孩子从母亲的怀中起来，大声的哭号。

李二婶子静默一会，她站起来说："月英要吃咸黄瓜，我还忘了，我是来拿黄瓜。"

李二婶子拿了黄瓜走了，王婆去烧晚饭，别人也陆续着回家了。王婆自己在厨房里炸鱼。为了烟，房中也不觉得寂寞。

鱼摆在桌子上，平儿也不回来，平儿的爹爹也不回来，暗色的光中王婆自己吃饭，热气伴着她。

月英是打鱼村最美丽的女人。她家也最贫穷，和李二婶子隔壁住着。她是如此温和，从不听她高声笑过，或是高声吵嚷。生就的一对多情的眼睛，每个人接触她的眼光，好比落到绵绒中那样愉快和温暖。

可是现在那完全消失了！每夜李二婶子听到隔壁惨厉的哭声；十二月严寒的夜，隔壁的哼声愈见沉重了！

山上的雪被风吹着像要埋蔽这傍山的小房似的。大树号叫，风雪向小房遮蒙下来。一株山边斜歪着的大树，倒折下来。寒月怕被一切声音扑碎似的，退缩到天边去了！这时候隔壁透出来的声音，更哀楚。

“你……你给我一点水吧！我渴死了！”

声音弱得柔肠欲断似的：“嘴干死了！……把水碗给我呀！”

一个短时间内仍没有回应，于是那孱弱哀楚的小响不再作了！啜泣着，哼着，隔壁像是听到她流泪一般，滴滴点点地。

日间孩子们集聚在山坡，缘着树枝爬上去，顺着结冰的小道滑下来，他们有各样不同的姿势：——倒滚着下来，两腿分张着下来，也有冒险的孩子，把头向下，脚伸向空中溜下来。常常他们要跌破流血回家。冬天，对于村中的孩子们，和对于花果同样暴虐。他们每人的耳朵春天要脓胀起来，手或是脚都裂开条口，乡村的母亲们对于孩子们永远和对敌人一般。当孩子把爹爹的棉帽偷着戴起跑出去的时候，妈妈追在后面打骂着夺回来，妈妈们摧残孩子永久疯狂着。

王婆约会五姑姑来探望月英。正走过山坡，平儿在那里。平儿偷穿着爹爹的大毡靴子；他从山坡奔逃了！靴子好像两只大熊掌样挂在那个孩子的脚上。平儿蹒跚着了！从上坡滚落着了！可怜的孩子带着那样黑大不相称的脚，球一般滚转下来，跌在山根的大树干上。王婆宛如一阵风落到平儿的身上，那样好像山间的野兽要猎食小兽一般凶暴。终于王婆提了靴子，平儿赤着脚回家，使平儿走在雪上，好像使他走在火上一般不能停留。任孩子走得怎样远，王婆仍是说着：“一双靴子要穿过三冬，踏破了哪里有钱买？你爹进城去都没穿哩！”

月英看见王婆还不及说话，她先哑了嗓子，王婆把靴子放在炕下，手在抹擦鼻涕：“你好了一点？脸孔有一点血色了！”

月英把被子推动一下，但被子仍然伏盖在肩上，她说：“我算完了，你看我连被子都拿不动了！”

月英坐在炕的当心。那幽黑的屋子好像佛龛，月英好像佛龛中坐着的女佛。用枕头四面围住她，就这样过了一年。一年月英没能倒下睡过。

她患着瘫病，起初她的丈夫替她请神，烧香，也跑到土地庙前索药。后来就连城里的庙也去烧香；但是奇怪的是月英的病并不为这些香烟和神鬼所治好。以后做丈夫的觉得责任尽到了，并且月英一个月比一个月加病，做丈夫的感着伤心！他嘴里骂："娶了你这样老婆，真算不走运气！好像娶个小祖宗来家，供奉着你吧！"

起初因为她和他分辩，他还打她。现在不然了，绝望了！晚间他从城里卖完青菜回来，烧饭自己吃，吃完便睡下，一夜睡到天明；坐在一边那个受罪的女人一夜呼唤到天明。宛如一个人和一个鬼安放在一起，彼此不相关联。

月英说话只有舌尖在转动。王婆靠近她，同时那一种难忍的气味更强烈了！更强烈的从那一堆污浊的东西，发散出来。月英指点身后说："你们看看，这是那死鬼给我弄来的砖，他说我快死了！用不着被子了！用砖依住我，我全身一点肉都瘦空。那个没有天良的，他想法折磨我呀！"

五姑姑觉得男人太残忍，把砖块完全抛下炕去，月英的声音欲断一般又说："我不行啦！我怎么能行，我快死啦！"

她的眼睛，白眼珠完全变绿，整齐的一排前齿也完全变绿，她的头发烧焦了似的，紧贴住头皮。她像一只患病的猫儿，孤独而无望。

王婆给月英围好一张被子在腰间，月英说："看看我的身下，脏污死啦！"

王婆下地用条枝笼了盆火，火盆腾着烟放在月英身后。王婆打开她的被子时，看见那一些排泄物淹浸了那座小小的骨盘。五姑姑扶住月英的腰，但是她仍然使人心楚地在呼唤！

"唉哟，我的娘！……唉哟疼呀！"

她的腿像两条白色的竹竿平行着伸在前面。她的骨架在炕上正确的做成一个直角，这完全用线条组成的人形，只有头阔大些，头在身子上仿佛是一个灯笼挂在杆头。

王婆用麦草揩着她的身子，最后用一块湿布为她擦着。五姑姑在背后把她抱起来，当擦臀下时，王婆觉得有小小白色的东西落到手上，会蠕行似的。借着火盆边的火光去细看，知道那是一些小蛆虫，她知道月英的臀下是腐了，小虫在那里活跃。月英的身体将变成小虫们的洞穴！王婆问月英："你的腿觉得有点痛没有？"

月英摇头。王婆用冷水洗她的腿骨，但她没有感觉，整个下体在那个瘫人像是外接的，是另外的一件物体。当给她一杯水喝的时候，王婆问："牙怎么绿了？"

终于五姑姑到隔壁借一面镜子来，同时她看了镜子，悲痛沁人心魂地她大哭起来。但面孔上不见一点泪珠，仿佛是猫忽然被辗轧，她难忍的声音，没有温情的声音，开始低嗄。

她说："我是个鬼啦！快些死了吧？活埋了我吧！"

她用手来撕头发，脊骨摇扭着，一个长久的时间她忙乱不停。现在停下了，她是那样无力，头是歪斜地横在肩上；她又那样微微地睡去。

王婆提了靴子走出这个傍山的小房。荒寂的山上有行人走在天边，她晕眩了！为着强的光线，为着瘫人的气味，为着生、老、病、死的烦恼，她的思路被一些烦恼的波所遮拦。

五姑姑当走进大门时向王婆打了个招呼。留下一段更长的路途，给那个经验过多样人生的老太婆去走吧！

王婆束紧头上的蓝布巾，加快了速度，雪在脚下也相伴而狂速地呼叫。

三天以后，月英的棺材抬着横过荒山而奔着去埋葬，葬在荒山下。

死人死了！活人计算着怎样活下去。冬天女人们预备夏季的衣裳；男人们计虑着怎样开始明年的耕种。

那天赵三进城回来，他披着两张羊皮回家，王婆问他：“哪里来的羊皮？——你买的吗？……哪来的钱呢？……”

赵三有什么事在心中似的，他什么也没言语。摇闪的经过炉灶，通红的火光立刻鲜明着，他走出去了。

夜深的时候他还没有回来。王婆命令平儿去找他。平儿的脚已是难于行动，于是王婆就到二里半家去，他不在二里半家，他到打鱼村去了。赵三阔大的喉咙从李青山家的窗纸透出，王婆知道他又是喝过了酒。当她推门的时候她就说：“什么时候了？还不回家去睡？”

这样立刻全屋别的男人们也把嘴角合起来。王婆感到不能意料了。青山的女人也没在家，孩子也不见。赵三说：“你来干么？回去睡吧！我就去……去……”

王婆看一看赵三的脸神，看一看周围也没有可坐的地方，她转身出来，她的心徘徊着：——青山的媳妇怎么不在家呢？这些人是在做什么？

又是一个晚间。赵三穿好新制成的羊皮小袄出去。夜半才回来。披着月亮敲门。王婆知道他又是喝过了酒，但他睡的时候，王婆一点酒味也没嗅到。那么出去做些什么呢？总是愤怒的归来。

李二婶子拖了她的孩子来了，她问：“是地租加了价吗？”

王婆说：“我还没听说。”

李二婶子做出一个确定的表情：“是的呀！你还不知道吗？三哥天天到我家去和他爹商量这事。我看这种情形非出事不可，他们天天夜晚计算着，就连我，他们也躲着。昨夜我站在窗外才听到他们说哩！‘打死他吧！那是一块恶祸。’你想他们是要打死谁呢？这不是要出人命吗？”

李二婶子抚着孩子的头顶，有一点哀怜的样子：“你要劝说三哥，他们若是出了事，像我们怎样活？孩子还都小着哩！”

五姑姑和别的村妇们带着她们的小包袱，约会着来的，踏进来的时候，她们是满脸盈笑。可是立刻她们转变了，当她们看见李二婶子和王婆默无言语的时候。

也把事件告诉了她们，她们也立刻忧郁起来，一点闲情也没有！一点笑声也没有，每个人痴呆地想了想，惊恐地探问了几句。五姑姑的姐姐，她是第一个扭着大圆的肚子走出去，就这样一个连着一个寂寞的走去。她们好像群聚的鱼似的，忽然有钓竿投下来，她们四下分行去了！

李二婶子仍没有走，她为的是嘱告王婆怎样破坏这件险事。

赵三这几天常常不在家吃饭；李二婶子一天来过三四次。

"三哥还没回来？他爹爹也没回来。"

一直到第二天下午赵三回来了，当进门的时候，他打了平儿，因为平儿的脚病着，一群孩子集到家来玩。在院心放了一点米，一块长板用短条棍架着，条棍上系着根长绳，绳子从门限拉进去，雀子们去啄食谷粮，孩子们蹲在门限守望，什么时候雀子满集成堆时，那时候，孩子们就抽动绳索。许多饥饿的麻雀丧亡在长板下。厨房里充满了雀毛的气味，孩子们在灶膛里烧食过许多雀子。

赵三焦烦着，他看着一只鸡被孩子们打住。他把板子给踢翻了！他坐在炕沿上燃着小烟袋，王婆把早饭从锅里摆出来。他说："我吃过了！"

于是平儿来吃这些残饭。

"你们的事情预备得怎样了？能下手便下手。"

他惊疑。怎么会走漏消息呢？王婆又说："我知道的，我还能弄支枪来。"

他无从想象自己的老婆有这样的胆量。王婆真的找来一枝老洋炮。可是赵三还从没用过枪。晚上平儿睡了以后王婆教他怎样装火药，怎样上炮子。

赵三对于他的女人慢慢感着可以敬重！但是更秘密一点的事情总不向她说。

忽然从牛棚里发现五个新镰刀。王婆意度这事情是不远了！

李二婶子和别的村妇们挤上门来探听消息的时候，王婆的头沉埋一下，她说："没有那回事，他们想到一百里路外去打围，弄得几张兽皮大家分用。"

是在过年的前夜，事情终于发生了！北地端鲜红的血染着雪地；但事情做错了！赵三近些日子有些失常，一条梨木杆打折了小偷的腿骨。他去呼唤二里半，想要把那小偷丢到土坑去，用雪埋起来，二里半说："不行，开春时节，土坑发见死尸，传出风声，那是人命哩！"

村中人听着极痛的呼叫，四面出来寻找。赵三拖着独腿人转着弯跑，但他不能把他掩藏起来。在赵三惶恐的心情下，他愿意寻到一个井把他放下去。赵三弄了满手血。

惊动了全村的人，村长进城去报告警所。

于是赵三去坐监狱，李青山他们的"镰刀会"少了赵三也就衰弱了！消灭了！

正月末赵三受了主人的帮忙，把他从监狱提放出来。那时他头发很长，脸也灰白了些，他有点苍老。

为着给那个折腿的小偷做赔偿，他牵了那条仅有的牛上市去卖。小羊皮袄也许是卖了？再不见他穿了！

晚间李青山他们来的时候，赵三忏悔一般地说："我做错了！也许是我该招的灾祸：那是一个天将黑的时候，我正喝酒，听着平儿大喊有人偷柴。刘二爷前些日子来说要加地租，我不答应，我说我们联合起来不给他加，于是他走了！过了几天他又来，说：非加不可。再不然叫你们滚蛋！我说好啊！等着你吧！那个管事的，他说：你还要造反？不滚蛋，你们的草堆，就要着火！我只当是那个小子来点着我的柴堆呢！拿着杆子跑出去就把腿给打断了！打断了也甘心，谁想那是一个小偷！哈哈！小偷倒霉了！就是治好，那也是跛子了！”

关于“镰刀会”的事情他像忘记了一般，李青山问他：“我们应该怎样铲锄刘二爷那恶棍？”

是赵三说的话：“打死他吧！那个恶祸。”

这是从前他说的话，现在他又不那样说了：“铲锄他又能怎样？我招灾祸，刘二爷也向东家说了不少好话。从前我是错了！也许现在是受了责罚！”

他说话时不像从前那样英气了！脸上有点带着忏悔的意味，羞惭和不安了。王婆坐在一边，听了这话她后脑上的小发卷也像生着气：“我没见过这样的汉子，起初看来还像一块铁，后来越看越是一堆泥了！”

赵三笑了：“人不能没有良心！”

于是好良心的赵三天天进城，弄一点白菜担着给东家送去，弄一点地豆也给东家送去。为着送这一类菜，王婆同他激烈地吵打，但他绝对保持着他的良心。

有一天少东家出来，站在门阶上像训诲着他一般：“好险！若不为你说一句话，三年大狱你可怎么蹲呢？那个小偷他算没走好运吧！你看我来着手给你办，用不着给他接腿，让他死了就完啦。你把卖牛的钱也好省下，我们是‘地东’‘地户’，哪有看着过去的……”

说话的中间，间断了一会，少东家把话尾落到别处去：“不过今年地租是得加。左近地邻不都是加了价吗？地东地户年头多了，不过得……少加一点。”

过不了几天小偷从医院抬出来，可真的死了就完了！把赵三的牛钱归还一半，另一半少东家说是用做杂费了。

二月了。山上的积雪现出毁灭的色调。但荒山上却有行人来往。渐渐有送粪的人担着担子行过荒凉的山岭。农民们蛰伏的虫子样又醒过来。渐渐送粪的车子也忙着了！只有赵三的车子没有牛挽，平儿冒着汗和爹爹并架着车辕。地租就这样加成了！

五、羊　群

平儿被雇做了牧羊童。他追打群羊跑遍山坡。山顶像是开着小花一般，绿了！而变红了！山顶拾野菜的孩子，平儿不断地戏弄她们，他单独地赶着一只羊去吃她们筐子里拾得的野菜。有时他选一条大身体的羊，像骑马一样地骑着来了！小的女孩们吓得哭着，她们看他像个猴子坐在羊背上。平儿从牧羊时起，他的本领渐渐得以发展。他把羊赶到荒凉的地方去，召集村中所有的孩子练习骑羊。每天那些羊和不喜欢行动的猪一样散遍在旷野。

行在归途上，前面白茫茫的一片，他在最后的一个羊背上，仿佛是大将统治着兵卒一般，他手耍着鞭子，觉得十分得意。

“你吃饱了吗？午饭。”

赵三对儿子温和了许多。从遇事以后他好像是温顺了。

那天平儿正戏耍在羊背上，在进大门的时候，羊疯狂地跑着，使他不能从羊背跳下，那样他像耍着的羊背上张狂的猴子。一个下雨的天气，在羊背上进大门的时候，他把小孩撞倒，主人用拾柴的耙子把他打下羊背来，仍是不停，像打着一块死肉一般。

夜里，平儿不能睡，辗翻着不能睡，爹爹动着他庞大的手掌拍抚他：“跑了一天！还不困倦，快快睡吧！早早起来好上工！”

平儿在爹爹温顺的手下，感到委屈了！

“我挨打了！屁股疼。”

爹爹起来，在一个纸包里取出一点红色的药粉给他涂擦破口的地方。

爹爹是老了！孩子还那样小，赵三感到人活着没有什么意趣了。第二天平儿去上工被辞退回来，赵三坐在厨房用谷草正织鸡笼，他说："好啊！明天跟爹爹去卖鸡笼吧！"

天将明，他叫着孩子："起来吧！跟爹爹去卖鸡笼。"

王婆把米饭用手打成坚实的团子，进城的父子装进衣袋去，算做午餐。

第一天卖出去的鸡笼很少，晚间又都背着回来。王婆弄着米缸响："我说多留些米吃，你偏要卖出去……又吃什么呢？……又吃什么呢？"

老头子把怀中的铜板给她，她说："不是今天没有吃的，是明天呀！"

赵三说："明天，那好说，明天多卖出几个笼子就有了！"

一个上午，十个鸡笼卖出去了！只剩三个大些的，堆在那里。爹爹手心上数着票子，平儿在吃饭团。

"一百枚还多着，我们该去喝碗豆腐脑来！"

他们就到不远的那个布棚下，蹲在担子旁吃着冒气的食品。是平儿先吃，爹爹的那碗才正在上面倒醋。平儿对于这食品是怎样新鲜呀！一碗豆腐脑是怎样舒畅着平儿的小肠子呀！他的眼睛圆圆地把一碗豆腐脑吞食完了！

那个叫卖人说："孩子再来一碗吧！"

爹爹惊奇着："吃完了？"

那个叫卖人把勺子放下锅去说："再来一碗算半碗的钱吧！"

平儿的眼睛溜着爹爹把碗给过去。他喝豆腐脑作出大大的抽响来。赵三却不那样，他把眼光放在鸡笼的地方，慢慢吃，慢慢吃终于也吃完了！他说："平儿，你吃不下吧？倒给我碗点。"

平儿倒给爹爹很少很少。给过钱，爹爹去看守鸡笼。平儿仍在那里，孩子贪恋着一点点最末的汤水，头仰向天，把碗扣在脸上一般。

菜市上买菜的人经过，若注意一下鸡笼，赵三就说：“买吧！仅是十个铜板。”

终于三个鸡笼没有人买，两个分给爹爹，留下的一个，在平儿的背上突起着。经过牛马市，平儿指嚷着：“爹爹，咱们的青牛在那儿。”

大鸡笼在背上荡动着，孩子去看青牛。赵三笑了，向那个卖牛人说：“又出卖吗？”

说着这话，赵三无缘的感到酸心。到家他向王婆说：“方才看见那条青牛在市上。”

“人家的了，就别提了。”王婆整天地不耐烦。

卖鸡笼渐渐的赵三会说价了；慢慢地坐在墙根他会招呼了！也常常给平儿买一两块红绿的糖球吃。后来连饭团也不用带。

他弄些铜板每天交给王婆，可是她总不喜欢，就像无意之中把钱放起来。

二里半又给说妥一家，叫平儿去做小伙计。孩子听了这话，就生气。

“我不去，我不能去，他们好打我呀！”平儿为了卖鸡笼所迷恋。

“我还是跟爹爹进城。”

王婆绝对主张孩子去做小伙计。她说：“你爹爹卖鸡笼，你跟着做什么？”

赵三说：“算了吧，不去就不去吧。”

铜板兴奋着赵三，半夜他也是织鸡笼，他向王婆说：“你就不好也来学学，一种营生呢！还好多织几个。”

但是王婆仍是去睡，就像对于他织鸡笼，怀着不满似的；就像反对他织鸡笼似的。

平儿同情着父亲，他愿意背鸡笼，多背一个，爹爹说：“不要背了！

够了！”

他又背一个，临出门时他又找个小一点的提在手里，爹爹问：“你能拿动吗？送回两个去吧，卖不完啊！”

有一次从城里割一斤肉回来，吃了一顿像样的晚餐。

村中妇人羡慕王婆：“三哥真能干哩！把一条牛卖掉，不能再种粮食，可是这比种粮食更好，更能得钱。”

经过二里半门前，平儿把罗圈腿也领进城去。平儿向爹爹要了铜板给小朋友买两片油煎馒头。又走到敲铜锣搭着小棚的地方去挤撞，每人花一个铜板看一看“西洋景”。那是从一个嵌着小玻璃镜，只容一个眼睛的地方看进去，里面有一张放大的画片活动着。打仗着，拿着枪的，很快又换上一张别样的。耍画片的人一面唱，一面讲：“这又是一片洋人打仗。你看‘老毛子’夺城，那真是哗啦啦！打死的不知多少……”

罗圈腿嚷着看不清，平儿告诉他：“你把眼睛闭起一个来！”

可是不久这就完了！从热闹的、孩子热爱着的城里把他们又赶出来。平儿又被装进这睡着一般的乡村。原因，小鸡初生卵的时节已经过去。家家把鸡笼全预备好了。

平儿不愿跟着，赵三自己进城，减价出卖。后来折本卖。最后他也不去了。厨房里鸡笼靠高墙摆起来。这些东西从前会使赵三欢喜，现在会使他生气。

平儿又骑在羊背上去牧羊。但是赵三是受了挫伤！

六、刑罚的日子

房后的草堆上，温暖在那里蒸腾起了。全个农村跳跃着泛滥的阳光。小风开始荡漾田禾，夏天又来到人间，叶子上树了！假使树会开花，那么花也上树了！

房后草堆上，狗在那里生产。大狗四肢在颤动，全身抖擞着。经过一个长时间，小狗生出来。

暖和的季节，全村忙着生产。大猪带着成群的小猪喳喳的跑过，也有的母猪肚子那样大，走路时快要接触着地面，它多数的乳房有什么在充实起来。

那是黄昏时候，五姑姑的姐姐她不能再延迟，她到婆婆屋中去说：“找个老太太来吧！觉着不好。”

回到房中放下窗帘和幔帐。她开始不能坐稳，她把席子卷起来，就在草上爬行。收生婆来时，她乍望见这房中，她就把头扭着。她说：“我没见过，像你们这样大户人家，把孩子还要养到草上。‘压柴，压柴，不能发财。’”

家中的婆婆把席下的柴草又都卷起来，土炕上扬起着灰尘。光着身子的女人，和一条鱼似的，她爬在那里。

黄昏以后，屋中起着烛光。那女人是快生产了，她小声叫号了一阵，收生婆和一个邻居的老太婆架扶着她，让她坐起来，在炕上微微的移动。可是罪恶的孩子，总不能生产，闹着夜半过去，外面鸡叫的时候，女人忽然苦痛得脸色灰白，脸色转黄，全家人不能安定。为她开始预备葬衣，在恐怖的烛光里四下翻寻衣裳，全家为了死的黑影所骚动。

赤身的女人，她一点不能爬动，她不能为生死再挣扎最后的一刻。天渐亮了。恐怖仿佛是僵尸，直伸在家屋。

五姑姑知道姐姐的消息，来了，正在探询：“不喝一口水吗？她从什么时候起？”

一个男人撞进来，看形象是一个酒疯子。他的半面脸，红而肿起，走到幔帐的地方，他吼叫：“快给我的靴子！”

女人没有应声，他用手撕扯幔帐，动着他厚肿的嘴唇：“装死吗？我看看你还装死不装死！”

说着他拿起身边的长烟袋来投向那个死尸。母亲过来把他拖出去。每年是这样，一看见妻子生产他便反对。

日间苦痛减轻了些，使她清明了！她流着大汗坐在幔帐中，忽然那个红脸鬼，又撞进来，什么也不讲，只见他怕人的手中举起大水盆向着帐子抛来。最后人们拖他出去。

大肚子的女人，仍胀着肚皮，带着满身冷水无言的坐在那里。她几乎一动不敢动，她仿佛是在父权下的孩子一般怕着她的男人。

她又不能再坐住，她受着折磨，产婆给换下她着水的上衣。门响了她又慌张了，要有神经病似的。一点声音不许她哼叫，受罪的女人，身边若有洞，她将跳进去！身边若有毒药，她将吞下去，她仇视着一切，窗台要被她踢翻。她愿意把自己的腿弄断，宛如进了蒸笼，全身将被热力所撕碎一般呀！

产婆用手推她的肚子："你再刚强一点，站起来走走，孩子马上就会下来的，到了时候啦！"

走过一个时间，她的腿颤颤得可怜。患着病的马一般，倒了下来。产婆有些失神色，她说："媳妇子怕要闹事，再去找一个老太太来吧！"

五姑姑回家去找妈妈。

这边孩子落产了，孩子当时就死去！用人拖着产妇站起来，立刻孩子掉在炕上，像投一块什么东西在炕上响着。女人横在血光中，用肉体来浸着血。

窗外，阳光晒满窗子，屋内妇人为了生产疲乏着。

田庄上绿色的世界里，人们洒着汗滴。

四月里，鸟雀们也孵雏了！常常看见黄嘴的小雀飞下来，在檐下跳跃着啄食。小猪的队伍逐渐肥起来，只有女人在乡村夏季更贫瘦，和耕种的马一般。

刑罚，眼看降临到金枝的身上，使她短的身材，配着那样大的肚子，十分不相称。金枝还不像个妇人，仍和一个小女孩一般，但是肚子膨胀起来了！快做妈妈了！妇人们的刑罚快擒着她。

并且她出嫁还不到四个月，就渐渐会诅咒丈夫，渐渐感到男人是炎凉的人类！那正和别的村妇一样。

坐在河边沙滩上，金枝在洗衣服。红日斜照着河水，对岸林子的倒影，随逐着红波模糊下去！

成业在后边，站在远远的地方："天黑了呀！你洗衣裳，懒老婆，白天你做什么来？"

天还不明，金枝就摸索着穿起衣裳。在厨房，这大肚子的小女人开始弄得厨房蒸着气。太阳出来，铲地的工人掮着锄头回来。堂屋挤满着黑黑的人头，吞饭、吞汤的声音，无纪律地在响。

中午又烧饭；晚间烧饭，金枝过于疲乏了！腿子痛得折断一般。天黑下来卧倒休息一刻。在迷茫中她坐起来，知道成业回来了！努力掀起在睡的眼睛，她问："才回来？"

过了几分钟，她没有得到答话。只见男人解脱衣裳，她知道又要挨骂了！正相反，没有骂，金枝感到背后温热一些，男人努力低声向她说话："……"

金枝被男人朦胧着了！

立刻，那和灾难一般，跟着快乐而痛苦追来了。金枝不能烧饭。村中的产婆来了！她在炕角苦痛着脸色，她在那里受着刑罚，王婆来帮助她把孩子生下来。王婆摇着她多经验的头颅："危险，昨夜你们必定是不安着的。年青什么也不晓得，肚子大了，是不许那样的。容易丧掉性命！"

十几天以后金枝又行动在院中了！小金枝在屋中哭唤她。

牛或是马在不知觉中忙着栽培自己的痛苦。夜间乘凉的时候，可以听见马或是牛棚做出异样的声音来。牛也许是为了自己的妻子而角斗，从牛棚撞出来了。木杆被撞掉，狂张着，成业去拾了耙子猛打疯牛，于是又安然被赶回棚里。

在乡村，人和动物一起忙着生，忙着死……

二里半的婆子和李二婶子在地端相遇："啊呀！你还能弯下腰去？"

"你怎么样？"

"我可不行了呢！"

"你什么时候的日子？"

"就是这几天。"

外面落着毛毛雨。忽然二里半的家屋吵叫起来！傻婆娘一向生孩子是闹惯了的，她大声哭，她怨恨男人："我说再不要孩子啦！没有心肝的，这不都是你吗？我算死在你身上！"

惹得老王婆扭着身子闭住嘴笑。过了一会傻婆娘又滚转着高声嚷叫："肚子疼死了，拿刀快把我肚子给割开吧！"

吵叫声中看得见孩子的圆头顶。

在这时候，五姑姑变青脸色，走进门来，她似乎不会说话，两手不住的扭绞："没有气了！小产了，李二婶子快死了呀！"

王婆就这样丢下麻面婆赶向打鱼村去。另一个产婆来时，麻面婆的孩子已在土炕上哭着。产婆洗着刚会哭的小孩。

等王婆回来时，窗外墙根下，不知谁家的猪也正在生小猪。

七、罪恶的五月节

五月节来临，催逼着两件事情发生：王婆服毒，小金枝惨死。

弯月相同弯刀刺上林端。王婆散开头发，她走向房后柴栏，在那儿她轻开篱门。柴栏外是墨沉沉的静甜的，微风不敢惊动这黑色的夜画；黄瓜爬上架了！玉米响着雄宽的叶子，没有蛙鸣，也少虫声。

王婆披着散发，幽魂一般的，跪在柴草上，手中的杯子放到嘴边。一切涌上心头，一切诱惑她。她平身向草堆倒卧过去。被悲哀汹淘着大哭了。

赵三从睡床上起来，他什么都不清楚，柴栏里，他带点愤怒对待王婆："为什么？在发疯！"

他以为她是闷着刺到柴栏去哭。

赵三撞到草中的杯子了，使他立刻停止一切思惟。他跑到屋中，灯光下，发现黑色浓重的液体在杯底。他先用手拭一拭，再用舌尖试一试，那是苦味。

"王婆服毒了！"

次晨村中嚷着这样的新闻。村人凄静的断续的来看她。

赵三不在家，他跑出去，乱坟岗子上，给她寻个位置。

乱坟岗子上活人为死人掘着坑子了，坑子深了些，二里半先跳下去。下层的湿土，翻到坑子旁边，坑子更深了！大了！几个人都跳下去，铲子不住的翻着，坑子埋过人腰。外面的土堆涨过人头。

坟场是死的城廓，没有花香，没有虫鸣；即使有花，即使有虫，那都是唱奏着别离歌，陪伴着说不尽的死者永久的寂寞。

乱坟岗子是地主施舍给贫苦农民们死后的住宅。但活着的农民，常常被地主们驱逐，使他们提着包袱，提着小孩，从破房子再走进更破的房子去。有时被逐着在马棚里借宿。孩子们哭闹着马棚里的妈妈。

赵三去进城，突然的事情打击着他，使他怎样柔弱呵！遇见了打鱼村进城卖菜的车子，那个驱车人麻麻烦烦的讲一些："菜价低了，钱帖毛荒。粮食也不值钱。"

那个车夫打着鞭子，他又说："只有布匹贵，盐贵。慢慢一家子连咸盐都吃不起啦！地租是增加，还叫老庄户活不活呢？”

赵三跳上车，低了头坐在车尾的辕边。两条衰乏的腿子，凄凉的挂下，并且摇荡。车轮在辙道上哐啷的摔响。

城里，大街上拥挤着了！菜市过量的纷嚷。围着肉铺，人们吵架一般。忙乱的叫卖童，手中花色的葫芦随着空气而跳荡，他们为了“五月节”而癫狂。

赵三他什么也没看见，好像街上的人都没有了！好像街是空街。但是一个小孩跟在后面：“过节了，买回家去，给小孩玩吧！”

赵三听不见这话，那个卖葫芦的孩子，好像自己不是孩子，自己是大人了一般，他追逐。

“过节了！买回家去给小孩玩吧！”

柳条枝上各色花样的葫芦好像一些被系住的蝴蝶，跟住赵三在后面跑。

一家棺材铺，红色的，白色的，门口摆了多多少少，他停在那里。孩子也停止追随。

一切预备好！棺材停在门前，掘坑的铲子停止翻扬了！

窗子打开，使死者见一见最后的阳光。王婆跳突着胸口，微微尚有一点呼吸，明亮的光线照拂着她素静的打扮。已经为她换上一件黑色棉裤和一件浅色短单衫。除了脸是紫色，临死她没有什么怪异的现象，人们吵嚷说：“抬吧！抬她吧！”

她微微尚有一点呼吸，嘴里吐出一点点的白沫，这时候她已经被抬起来了。外面平儿急叫：“冯丫头来啦！冯丫头！”

母女们相逢太迟了！母女们永远永远不会再相逢了！那个孩子手中提了小包袱，慢慢慢慢走到妈妈面前。她细看一看，她的脸孔快要接触到妈妈脸孔的时候，一阵清脆的爆裂的声浪嘶叫开来。她的小包袱滚滚着落地。

四围的人，眼睛和鼻子感到酸楚和湿浸。谁能止住被这小女孩唤起的难忍的酸痛而不哭呢？不相关连的人混同着女孩哭她的母亲。

其中新死去丈夫的寡妇哭得最厉害，也最哀伤。她几乎完全哭着自己的丈夫，她完全幻想是坐在她丈夫的坟前。

男人们嚷叫："抬呀！该抬了。收拾妥当再哭！"

那个小女孩感到不是自己家，身边没有一个亲人，她不哭了。

服毒的母亲眼睛始终是张着，但她不认识女儿，她什么也不认识了！停在厨房板块上，口吐白沫，她心坎尚有一点跳动。

赵三坐在炕沿，点上烟袋。女人们找一条白布给女孩包在头上，平儿把白带束在腰间。

赵三不在屋的时候，女人们便开始问那个女孩："你姓冯的那个爹爹多咱死的？"

"死两年多。"

"你亲爹呢？"

"早回山东了！"

"为什么不带你们回去？"

"他打娘，娘领着哥哥和我到了冯叔叔家。"

女人们探问王婆旧日的生活，她们为王婆感动，那个寡妇又说："你哥怎不来？回家去找他来看看娘吧！"

包白头的女孩，把头转向墙壁，小脸孔又爬着眼泪了！她努力咬住嘴唇，小嘴唇偏张开，她又张着嘴哭了！接受女人们的温情使她大胆一点，走到娘的近边，紧紧捏住娘的冰寒的手指，又用手给妈妈抹擦唇上的泡沫。小心恐只为母亲所惊扰，她带来的包袱踏在脚下。女人们又说："家去找哥哥来看看你娘吧！"

一听说哥哥，她就要大哭，又勉强止住。那个寡妇又问："你哥哥不在家吗？"

她终于用白色的包头布拢络住脸孔大哭起来了。借了哭势，她才敢说到哥哥：“哥哥前天死了呀！官项捉去枪毙的。”

包头布从头上扯掉。孤独的孩子癫痫着一般用头摇着母亲的心窝哭：“娘呀……娘呀……”

她再什么也不会哭诉，她还小呢！

女人们彼此说：“哥哥多咱死的？怎么没听……”

赵三的烟袋出现在门口，他听清楚她们议论王婆的儿子。赵三晓得那小子是个“红胡子”。怎样死的，王婆服毒不是听说儿子枪毙才自杀吗？这只有赵三晓得。他不愿意叫别人知道，老婆自杀还关连着某个匪案，他觉得当土匪无论如何有些不光明。

摇起他的烟袋来，他僵直的空的声音响起，用烟袋催逼着女孩：“你走好啦！她已死啦！没有什么看的，你快走回你家去！”

小女孩被爹爹抛弃，哥哥又被枪毙了，带来包袱和妈妈同住，妈妈又死了，妈妈不在，让她和谁生活呢？

她昏迷地忘掉包袱，只顶了一块白布，离开妈妈的门庭。离开妈妈的门庭，那有点像丢开她的心让她远走一般。

赵三因为他年老，他心中裁判着年青人：“私姘妇人，有钱可以，无钱怎么也去姘？没见过。到过节，那个淫妇无法过节，使他去抢，年青人就这样丧掉性命。”

当他看到也要丧掉性命的自己的老婆的时候，他非常仇恨那个枪毙的小子。当他想起去年冬天，王婆借来老洋炮的那回事，他又佩服人了：“久当胡子哩！不受欺侮哩！”

妇人们燃柴，锅渐渐冒气。赵三捻着烟袋他来回踱走。过一会他看看王婆仍少少有一点气息，气息仍不断绝。他好像为了她的死等待得不耐烦似的，他困倦了，依着墙磕睡。

长时间死的恐怖，人们不感到恐怖！人们集聚着吃饭，喝酒，这时候王婆在地下作出声音，看起来，她紫色的脸变成淡紫。人们放下杯子，说她又要活了吧？

不是那样，忽然从她的嘴角流出一些黑血，并且她的嘴唇有点像是起动，终于她大吼两声，人们瞪住眼睛说她就要断气了吧！

许多条视线围着她的时候，她活动着想要起来了！人们惊慌了！女人跑在窗外去了！男人跑去拿挑水的扁担。说她是死尸还魂。

喝过酒的赵三勇猛着："若让她起来，她会抱住小孩死去，或是抱住树，就是大人她也有力量抱住。"

赵三用他的大红手贪婪着把扁担压过去。扎实的刀一般的切在王婆的腰间。她的肚子和胸膛突然增胀，像是鱼泡似的。她立刻眼睛圆起来，像发着电光。她的黑嘴角也动了起来，好像说话，可是没有说话，血从口腔直喷，射了赵三的满单衫。赵三命令那个人："快轻一点压吧！弄得满身是血。"

王婆就算连一点气息也没有了！她被装进等在门口的棺材里。

后村的庙前，两个村中无家可归的老头，一个打着红灯笼，一个手提水壶，领着平儿去报庙。绕庙走了三周，他们顺着毛毛的行人小道回来，老人念一套成谱调的话，红灯笼伴了孩子头上的白布，他们回家去。平儿一点也不哭，他只记住那年妈妈死的时候不也是这样报庙吗？

王婆的女儿却没能同来。

王婆的死信传遍全村，女人们坐在棺材边大大的哭起！扭着鼻涕，号啕着：哭孩子的，哭丈夫的，哭自己命苦的，总之，无管有什么冤屈都到这里来送了！村中一有年岁大的人死，她们，女人之群们，就这样做。

将送棺材上坟场！要钉棺材盖了！

王婆终于没有死，她感到寒凉，感到口渴，她轻轻说："我要喝水！"

但她不知道，她是睡在什么地方。

五月节了，家家门上挂起葫芦。二里半那个傻婆子屋里有孩子哭着，她却蹲在门口拿刷马的铁耙子给羊刷毛。

二里半跛着脚。过节，带给他的感觉非常愉快。他在白菜地看见白菜被虫子吃倒几棵。若在平日他会用短句咒骂虫子，或是生气把白菜用脚踢着。但是现在过节了，他一切愉快着，他觉得自己是应该愉快。走在地边他看一看柿子还没有红，他想摘几个柿子给孩子吃吧！过节了！

全村表示着过节，菜田和麦地，无管什么地方都是静静的甜美的。虫子们也仿佛比平日会唱了些。

过节渲染着整个二里半的灵魂。他经过家门没有进去，把柿子扔给孩子又走了！他要趁着这样愉快的日子会一会朋友。

左近邻居的门上都挂了纸葫芦，他经过王婆家，那个门上摆荡着的是绿色的葫芦。再走，就是金枝家。金枝家，门外没有葫芦，门里没有人了！二里半张望好久：孩子的尿布在锅灶旁被风吹着，飘飘的在浮游。

小金枝来到人间才够一月，就被爹爹摔死了！婴儿为什么来到这样的人间？使她带了怨悒回去！仅仅是这样短促呀！仅仅是几天的小生命！

小小的孩子睡在许多死人中，她不觉得害怕吗？妈妈走远了！妈妈啜泣听不见了！

天黑了！月亮也不来为孩子做伴。

五月节的前些日子，成业总是进城跑来跑去，家来和妻子吵打。他说：“米价落了！三月里买的米现在卖出去折本一小半。卖了还债也不足，不卖又怎么能过节？”

并且他渐渐不爱小金枝，当孩子夜里把他吵醒的时候，他说："拼命吧！闹死吧！"

过节的前一天，他家什么也没预备，连一斤面粉也没买。烧饭的时候豆油罐子什么也倒流不出。

成业带着怒气回家，看一看还没有烧菜。他厉声嚷叫："啊！像我……该饿死啦，连饭也没得吃……我进城……我进城。"

孩子在金枝怀中吃奶。他又说："我还有好的日子吗？你们累得我，使我做强盗都没有机会。"

金枝垂了头把饭摆好，孩子在旁边哭。

成业看着桌上的咸菜和粥饭，他想了一刻又不住地说起："哭吧！败家鬼，我卖掉你去还债。"

孩子仍哭着，妈妈在厨房里，不知是扫地，还是收拾柴堆。爹爹发火了："把你们都一块卖掉，要你们这些吵家鬼有什么用……"

厨房里的妈妈和火柴一般被燃着："你像个什么？回来吵打，我不是你的冤家，你会卖掉，看你卖吧！"

爹爹飞着饭碗，妈妈暴跳起来。

"我卖？我摔死她吧！……我卖什么！"

就这样小生命被截止了！

王婆听说金枝的孩子死，她要来看看，可是她只扶了杖子立起又倒卧下来。她的腿骨被毒质所侵还不能行走。

年青的妈妈过了三天她到乱坟岗子去看孩子。但那能看到什么呢？被狗扯得什么也没有。

成业他看到一堆草染了血，他幻想是捆小金枝的草吧！他俩背向着流过眼泪。

乱坟岗子不知洒干多少悲惨的眼泪？永年悲惨的地带，连个乌鸦也不落下。

成业又看见一个坟窟，头骨在那里重见天日。

走出坟场，一些棺材、坟堆，死寂死寂的印象催迫着他们加快着步子。

八、蚊虫繁忙着

她的女儿来了！王婆的女儿来了！

王婆能够拿着鱼竿坐在河沿钓鱼了！她脸上的纹褶没有什么增多或减少。这证明她依然没有什么变动，她还必须活下去。

晚间河边蛙声震耳。蚊子从河边的草丛出发，嗡声喧闹的阵伍，迷漫着每个家庭。日间太阳也炎热起来！太阳烧上人们的皮肤，夏天，田庄上人们怨恨太阳和怨恨一个恶毒的暴力者一般。全个田间，一个大火球在那里滚转。

但是王婆永久欢迎夏天。因为夏天有肥绿的叶子，肥的园林，更有夏夜会唤起王婆诗意的心田，她该开始向着夏夜述说故事。今夏她什么也不说了！她偎在窗下和睡了似的，对向幽邃的天空。

蛙鸣振碎人人的寂寞；蚊虫骚扰着不能停息。

这相同平常的六月，这又是去年割麦的时节。王婆家今年没种麦田。她更忧伤而悄默了！当举着钓竿经过作浪的麦田时，她把竿头的绳线缭绕起来，她仰了头，望着高空，就这样睬也不睬地经过麦田。

王婆的性情更恶劣了！她又酗酒起来。她每天钓鱼。全家人的衣服她不补洗，她只每夜烧鱼，吃酒，吃得醉疯疯地，满院、满屋地旋走：她渐渐要到树林里去旋走。

有时在酒杯中她想起从前的丈夫；她痛心看见来在身边孤独的女儿，总之在喝酒以后她更爱烦想。

现在她近于可笑，和石块一般沉在院心，夜里她习惯于院中睡觉。

在院中睡觉被蚊虫迷绕着，正像蚂蚁群拖着已腐的苍蝇。她是再也没有心情了吧！再也没有心情生活！

王婆被蚊虫所食，满脸起着云片，皮肤肿起来。

王婆在酒杯中也回想着女儿初来的那天，女儿横在王婆怀中："妈呀！我想你是死了！你的嘴吐着白沫，你的手指都凉了呀！……哥哥死了，妈妈也死了，让我到哪里去讨饭吃呀！……他们把我赶出时，带来的包袱都忘下啦，我哭……哭昏啦……妈妈，他们坏心肠，他们不叫我多看你一刻……"

后来孩子从妈妈怀中站起来时，她说出更有意义的话："我恨死他们了！若是哥哥活着，我一定告诉哥哥把他们打死。"

最后那个女孩，拭干眼泪说："我必定要像哥哥，……"

说完她咬一下嘴唇。

王婆思想着女孩怎么会这样烈性呢？或者是个中用的孩子？

王婆忽然停止酗酒，她每夜，开始在林中教训女儿，在静的林里，她严峻的说："要报仇。要为哥哥报仇，谁杀死你的哥哥？"

女孩子想："官项杀死哥哥的。"她又听妈妈说："谁杀死哥哥，你要杀死谁，……"

女孩想过十几天以后，她向妈妈踟蹰着："是谁杀死哥哥？妈妈明天领我去进城，找到那个仇人，等后来什么时候遇见他我好杀死他。"

孩子说了孩子话，使妈妈笑了！使妈妈心痛。

王婆同赵三吵架的那天晚上，南河的河水涨出了河床。南河沿嚷着："涨大水啦！涨大水啦！"

人们来往在河边，赵三在家里也嚷着："你快叫她走，她不是我家的孩子，你的崽子我不招留。快——"

第二天家家的麦子送上麦场。第一场割麦，人们要吃一顿酒来庆祝。

赵三第一年不种麦，他家是静悄悄的。有人来请他，他坐到别人欢说着的酒桌前，看见别人欢说，看见别人收麦，他红色的大手在人前窘迫着了！不住地胡乱地扭搅，可是没有人注意他，种麦人和种麦人彼此谈说。

河水落了，却带来众多的蚊虫。夜里蛤蟆的叫声，好像被蚊子的嗡嗡声压住似的。日间蚊群也是忙着飞。只有赵三非常哑默。

九、传染病

乱坟岗子，死尸狼藉在那里。无人掩埋，野狗活跃在尸群里。

太阳血一般昏红；从朝至暮蚊虫混同着蒙雾充塞天空。高粱、玉米和一切菜类被人丢弃在田圃，每个家庭是病的家庭，是将要绝灭的家庭。

全村静悄了。植物也没有风摇动它们。一切沉浸在雾中。

赵三坐在南地端出卖五把新镰刀。那是组织“镰刀会”时剩下的。他正看着那伤心的遗留物，村中的老太太来问他：“我说……天象，这是什么天象？要天崩地陷了。老天爷叫人全死吗？嗳……”

老太婆离去赵三，曲背立即消失在雾中，她的语声也像隔远了似的：“天要灭人呀！……老天早该灭人啦！人世尽是强盗、打仗、杀害，这是人自己招的罪……”

渐渐远了！远处听见一个驴子在号叫，驴子号叫在山坡吗？驴子号叫在河沟吗？

什么也看不见，只能听闻：那是，二里半的女人作嘎的不愉悦的声音来近赵三。赵三为着镰刀所烦恼，他坐在雾中，他用烦恼的心思在妒恨镰刀，他想：“青牛是卖掉了！麦田没能种起来。”

那个婆子向他说话，但他没有注意到。那个婆子被脚下的土块跌倒，她起来时慌张着，在雾层中看不清她怎样张皇。她的音波织起了网状的波纹，和老大的蚊音一般：“三哥，还坐在这里？家怕是有‘鬼子’来了，就连小孩子，‘鬼子’也要给打针，你看我把孩子抱出来，就是孩子病死也甘心，打针可不甘心。”

麻面婆离开赵三去了！抱着她未死的、连哭也不会哭的孩子沉没在雾中。

太阳变成暗红的放大而无光的圆轮，当在人头。昏茫的村庄埋着天然灾难的种子，渐渐种子在滋生。

传染病和放大的太阳一般勃发起来，茂盛起来！

赵三踏着死蛤蟆走路；人们抬着棺材在他身边暂时现露而滑过去！一个歪斜面孔的小脚女人跟在后面，她小小的声音哭着。又听到驴子叫，不一会驴子闪过去，背上驮着一个重病的老人。

西洋人，人们叫他“洋鬼子”，身穿白外套，第二天雾退时，白衣女人来到赵三的窗外，她嘴上挂着白囊，说起难懂的中国话：“你的，病人的有？我的治病好，来。快快的。”

那个老的胖一些的，动一动胡子，眼睛胖得和猪眼一般，把头探着窗子望。

赵三着慌说没有病人，可是终于给平儿打针了！

“老鬼子”向那个“小鬼子”说话，嘴上的白囊一动一动的。管子、药瓶和亮刀从提包倾出，赵三去井边提一壶冷水。那个“鬼子”开始擦他通孔的玻璃管。

平儿被停在窗前的一块板上，用白布给他蒙住眼睛。隔院的人们都来看着，因为要晓得“鬼子”怎样治病，“鬼子”治病究竟怎样可怕。

玻璃管从肚脐下一寸的地方插下，五寸长的玻璃管只有半段在肚皮外闪光。于是人们捉紧孩子，使他仰卧不得摇动。“鬼子”开始一个人提起冷水壶，另一个对准那个长长的橡皮管顶端的漏水器。看起来“鬼子”像修理一架机器。四面围观的人好像有叹气的，好像大家一起在缩肩膀。孩子只是作出“呀！呀”的短叫，很快一壶水灌完了！最后在滚胀的肚子上擦了一点黄色药水，用小剪子剪一块白棉贴住破口。就这样白衣“鬼子”提了提包轻便的走了！又到别人家去。

又是一天晴朗的日子，传染病患到绝顶的时候！女人们抱着半死的小孩子，女人们始终惧怕打针，惧怕白衣的“鬼子”用水壶向小孩肚里灌水。她们不忍看那肿胀起来奇怪的肚子。

恶劣的传闻布遍着：“李家的全家死了！”“城里派人来验查，有病象的都用车子拉进城去，老太婆也拉，孩子也拉，拉去打药针。”

人死了听不见哭声，静悄地抬着草捆或是棺材向着乱坟岗子走去，接接连连的，不断……

过午，二里半的婆子把小孩送到乱坟岗子去！她看到别的几个小孩有的头发蒙住白脸，有的被野狗拖断了四肢，也有几个好好的睡在那里。

野狗在远的地方安然的嚼着碎骨发响。狗感到满足，狗不再为着追求食物而疯狂，也不再猎取活人。

平儿整夜呕着黄色的水、绿色的水，白眼珠满织着红色的丝纹。

赵三喃喃着走出家门，虽然全村的人死了不少，虽然庄稼在那里衰败，镰刀他却总想出卖，镰刀放在家里永久刺着他的心。

一〇、十　年

十年前村中的山、山下的小河，而今依旧似十年前，河水静静的在流，山坡随着季节而更换衣裳；大片的村庄生死轮回着和十年前一样。

屋顶的麻雀仍是那样繁多。太阳也照样暖和。山下有牧童在唱童谣，那是十年前的旧调：

秋夜长，秋风凉，
谁家的孩儿没有娘，
谁家的孩儿没有娘，……
月亮满西窗。

什么都和十年前一样，王婆也似没有改变，只是平儿长大了！平儿和罗圈腿都是大人了！

王婆被凉风飞着头发，在篱墙外远听从山坡传来的童谣。

一一、年盘转动了

雪天里，村人们永没见过的旗子飘扬起，升上天空！

全村寂静下去，只有日本旗子在山岗临时军营门前，振荡的响着。

村人们在想：这是什么年月？中华国改了国号吗？

一二、黑色的舌头

宣传“王道”的旗子来了！带着尘烟和骚闹来的。

宽宏的夹树道；汽车闹嚣着了！

田间无际限的浅苗湛着青色。但这不再是静穆的村庄，人们已经失去了心的平衡。草地上汽车突起着飞尘跑过，一些红色绿色的纸片播着种子一般落下来。小茅房屋顶有花色的纸片在起落。附近大道旁的枝头挂住纸片，在飞舞嘶鸣。从城里出发的汽车又追踪着驰来。车上站着威风飘扬的日本人、高丽人，也站着扬威的中国人。车轮突飞的时候，车上每人手中的旗子摆摆有声，车上的人好像生了翅膀齐飞过去。那一些举着日本旗子作出媚笑杂样的人，消失在道口。

那一些“王道”的书篇飞到山腰去，河边去……

王婆立在门前，二里半的山羊垂下它的胡子。老羊轻轻走过正在繁茂的树下。山羊不再寻什么食物，它困倦了！它过于老，全身变成土一般的毛色。它的眼睛模糊好像垂泪似的。山羊完全幽默和可怜起来；拂摆着长胡子走向洼地。

对着前面的洼地，对着山羊，王婆追踪过去痛苦的日子。她想把那些日子捉回，因为今日的日子还不如昨日。洼地没人种，上岗那些往日的麦田荒乱在那里。她在伤心的追想。

日本飞机拖起狂大的嗡鸣飞过，接着天空翻飞着纸片。一张纸片落在王婆头顶的树枝，她取下看了看丢在脚下。飞机又过去时留下更多的纸片。她不再理睬一下那些纸片，丢在脚下来复的乱踏。

过了一会，金枝的母亲经过王婆，她手中捉住两只公鸡，她问王婆说：“日子算是没法过了！可怎么过？就剩两只鸡，还得快快去卖掉！”

王婆问她：“你进城去卖吗？”

“不进城谁家肯买？全村也没有几只鸡了！”

她向王婆耳语了一阵：“日本子恶得很！村子里的姑娘都跑空了！年青的媳妇也是一样。我听说王家屯一个十三岁的小丫头叫日本子弄去了！半夜三更弄走的。”

“歇一歇腿再走吧！”王婆说。

她俩坐在树下。大地上的虫子并不鸣叫，只是她俩惨淡而忧伤地谈着。

公鸡在手下不时振动着膀子。太阳有点正中了！树影做成圆形。

村中添设出异样的风光，日本旗子、日本兵。人们开始讲究这一些：“王道”啦！日“满”亲善啦！快有“真龙天子”啦！

在“王道”之下，村中的废田多起来，人们在广场上忧郁着徘徊。

那老婆说到最后："我这些年来，都是养鸡，如今连个鸡毛也不能留，连个'啼明'的公鸡也不让留下。这是什么年头？……"

她振动一下袖子，有点癫狂似的，她立起来，踏过前面一块不耕的废田，废田患着病似的，短草在那婆婆的脚下不愉快地没有弹力地被踏过。

走得很远，仍可辨出两只公鸡是用那个挂下的手提着，另外一只手在面部不住地抹擦。

王婆睡下的时候，她听见远处好像有女人尖叫。打开窗子听一听……

再听一会警笛器叫起来，枪鸣起来，远处的人家闯入什么魔鬼了吗？

"你家有人没有？"

当夜日本兵、中国警察搜遍全村。这是搜到王婆家。她回答："有什么人？没有。"

他们掩住鼻子在屋中转了一个弯出去了。手电灯发青的光线乱闪着，临走出门栏，一个日本兵在铜帽子下面说中国话："也带走她。"

王婆完全听见他说的是什么。

"怎么也带女人吗？"她想，"女人也要捉去枪毙吗？"

"谁希罕她，一个老婆子！"那个中国警察说。

中国人都笑了！日本人也瞎笑。可是他们不晓得这话是什么意思，别人笑，他们也笑。

真的，不知他们牵了谁家的女人，曲背和猪一般被他们牵走。在稀薄乱动的手电灯绿色的光线里面，分辨不出这女人是谁。

还没走出栏门，他们就调笑那个女人。并且王婆看见那个日本"铜帽子"的手在女人的屁股上急忙的抓了一下。

一三、你要死灭吗

王婆以为又是假装搜查到村中捉女人，于是她不想到什么恶劣的事情上去，安然的睡了！赵三那老头子也非常老了！他回来没有惊动谁也睡了！

过了夜，日本宪兵在门外轻轻敲门，走进来的，看样像个中国人，他的长靴染了湿淋的露水，从口袋取出手巾，摆出泰然的样子坐在炕沿慢慢擦他的靴子，访问就在这时开始："你家昨夜没有人来过？不要紧，你要说实话。"

赵三刚起来，意识有点不清，不晓得这是什么事情要发生。于是那个宪兵把手中的帽子用力抖了一下，不是柔和而不在意的态度了："混蛋！你怎么不知道？等带去你就知道了！"

说了这样话并没带他去。王婆一面在扣衣钮一面抢说："问的是什么人？昨夜来过几个'老总'，搜查没有什么就走了！"

那个军官样的把态度完全是对着王婆，用一种亲昵的声音问："老太太请告诉吧！有赏哩！"

王婆的样子仍是没有改变。那人又说："我们是捉胡子，有胡子，乡民也是同样受害，你没见着昨天汽车来到村子宣传'王道'吗？'王道'叫人诚实。老太太说了吧！有赏呢！"

王婆面对着窗子照上来的红日影，她说："我不知道这回事。"

那个军官又想大叫，可是停住了，他的嘴唇困难地又动几下："'满洲国'要把害民的胡子扫清，知道胡子不去报告，查出来枪毙！"这时那个长靴人用斜眼神侮辱赵三一下。接着他再不说什么，等待答复，终于他什么也没得到答复。

还不到中午，乱坟岗子多了三个死尸，其中一个是女尸。

人们都知道那个女尸，就是在北村一个寡妇家搜出的那个“女学生”。

赵三听得别人说“女学生”是什么“党”。但是他不晓得什么“党”做什么解释。当夜在喝酒以后把这一切密事告诉了王婆，他也不知道那“女学生”倒有什么密事，到底为什么才死？他只感到不许传说的事情神秘，他也必定要说。

王婆她十分不愿意听，因为这件事情发生，她担心她的女儿，她怕是女儿的命运和那个“女学生”一般样。

赵三的胡子白了！也更稀疏，喝过酒，脸更是发红，他任意把自己摊散在炕角。

平儿担了大捆的绿草回来，晒干可以成柴，在院心他把绿草铺平。进屋他不立刻吃饭，透汗的短衫脱在身边，他好像愤怒似的，用力来拍响他多肉的肩头，嘴里长长的吐着呼吸。过了长时间爹爹说：“你们年青人应该有些胆量。这不是叫人死吗？亡国了！麦地不能种了，鸡犬也要死净。”

老头子说话像吵架一般。王婆给平儿缝汗衫上的大口，她感动了，想到亡国，把汗衫缝错了！她把两个袖口完全缝住。

赵三和一个老牛般样，年青时的气力全都消灭，只回想“镰刀会”，又告诉平儿：“那时候你还小着哩！我和李青山他们弄了个‘镰刀会’。勇得很！可是我受了打击，那一次使我碰壁了，你娘去借枝洋炮来，谁知还没用洋炮，就是一条棍子出了人命，从那时起就倒霉了！一年不如一年活到如今。”

“狗，到底不是狼，你爹从出事以后，对‘镰刀会’就没趣了！青牛就是那年卖的。”

她这样抢白着，使赵三感到羞耻和愤恨。同时自己为什么当时就那样卑小？心脏发燃了一刻，他说着使自己满意的话：“这下子东家也不东家了！有日本子，东家也不好干什么！”

他为着轻松充血的身子，他向树林那面去散步，那儿有树林。林梢在青色的天边画出美调的和舒卷着的云一样的弧线。青的天幕在前面直垂下来，曲卷的树梢花边一般地嵌上天幕。田间往日的蝶儿在飞，一切野花还不曾开。小草房一座一座的摊落着，有的留下残墙在晒阳光，有的也许是被炸弹带走了屋盖。房身整整齐齐地摆在那里。

赵三扩大开胸膛，他呼吸田间透明的空气。他不愿意走了，停脚在一片荒芜的、过去的麦地旁。就这样不多一时，他又感到烦恼，因为他想起往日自己的麦田而今丧尽在炮火下，在日本兵的足下必定不能够再长起来，他带着麦田的忧伤又走过一片瓜田，瓜田也不见了种瓜的人，瓜田尽被一些蒿草充塞。去年看守瓜地的小房，依然存在；赵三倒在小房下的短草梢头。他欲睡了！朦朦中看见一些高丽人从大树林穿过。视线从地平面直发过去，那一些高丽人仿佛是走在天边。

假如没有乱插在地面的家屋，那么赵三觉得自己是躺在天边了！

阳光迷住他的眼睛，使他不能再远看了！听得见村狗在远方无聊地吠叫。

如此荒凉的旷野，野狗也不到这里巡行。独有酒烧胸膛的赵三到这里巡行，但是他无有目的，任意足尖踏到什么地点，走过无数秃田，他觉得过于可惜，点一点头，摆一摆手，不住地叹着气走回家去。

村中的寡妇们多起来，前面是三个寡妇，其中的一个尚拉着她的孩子走。

红脸的老赵三走近家门又转弯了！他是那样信步而无主的走！忧伤在前面招示他，忽然间一个大凹洞，踏下脚去。他未曾注意这个，好像他一心要完成长途似的，继续前进。那里更有炸弹的洞穴，但不能阻碍他的去路，因为喝酒，壮年的血气鼓动他。

在一间破房子里，一只母猫正在哺乳一群小猫。他不愿意看这些，他更走，没有一个熟人与他遇见。直到天西烧红着云彩，他滴血的心，垂泪的眼睛竟来到死去的年青时伙伴们的坟上，不带酒祭奠他们，只是无话坐在朋友们之前。

亡国后的老赵三，蓦然念起那些死去的英勇的伙伴！留下活着的老的，只有悲愤而不能走险了，老赵三不能走险了！

那是个繁星的夜，李青山发着疯了！他的哑喉咙，使他讲话带着神秘而紧张的声色。这是第一次他们大型的集会。在赵三家里，他们像在举行什么盛大的典礼，庄严与静肃。人们感到缺乏空气一般，人们连鼻子也没有一个作响。屋子不燃灯，人们的眼睛和夜里的猫眼一般，闪闪有磷光而发绿。

王婆的尖脚，不住地踏在窗外，她安静的手下提了一只破洋灯罩，她时时准备着把玻璃灯罩摔碎。她是个守夜的老鼠，时时防备猫来。她到篱笆外绕走一趟，站在篱笆外听一听他们的谈论高低，有没有危险性？手中的灯罩她时刻不能忘记。

屋中李青山固执而且浊重的声音继续下去："在这半月里，我才真知道人民革命军真是不行，要干人民革命军那就必得倒霉，他们尽是些'洋学生'，上马还得用人抬上去。他们嘴里就会狂喊'退却'。二十八日那夜外面下小雨，我们十个同志正吃饭，饭碗被炸碎了哩！派两个出去寻炸弹的来路。大家来想一想，两个'洋学生'跑出去，唉！丧气，被敌人追着连帽子都跑丢了，'学生'们常常给敌人打死。……"

罗圈腿插嘴了："革命军还不如红胡子有用？"

月光照进窗来太暗了！当时没有人能发见罗圈腿发问时是个什么奇怪的神情。

李青山又在开始："革命军纪律可真厉害，你们懂吗？什么叫纪律？那就是规矩。规矩太紧，我们也受不了。比方吧：屯子里年青青的姑娘眼望着不准去……哈哈！我吃了一回苦，同志打了我十下枪柄哩！”

他说到这里，自己停下笑起来，但是没敢大声。他继续下去。

二里半对于这些事情始终是缺乏兴致，他在一边瞌睡，老赵三用他的烟袋锅撞一下在睡的缺乏政治思想的二里半，并且赵三大不满意起来：“听着呀！听着，这是什么年头还睡觉？”

王婆的尖脚乱踏着地面作响一阵，人们听一听，没听到灯罩的响声，知道日本兵没有来，同时人们感到严重的气氛。李青山的计划严重着发表。

李青山是个农人，他尚分不清该怎样把事弄起来，只说着：“屯子里的小伙子招集起来，起来救国吧！革命军那一群‘学生’是不行。只有红胡子才有胆量。”

老赵三他的烟袋没有燃着，丢在炕上，急快地拍一下手，他说：“对！招集小伙子们，起名也叫革命军。”

其实赵三完全不能明白，因为他还不曾听说什么叫做革命军，他无由得到安慰，他的大手掌快乐地不停地擦着胡子。对于赵三，这完全和十年前组织“镰刀会”同样兴致，也是暗室，也是静悄悄地讲话。

老赵三快乐得终夜不能睡觉，大手掌翻了个终夜。

同时，站在二里半的墙外可以数清他鼾声的拍子。

乡间，日本人的毒手努力毒化农民，就说要恢复“大清国”，要做“忠臣”、“孝子”、“节妇”；可是另一方面，正相反的势力也增长着。

天一黑下来就有人越墙藏在王婆家中，那个黑胡子的人每夜来，成为王婆的熟人。在王婆家吃夜饭，那人向她说：“你的女儿能干得很，背着步枪爬山爬得快呢！可是……已经……”

平儿蹲在炕下，他吸爹爹的烟袋。轻微的一点妒嫉横过心面。他有意弄响烟袋在门扇上，他走出去了。外面是阴沉全黑的夜，他在黑色中消灭了自己。等他忧悒着转回来时，王婆已是在垂泪的境况。

那夜老赵三回来得很晚，那是因为他逢人便讲亡国，救国，义勇军，革命军，……这一些出奇的字眼，所以弄得回来这样晚。快鸡叫的时候了！赵三的家没有鸡，全村听不见往日的鸡鸣。只有褪色的月光在窗上，三星不见了，知道天快明了。

他把儿子从梦中唤醒，他告诉他得意的宣传工作：东村那个寡妇怎样把孩子送回娘家预备去投义勇军；小伙子们怎样准备集合。老头子好像已在衙门里做了官员一样，摇摇摆摆着他讲话时的姿势，摇摇摆摆着他自己的心情，他整个的灵魂在阔步！

稍微沉静一刻，他问平儿："那个人来了没有？那个黑胡子的人？"

平儿仍回到睡中，爹爹正鼓动着生力，他却睡了！爹爹的话在他耳边，像蚊虫嗡叫一般的无意义。赵三立刻动怒起来，他觉得他光荣的事业，不能有人承受下去，感到养了这样的儿子没用，他失望。

王婆一点声息也不作出，像是在睡般地。

明朝，黑胡子的人，忽然走来，王婆又问他："那孩子死的时候，你到底是亲眼看见她没有？"

"老太太你怎么还不明白？不是老早就对你讲么？死了就死了吧！革命就不怕死，那是露脸的死啊……比当日本狗的奴隶活着强得多哪！"

王婆常常听他们这一类人说"死"说"活"……她也想死是应该，于是安静下去，用她昨夜为着泪水所浸蚀的眼睛观察那熟人急转的面孔。终于她接受了！那人从囊中取出来的所有小本子，和像黑点一般的小字充满在上面的零散的纸张，她全接受了！另外还有发亮的小枪一支也递给王婆。那个人急忙着要走，这时王婆又不自禁地问："她也是枪打死的吗？"

那人开门急走出去了！因为急走，那人没有注意到王婆。

王婆往日里，她不知恐怖，常常把那一些别人带来的小本子放在厨房里。有时她竟任意丢在席子下面。今天她却减少了胆量，她想那些东西若被搜查着，日本兵的刺刀会刺通了自己。她好像觉着自己的遭遇要和女儿一样似的，尤其是手掌里的小枪。她被恫吓着慢慢颤栗起来。女儿也一定被同样的枪杀死。她终止了想，她知道当前的事情开始紧急。

赵三仓皇着脸回来，王婆没有理他走向后面柴堆那儿。柴草不似每年，那是烧空了！在一片平地上稀疏的生着马蛇菜。她开始掘地洞；听村狗狂咬，她有些心慌意乱，把镰刀头插进土去无力拔出。她好像要倒落一般：全身受着什么压迫要把肉体解散了一般。过了一刻难忍昏迷的时间，她跑去呼唤她的老同伴。可是当走到房门又急转回来，她想起别人的训告：——重要的事情谁也不能告诉，两口子也不能告诉。

那个黑胡子的人，向她说过的话也使她回想了一遍：——你不要叫赵三知道，那老头子说不定和小孩子似的。

等她埋好之后，日本兵继续来过十几个。多半只戴了铜帽，连长靴都没穿就来了！人们知道他们又是在弄女人。

王婆什么观察力也失去了！不自觉地退缩在赵三的背后，就连那永久带着笑脸，常来王婆家搜查的日本官长，她也不认识了。临走时那人向王婆说"再见"，她直直迟疑着而不回答一声。

"拔"——"拔"，就是出发的意思，老婆们给男人在搜集衣裳或是鞋袜。

李青山派人到每家去寻个公鸡，没得寻到，有人提议把二里半的老山羊杀了吧！山羊正走在李青山门前，或者是歇凉，或者是它走不动了！它的一只独角塞进篱墙的缝际，小伙子们去抬它，但是无法把独角弄出。

二里半从门口经过，山羊就跟在后面回家去了！二里半说："你们要杀就杀吧！早晚还不是给日本子留着吗！"

李二婶子在一边说："日本子可不要它，老得不成样。"

二里半说："日本子不要它，老也老死了！"

人们宣誓的日子到了！没有寻到公鸡，决定拿老山羊来代替。小伙子们把山羊抬着，在杆上四脚倒挂下去，山羊不住哀叫。二里半可笑的悲哀的形色跟着山羊走来。他的跛脚仿佛是一步一步把地面踏陷。波浪状的行走，愈走愈快！他的老婆疯狂地想把他拖回去，然而不能做到，二里半惶惶地走了一路。山羊被抬过一个山腰的小曲道。山羊被升上院心铺好红布的方桌。

东村的寡妇也来了！她在桌前跪下祷告了一阵，又到桌前点着两枝红蜡烛，蜡烛一点着，二里半知道快要杀羊了。

院心除了老赵三，那尽是一些年青的小伙子在走，转。他们袒露胸臂，强壮而且凶横。

赵三总是向那个东村的寡妇说，他一看见她便宣传她。他一遇见事情，就不像往日那样贪婪吸他的烟袋。说话表示出庄严，连胡子也不动荡一下："救国的日子就要来到。有血气的人不肯当亡国奴，甘愿做日本刺刀下的屈死鬼。"

赵三只知道自己是中国人。无论别人对他讲解了多少遍，他总不能明白他在中国人中是站在怎样的阶级。虽然这样，老赵三也是非常进步，他可以代表整个的村人在进步着，那就是他从前不晓得什么叫国家，从前也许忘掉了自己是那国的国民！

他不开言了，静站在院心，等待宏壮悲愤的典礼来临。

来到三十多人，带来重压的大会，可真地触到赵三了！使他的胡子也感到非常重要而不可挫碰一下。

四月里晴朗的天空从山脊流照下来，房周围的大树群在正午垂曲的立在太阳下。畅明的天光与人们共同宣誓。

寡妇们和亡家的独身汉在李青山喊过口号之后，完全用膝头曲倒在天光之下。羊的脊背流过天光，桌前的大红蜡烛在壮默的人头前面燃烧。李青山的大个子直立在桌前："弟兄们！今天是什么日子！知道吗？今天……我们去敢死……决定了……就是把我们的脑袋挂满了整个村子所有的树梢也情愿，是不是啊？……是不是？……弟兄们？……。"

回声先从寡妇们传出："是呀！千刀万剐也愿意！"

哭声刺心一般痛，哭声方锥一般落进每个人的胸膛。一阵强烈的悲酸掠过低垂的人头，苍苍然蓝天欲坠了！

老赵三立到桌子前面，他不发声，先流泪："国……国亡了！我……我也……老了！你们还年青，你们去救国吧！我的老骨头再……再也不中用了！我是个老亡国奴，我不会眼见你们把日本旗撕碎，等着我埋在坟里……也要把中国旗子插在坟顶，我是中国人！我要中国旗子。我不当亡国奴，生是中国人，死是中国鬼……不……不是亡……亡国奴……"

浓重不可分解的悲酸，使树叶垂头。赵三在红蜡烛前用力敲了桌子两下，人们一起哭向苍天了！人们一起向苍天哭泣。大群的人起着号啕！

就这样把一支匣枪装好子弹摆在众人前面。每人走到那支枪口就跪倒下去盟誓："若是心不诚，天杀我，枪杀我，枪子是有灵有圣有眼睛的啊！"

寡妇们也是盟誓。也是把枪口对准心窝说话。只有二里半在人们宣誓之后快要杀羊时他才回来。从什么地方他捉一只公鸡来！只有他没曾宣誓，对于国亡，他似乎没什么伤心，他领着山羊，就回家去。别人的眼睛，尤其是老赵三的眼睛在骂他："你个老跛脚的东西，你，你不想活吗？……"

一四、到都市里去

临行的前夜，金枝在水缸沿上磨剪刀，而后用剪刀撕破死去孩子的尿巾。

年青的寡妇是住在妈妈家里。

“你明天一定走吗？”

睡在身边的妈妈被灯光照醒，带着无限怜惜，在已决定的命运中求得安慰似的。

“我不走，过两天再走。”金枝答她。

又过了不多时老太太醒来，她再不能睡，当她看见女儿不在身边而在地心洗濯什么的时候，她坐起来问着：“你是明天走吗？再住三两天不能够吧！”

金枝在夜里收拾东西，母亲知道她是要走。金枝说：“娘，我走两天，就回来，娘……不要着急！”

老太太像在摸索什么，不再发声音。

太阳很高很高了，金枝尚偎在病母亲的身边，母亲说：“要走吗？金枝！”

“走就走吧！去赚些钱吧！娘不阻碍你。”母亲的声音有些惨然，“可是要学好，不许跟着别人学，不许和男人打交道。”

女人们再也不怨恨丈夫。她向娘哭着：“这不都是小日本子吗？挨千刀的小日本子！不走等死吗？”金枝听老人讲，女人独自行路要扮个老相，或丑相，束上一条腰带，她把油罐子挂在身边，盛米的小桶也挂在腰带上，包着针线和一些碎布的小包袱塞进米桶去，装做讨饭的老婆，用灰尘把脸涂得很脏，并有条纹。

临走时妈妈把自己耳上的银环摘下，并且说：“你把这个带去吧！放在包袱里，别叫人给你抢去，娘一个钱也没有。”

“若饿肚时，你就去卖掉，买个干粮吃吧！”走出门去还听母亲说：“遇见日本子，你快伏在蒿子下。”

金枝走得很远，走下斜坡，但是娘的话仍是那样在耳边反复：“买个干粮吃。”她心中乱乱的幻想，她不知走了多远，她像从家向外逃跑一般，速步而不回头。小道也尽是生着短草，即便是短草也障碍金枝赶路的脚。

日本兵坐着马车，口里吸烟，从大道跑过。金枝有点颤抖了！她想起母亲的话，很快躺在小道旁的蒿子里。日本兵走过，她心跳着站起，她四面惶惶在望：母亲在哪里？家乡离开她很远，前面又来到一个生疏的村子，使她感觉到走过无数人间。

红日快要落过天边去，人影横倒地面杆子一般瘦长。踏过去一条小河桥，再没有多少路途了！

哈尔滨城渺茫中有工厂的烟囱插入云天。

金枝在河边喝水，她回头望向家乡，家乡遥远而不可见。只是高高的山头，山下辨不清是烟是树，母亲就在烟树荫中。

她对于家乡的山是那般难舍，心脏在胸中飞起了！金枝感到自己的心已被摘掉不知抛向何处！她不愿走了，强行走过河桥又转入小道。前面哈尔滨城在招示她，背后家山向她送别。

小道不生蒿草，日本兵来时，让她躲身到地缝中去吗？她四面寻找，为了心脏不能平衡，脸面过量的流汗，她终于被日本兵寻到：“你的！……站住。”

金枝好比中了枪弹，滚下小沟去，日本兵走近，看一看她脏污的样子。

他们和肥鸭一般，嘴里发响摆动着身子，没有理她走过去了！他们走了许久许久，她仍没起来，以后她哭着，木桶扬翻在那里，小包袱从木桶滚出。她重新走起时，身影在地面越瘦越长起来，和细线似的。

金枝在夜的哈尔滨城，睡在一条小街阴沟板上。那条街是小工人和洋车夫们的街道。有小饭馆，有最下等的妓女，妓女们的大红裤子时时在小土房的门前出现。闲散的人，做出特别姿态，慢慢和大红裤子们说笑，后来走进小房去，过一会又走出来。但没有一个人理会破乱的金枝，她好像一个垃圾桶，好像一个病狗似的堆偎在那里。

这条街连警察也没有，讨饭的老婆和小饭馆的伙计吵架。

满天星火，但那都疏远了！那是与金枝绝缘的物体。半夜过后金枝身边来了一条小狗，也许小狗是个受难的小狗？这流浪的狗它进木桶去睡。金枝醒来仍没出太阳，天空许多星充塞着。许多街头流浪人，尚挤在小饭馆门前，等候着最后的施舍。

金枝腿骨断了一般酸痛，不敢站起。最后她也挤进要饭人堆去，等了好久，伙计不见送饭出来，四月里露天睡宿打着透心的寒颤，别人看她的时候，她觉得这个样子难看，忍了饿又来在原处。

夜的街头，这是怎样的人间？金枝小声喊着娘，身体在阴沟板上不住地抽拍。绝望着，哭着，但是她和木桶里在睡的小狗一般同样不被人注意，人间好像没有他们存在。天明，她不觉得饿，只是空虚，她的头脑空空尽尽了！

在街树下，一个缝补的婆子，她遇见对面去问：

“我是新来的，新从乡下来的……”

看她作窘的样子，那个缝婆没理她，面色在清凉的早晨发着淡白走去。

卷尾的小狗偎依着木桶好像偎依妈妈一般，早晨小狗大约感到太寒。

小饭馆渐渐有人来往。一堆白热的馒头从窗口堆出。

“老婶娘，我新从乡下来，……我跟你去，去赚几个钱吧！”

第二次，金枝成功了，那个婆子领她走，一些搅扰的街道，发出浊气的街道，她们走过。金枝好像才明白，这里不是乡间了，这里只是生疏、隔膜、无情感。一路除了饭馆门前的鸡、鱼，和香味，其余她都没有看见似的，都没有听闻似的。

“你就这样把袜子缝起来。”

在一个挂金牌的“鸦片专卖所”的门前，金枝打开小包，用剪刀剪了块布角，缝补不认识的男人的破袜。那婆子又在教她：“你要快缝，不管好坏，缝住，就算。”

金枝一点力量也没有，好像愿意赶快死似的，无论怎样努力眼睛也不能张开。一部汽车擦着她的身边驰过，跟着警察来了，指挥她说：“到那边去！这里也是你们缝穷的地方？”

金枝忙仰头说：“老总，我刚从乡下来，还不懂得规矩。”

在乡下叫惯了老总，她叫警察也是老总，因为她看警察也是庄严的样子，也是腰间佩枪。别人都笑她，那个警察也笑了。老缝婆又教说她：“不要理他，也不必说话，他说你，你躲后一步就完。”

她，金枝立刻觉得自己发羞，看一看自己的衣裳也不和别人同样，她立刻讨厌从乡下带来的破罐子，用脚踢了罐子一下。

袜子补完，肚子空虚的滋味不见终止，假若得法，她要到无论什么地方去偷一点东西吃。很长时间她停住针，细看那个立在街头吃饼干的孩子，一直到孩子把饼干的最末一块送进嘴去，她仍在看。

“你快缝，缝完吃午饭，……可是你吃了早饭没有？”

金枝感到过于亲热，好像要哭出来似的，她想说：“从昨夜就没吃一点东西，连水也没喝过。”

中午来到，她们和从“鸦片馆”出来那些游魂似的人们同行着。

女工店有一种特别不流通的气息，使金枝想到这又不是乡村，但是那一些停滞的眼睛，黄色脸，直到吃过饭，大家用水盆洗脸时她才注意到，全屋五丈多长，没有隔壁，墙的四周涂满了臭虫血，满墙拖长着黑色紫色的血点。

一些污秽发酵的包袱围墙堆集着。这些多样的女人，好像每个患着病似的，就在包袱上枕了头讲话：“我那家子的太太，待我不错，吃饭都是一样吃，哪怕吃包子我也一样吃包子。”

别人跟住声音去羡慕她。过了一阵又是谁说她被公馆里的听差扭一下嘴巴。她说她气病了一场，接着还是不断地乱说。这一些烦烦乱乱的话金枝尚不能明白，她正在细想什么叫公馆呢？什么是太太？她用遍了思想而后问一个身边在吸烟的剪发的妇人：“‘太太’不就是老太太吗？”

那个妇人没答她，丢下烟袋就去呕吐。她说吃饭吃了苍蝇。

可是全屋通常的板炕，那一些城市的女人她们笑得使金枝生厌，她们是前仆后折的笑。她们为着笑这个乡下女人彼此兴奋得拍响着肩膀，笑得过甚的竟流起眼泪来。金枝却静静坐在一边。等夜晚睡觉时，她向初识那个老太太说：“我看哈尔滨倒不如乡下好，乡下姊妹很和气，你看午间她们笑我拍着掌哩！”

说着她卷紧一点包袱，因为包袱里面藏着赚得的两角钱纸票，金枝枕了包袱，在都市里的臭虫堆中开始睡觉。

金枝赚钱赚得很多了！在裤腰间缝了一个小口袋，把两元钱的票子放进去，而后缝住袋口。女工店向她收费用时她同那人说：“晚几天给不行吗？我还没赚到钱。”她无法又说：“晚上给吧！我是新从乡下来的。”

终于那个人不走，她的手摆在金枝眼下。女人们也越集越多，把金枝围起来。她好像在耍把戏一般招来这许多观众，其中有一个三十多岁的胖子，头发完全脱掉，粉红色闪光的头皮，独超出人前，她的脖子装好颤丝一般，使闪光的头颅轻便而随意地在转，在颤，她就向金枝说：“你快给人家！怎么你没有钱？你把钱放在什么地方我都知道。”

金枝生气，当着大众把口袋撕开，她的票子四分之三觉得是损失了！被人夺走了！她只剩五角钱。她想：“五角钱怎样送给妈妈？两元要多少日子再赚得？”

她到街上去上工很晚。晚间一些臭虫被捏死，发出袭人的臭味，金枝坐起来全身搔痒，直到搔出血来为止。

楼上她听着两个女人骂架，后来又听见女人哭，孩子也哭。

母亲病好了没有？母亲自己拾柴烧吗？下雨房子漏水吗？渐渐想得恶化起来：她若死了不就是自己死在炕上无人知道吗？

金枝正在走路，脚踏车响着铃子驰过她，立刻心脏膨胀起来，好像汽车要轧上身体，她终止一切幻想了。

金枝知道怎样赚钱，她去过几次独身汉的房舍，她替人缝被，男人们问她：“你丈夫多大岁数咧？”

“死啦！”

“你多大岁数？”

“二十七。”

一个男人拖着拖鞋，散着裤口，用他奇怪的眼睛向金枝扫了一下，奇怪的嘴唇跳动着：“年青青的小寡妇哩！”

她不懂在意这个，缝完，带了钱走了。有一次走出门时有人喊她：“你回来，……你回来。”

给人以奇怪感觉的急切地呼叫，金枝也懂得应该快走，不该回头。晚间睡下时，她向身边的周大娘说：“为什么缝完，拿钱走时他们叫我？”

周大娘说：“你拿人家多少钱？”

“缝一个被子，给我五角钱。”

“怪不得他们叫你！不然为什么给你那么多钱？普通一张被两角。”

周大娘在倦乏中只告诉她一句：“缝穷婆谁也逃不了他们的手。”

那个全秃的亮头皮的妇人在对面的长炕上类似尖巧的呼叫，她一面走到金枝头顶，好像要去抽拔金枝的头发。弄着她的胖手指：“唉呀！我说小寡妇，你的好运气来了！那是又来财又开心。”

别人被吵醒开始骂那个秃头：“你该死的，有本领的野兽，一百个男人也不怕，一百个男人你也不够。”

女人骂着彼此在交谈，有人在大笑，不知谁在一边重复了好几遍：“还怕！一百个男人还不够哩！”

好像闹着的蜂群静了下去，女人们一点嗡声也停住了，她们全体到梦中去。

“还怕！一百个男人还不够哩！”不知谁，她的声音没有人接受，空洞地在屋中走了一周，最后声音消灭在白月的窗纸上。

金枝站在一家俄国点心铺的纱窗外。里面格子上各式各样的油黄色的点心、肠子、猪腿、小鸡，这些吃的东西，在那里发出油亮。最后她发现一个整个的肥胖的小猪，竖起耳朵伏在一个长盘里。小猪四围摆了一些小白菜和红辣椒。她要立刻上去连盘子都抱住，抱回家去快给母亲看。不能那样做，她又恨小日本子，若不是小日本子搅闹乡村，自家的母猪不是早生了小猪吗？

“布包”在肘间渐渐脱落，她不自觉的在铺门前站不安定，行人道上人多起来，她碰撞着行人。一个漂亮的俄国女人从点心铺出来，金枝连忙注意到她透孔的鞋子下面染红的脚趾甲；女人走得很快，比男人还快，使她不能再看。

人行道上：吭——吭——的大响，大队的人经过，金枝一看见铜帽子就知道日本兵，日本兵使她离开点心铺快快跑走。她遇到周大娘向她说：“一点活计也没有，我穿这一件短衫，再没有替换的，连买几尺布的钱也攒不下，十天一交费用，那就是一块五角。又老，眼睛又花，缝的也慢，从没人领我到家里去缝。一个月的饭钱还是欠着，我住得年头多了！若是新来，那就非被赶出去不可。”她走一条横道又说：“新来的一个张婆，她有病都被赶走了。”

经过肉铺，金枝对肉铺也很留恋，她想买一斤肉回家也满足。母亲半年多没尝过肉味。

松花江，江水不住地流，早晨还没有游人，舟子在江沿无聊地彼此骂笑。

周大娘坐在江边。怅然了一刻，接着擦她的眼睛，眼泪是为着她末日的命运在流。江水轻轻拍着江岸。

金枝没被感动，因为她刚来到都市，她还不晓得都市。金枝为着钱，为着生活，她小心地跟了一个独身汉去到他的房舍。刚踏进门，金枝看见那张床，就害怕，她不坐在床边，坐在椅子上先缝被褥。那个男人开始慢慢和她说话，每一句话使她心跳。可是没有什么，金枝觉得那人很同情她。接着就缝一件夹衣的袖口，夹衣是从那个人身上立刻脱下的，等到袖口缝完时，那男人从腰带间一个小口袋取出一元钱给她，那男人一面把钱送过去，一面用他短胡子的嘴向金枝扭了一下，他说：“寡妇有谁可怜你？”

金枝是乡下女人，她还看不清那人是假意同情，她轻轻受了“可怜”字眼的感动，她心有些波荡，停在门口，想说一句感谢的话，但是她不懂说什么，终于走了！她听道旁大水壶的笛子在耳边叫，面包作坊门前取面包的车子停在道边，俄国老太太花红的头巾驰过她。

“嗳！回来……你来，还有衣裳要缝。”

那个男人涨红了脖子追在后面。等来到房中，没有事可做，那个男人像猿猴一般，袒露出多毛的胸膛，去用厚手掌闩门去了！而后他开始解他的裤子，最后他叫金枝：“快来呀……小宝贝。”他看一看金枝吓住了，没动，“我叫你是缝裤子，你怕什么？”

缝完了，那人给她一元票，可是不把票子放到她的手里，把票子摔到床底，让她弯腰去取，又当她取得票子时夺过来让她再取一次。

金枝完全摆在男人怀中，她不是正音嘶叫：“对不起娘呀！……对不起娘……”

她无助的嘶狂着，圆眼睛望一望锁住的门不能自开，她不能逃走，事情必然要发生。

女工店吃过晚饭，金枝好像踏着泪痕行走，她的头过分的迷昏，心脏落进污水沟中似的，她的腿骨软了，松懈了，爬上炕取她的旧鞋，和一条手巾，她要回乡，马上躺到娘身上去哭。

炕尾一个病婆，垂死时被店主赶走，她们停下那件事不去议论，金枝把她们的趣味都集中来。

“什么勾当？这样着急？”第一个是周大娘问她。

“她一定进财了！”第二个是秃头胖子猜说。

周大娘也一定知道金枝赚到钱了，因为每个新来的第一次“赚钱”都是过分的羞恨。羞恨摧毁她，忽然患着传染病一般。

“惯了就好了！那怕什么！弄钱是真的，我连金耳环都赚到手里。”

秃胖子用好心劝她，并且手在扯着耳朵。别人骂她：“不要脸，一天就是你不要脸！”

旁边那些女人看见金枝的痛苦，就是自己的痛苦，人们慢慢四散，去睡觉了，对于这件事情并不表示新奇和注意。

金枝勇敢的走进都市，羞恨又把她赶回了乡村，在村头的大树枝上发现人头。一种感觉通过骨髓麻寒她全身的皮肤，那是怎样可怕，血浸的人头！

母亲拿着金枝的一元票子，她的牙齿在嘴里埋没不住，完全外露，她一面细看票子上的花纹，一面快乐有点不能自制地说：“来家住一夜明日就走吧！”

金枝在炕沿捶打酸痛的腿骨；母亲不注意女儿为什么不欢喜，她只跟了一张票子想到另一张，在她想，许多票子不都可以到手吗？她必须鼓励女儿。

“你应该洗洗衣裳收拾一下，明天一早必得要行路的，在村子里是没有出头露面之日。”

为了心切，她好像责备着女儿一般，简直对于女儿没有热情。

一扇窗子立刻打开，拿着枪的黑脸孔的人竟跳进来，踏了金枝的左腿一下。那个黑人向棚顶望了望，他熟悉地爬向棚顶去，王婆也跟着走来，她多日不见金枝而没说一句话，宛如她什么也看不见似的。一直爬上棚顶去。金枝和母亲什么也不晓得，只是爬上去。直到黄昏恶消息仍没传来，他们和爬虫样才从棚顶爬下。王婆说：“哈尔滨一定比乡下好，你再去就在那里不要回来，村子里日本子越来越恶，他们捉大肚女人，破开肚子去破红枪会，活显显的小孩从肚皮流出来。为这事，李青山把两个日本子的脑袋割下挂到树上。”

金枝鼻子作出哼声：“从前恨男人，现在恨小日本子。”最后她转到伤心的路上去，“我恨中国人呢！除外我什么也不恨。”

王婆的学识有点不如金枝了！

一五、失败的黄色药包

开拔的队伍在南山道转弯时，孩子在母亲怀中向父亲送别。行过大树道，人们滑过河边。他们的衣装和步伐看起来不像一个队伍，但衣服下藏着猛壮的心。这些心把他们带走，他们的心铜一般凝结着出发。最末一刻大山坡还未曾遮没最后的一个人，一个抱在妈妈怀中的小孩他呼叫“爹爹”。孩子的呼叫什么也没得到，父亲连手臂也没摇动一下，孩子好像把声响撞到了岩石。

女人们一进家屋，屋子好像空了；房屋好像修造在天空，素白的阳光在窗上，却不带来一点意义。她们不需要男人回来，只需要好消息。消息来时，是五天过后，老赵三赤着他显露筋骨的脚奔向李二婶子去告诉："听说青山他们被打散啦！"显然赵三是手足无措，他的胡子也震惊起来，似乎忙着要从他的嘴巴跳下。

"真的有人回来了吗？"

李二婶子的喉咙变做细长的管道，使声音出来做出多角形。

"真的，平儿回来啦！"赵三说。

严重的夜，从天上走下。日本兵围剿打鱼村、白旗屯，和三家子……

平儿正在王寡妇家，他休息在情妇的心怀中。外面狗叫，听到日本人说话，平儿越墙逃走；他埋进一片蒿草中，蛤蟆在脚间跳。

"非拿住这小子不可，怕是他们和义勇军接连！"

在蒿草中他听清这是谁们在说："走狗们！"

平儿他听清他的情妇被拷打。

"男人哪里去啦？——快说，再不说枪毙！"

他们不住骂："你们这些母狗，猪养的。"

平儿完全赤身，他走了很远。他去扯衣襟拭汗，衣襟没有了，在腿上扒了一下，于是才发现自己的身影落在地面和光身的孩子一般。

二里半的麻婆子被杀，罗圈腿被杀，死了两个人，村中安息两天。第三天又是要死人的日子。日本兵满村窜走，平儿到金枝家棚顶去过夜。金枝说："不行呀！棚顶方才也来小鬼子翻过。"

平儿于是在田间跑着，枪弹不住向他放射，平儿的眼睛不会转弯，他听有人在近处叫："拿活的，拿活的。……"

他错觉的听到了一切，他遇见一扇门推进去，一个老头在烧饭，平儿快流眼泪了："老伯伯，救命，把我藏起来吧！快救命吧！"

老头子说："什么事？"

"日本子捉我。"

平儿鼻子流血，好像他说到日本子才流血。他向全屋四面张望，就像连一条缝也没寻到似的，他转身要跑，老人捉住，出了后门，盛粪的长形的笼子在门旁，掀起粪笼，老人说："你就爬进去，轻轻喘气。"

老人用粥饭涂上纸条把后门封起来，他到锅边吃饭。粪笼下的平儿听见来人和老人讲话，接着他便听到有人在弄门闩，门就要开了，自己就要被捉了！他想要从笼子跳出来，但，很快那些人，那些魔鬼去了！

平儿从安全的粪笼出来，满脸粪屑，白脸染着红血条，鼻子仍然流血，他的样子已经很可惨。

李青山这次他信任"革命军"有用，逃回村来，他不同别人一样带回沮丧的样子，他在王婆家说："革命军所好的是他不胡乱干事，他们有纪律，这回我算相信，红胡子算完蛋，自己纷争，乱撞胡撞。"

这次听众很少，人们不相信青山。村人天生容易失望，每个人容易失望。每个人觉得完了！只有老赵三，他不失望，他说："那么再组织起来去当革命军吧！"

王婆觉得赵三说话和孩子一般可笑。但是她没笑他。她的身边坐着戴男人帽子、当过胡子救过国的女英雄说："死的就丢下，那么受伤的怎样了？"

"受轻伤的不都回来了吗！受重伤那就管不了，死就是啦！"

正这时北村一个老婆婆疯了似的哭着跑来和李青山拼命。她捧住头，像捧住一块石头般地投向墙壁，嘴中发出短句："李青山，……仇人……我的儿子让你领走去丧命。"

人们拉开她，她有力挣扎，比一条疯牛更有力。

"就这样不行，你把我给小日本子送去吧！我要死，……到应死的时候了！……"

她就这样不住地捉她的头发，慢慢她倒下来，她换不上气来，她轻轻拍着王婆的膝盖："老姐姐，你也许知道我的心，十九岁守寡，守了几十年，守这个儿子；……我那些挨饿的日子呀！我跟孩子到山坡去割茅草，大雨来了，雨从山坡把娘儿两个拍滚下来，我的头，在我想是碎了，谁知道？还没死……早死早完事。"

她的眼泪一阵湿热湿透王婆的膝盖，她开始轻轻哭："你说我还守什么？……我死了吧！有日本子等着，菱花那丫头也长不大，死了吧！"

果然死了，房梁上吊死的。三岁孩子菱花的小脖颈和祖母并排悬着，高挂起正像两条瘦鱼。

死亡率在村中又在开始快速，但是人们不怎样觉察，患着传染病一般地全乡村又在昏迷中挣扎。

"爱国军"从三家子经过，张着黄色旗，旗上有红字"爱国军"。人们有的跟着去了！他们不知道怎样爱国，爱国又有什么用处，只是他们没有饭吃啊！

李青山不去，他说那也是胡子编成的。老赵三为着"爱国军"和儿子吵架："我看你是应该去，在家若是传出风声去有人捉拿你。跟去混混，到最末就是杀死一个日本鬼子也上算，也出出气。年青气壮，出一口气也是好的。"

老赵三一点见识也没有，他这样盲动的说话使儿子不佩服，平儿同爹爹讲话总是把眼睛绕着圈子斜视一下，或是不调协的抖一两下肩头，这样对待他，他非常不愿意接受，有时老赵三自己想："老赵三怎不是个小赵三呢！"

一六、尼　姑

金枝要做尼姑去。

尼姑庵红砖房子就在山尾那端。她去开门没能开，成群的麻雀在院心啄食，石阶生满绿色的苔藓，她问一个邻妇，邻妇说："尼姑在事变以后，就不见，听说跟造房子的木匠跑走的。"

从铁门栏看进去，房子还未上好窗子，一些长短的木块尚在院心，显然可以看见正房里，凄凉的小泥佛在坐着。

金枝看见那个女人肚子大起来，金枝告诉她说："这样大的肚子你还敢出来？你没听说小日本子把大肚女人弄去破红枪会吗？日本子把女人肚子割开，去带着上阵，他们说红枪会什么也不怕，就怕女人；日本子叫红枪会做'铁孩子'呢！"

那个女人立刻哭起来。

"我说不嫁出去，妈妈不许，她说日本子就要姑娘，看看，这回怎么办？孩子的爹爹走就没见回来，他是去当义勇军。"

有人从庙后爬出来，金枝她们吓得跑。

"你们见了鬼吗？我是鬼吗？……"

往日美丽的年青的小伙子，和死蛇一般爬回来。五姑姑出来看见自己的男人，她想到往日受伤的马，五姑姑问他："义勇军全散了吗？"

"全散啦！全死啦！就连我也死啦！"他用一只胳膊打着草梢轮回："养汉老婆，我弄得这个样子，你就一句亲热的话也没有吗？"

五姑姑垂下头，和睡了的向日葵花一般。大肚子的女人回家去了！金枝又走向哪里去？她想出家，庙庵早已空了！

一七、不健全的腿

“‘人民革命军’在哪里？”二里半突然问起赵三说。这使赵三想：“二里半当了走狗吧？”他没告诉他。二里半又去问青山。青山说：“你不要问，再等几天跟着我走好了！”

二里半急迫着好像他就要跑到革命军去。青山长声告诉他：“革命军在磐石，你去得了吗？我看你一点胆量也没有，杀一只羊都不能够。”接着他故意羞辱他似的：“你的山羊还好啊？”

二里半为了生气，他的白眼球立刻多过黑眼球。他的热情立刻在心里结成冰。李青山不与他再多说一句，望向窗外天边的树，小声摇着头，他唱起小调来。二里半临出门，青山的女人在厨房向他说：“李大叔，吃了饭走吧！”

青山看到二里半可怜的样子，他笑说：“回家做什么，老婆也没有了，吃了饭再说吧！”

他自己没有了家庭，他贪恋别人的家庭。当他拾起筷子时，很快一碗麦饭吃下去了，接连他又吃两大碗，别人还没吃完，他已经在抽烟了！他一点汤也没喝，只吃了饭就去抽烟。

“喝些汤，白菜汤很好。”

“不喝，老婆死了三天，三天没吃干饭哩！”二里半摇着头。

青山忙问：“你的山羊吃了干饭没有？”

二里半吃饱饭，好像一切都有希望。他没生气，照例自己笑起来。他感到满意地离开青山家。在小道上不断地抽他的烟袋。天色茫茫的并不引他悲哀，蛤蟆在小河边一声声的哇叫。河边的小树随了风在骚闹，他踏着往日自己的菜田，他振动着往日的心波。菜田连棵菜也不生长。

那边人家的老太太和小孩子们载起暮色来在田上匍匐。他们相遇在地端，二里半说："你们在掘地吗？地下可有宝物？若有我也蹲下掘吧！"

一个很小的孩子发出脆声："拾麦穗呀！"孩子似乎是快乐，老祖母在那边已叹息了："有宝物？………我的老天爷？孩子饿得乱叫，领他们来拾几粒麦穗，回家给他们做干粮吃。"

二里半把烟袋给老太太吸，她拿过烟袋，连擦都没有擦，就放进嘴去。显然她是熟悉吸烟，并且十分需要。她把肩膀抬得高高，她紧合了眼睛，浓烟不住从嘴冒出，从鼻孔冒出。那样很危险，好像她的鼻子快要着火。

"一个月也多了，没得摸到烟袋。"

她像仍不愿意舍弃烟袋，理智勉强了她。二里半接过去把烟袋在地面敲着。

人间已是那般寂寞了！天边的红霞没有鸟儿翻飞，人家的篱墙没有狗儿吠叫。

老太太从腰间慢慢取出一个纸团，纸团慢慢在手下舒展开，而后又折平。

"你回家去看看吧！老婆、孩子都死了！谁能救你，你回家去看看吧！看看就明白啦！"

她指点那张纸，好似指点符咒似的。

天更黑了！黑得和帐幕紧逼住人脸。最小的孩子，走几步，就抱住祖母的大腿，他不住地嚷着："奶奶，我的筐满了，我提不动呀！"

祖母为他提筐，拉着他。那几个大一些的孩子卫队似的跑在前面。到家，祖母点灯看时，满筐蒿草，蒿草从筐沿要流出来，而没有麦穗，祖母打着孩子的头笑了："这都是你拾得的麦穗吗？"祖母把笑脸转换哀伤的脸，她想："孩子还不能认识麦穗，难为了孩子！"

五月节，虽然是夏天，却像吹起秋风来。二里半熄了灯，凶壮着从屋檐出现，他提起切菜刀，在墙角，在羊棚，就是院外白树下，他也搜遍。他要使自己无牵无挂，好像非立刻杀死老羊不可。

这是二里半临行的前夜。

老羊鸣叫着回来，胡子间挂了野草，在栏栅处擦得栏栅响。二里半手中的刀，举得比头还高，他朝向栏杆走去。

菜刀飞出去，喳啦的砍倒了小树。

老羊走过来，在他的腿间搔痒。二里半许久许久的抚摸羊头，他十分羞愧，好像耶稣教徒一般向羊祷告。

清早他像对羊说话，在羊棚喃喃了一阵，关好羊栏，羊在栏中吃草。

五月节，晴明的青空。老赵三看这不像个五月节样：麦子没长起来，嗅不到麦香，家家门前没挂纸葫芦。他想这一切是变了！变得这样速！去年五月节，清清明明的，就在眼前似的，孩子们不是捕蝴蝶吗？他不是喝酒吗？

他坐在门前一棵倒折的树干上，凭吊这已失去的一切。

李青山的身子经过他，他扮成“小工”模样，赤足卷起裤口，他说给赵三：“我走了！城里有人候着，我就要去……”

青山没提到五月节。

二里半远远跛脚奔来，他青色马一样的脸孔，好像带着笑容。他说：“你在这里坐着，我看你快要朽在这根木头上……”

二里半回头看时，被关在栏中的老羊，居然随在身后，立刻他的脸更拖长起来：“这条老羊……替我养着吧！赵三哥！你活一天替我养一天吧……”

二里半的手，在羊毛上惜别，他流泪的手，最后一刻摸着羊毛。

他快走，跟上前面李青山去。身后老羊不住哀叫，羊的胡子慢慢在摆动……

二里半不健全的腿颠跌着颠跌着，远了！模糊了！山岗和树林，渐去渐远。羊声在遥远处伴着老赵三茫然的嘶鸣。

一九三四年九月九日

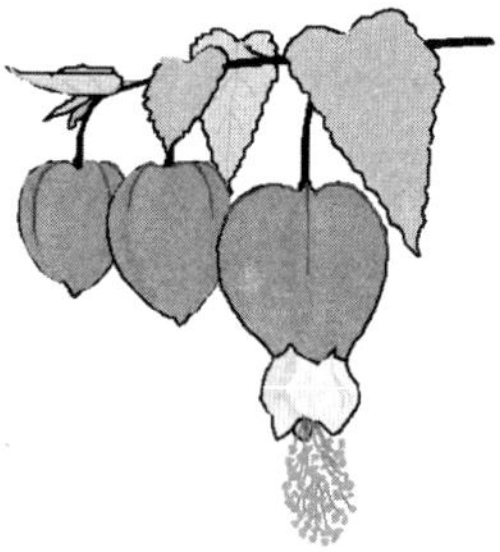

小　六

"六啊，六……"

孩子顶着一块大锅盖，蹒蹒跚跚大蜘蛛一样从楼梯爬下来，孩子头上的汗还不等揩抹，妈妈又唤喊了：

"六啊！……六啊！……"

是小六家搬家的日子。八月天，风静睡着，树梢不动，蓝天好像碧蓝的湖水，一条云彩也未挂到湖上。楼顶闲荡无虑地在晒太阳。楼梯被石墙的阴影遮断了一半，和往日一样，该是预备午饭的时候。

"六啊……六，……小六……"

一切都和昨日一样，一切没有变动，太阳，天空，墙外的树，树下的两只红毛鸡仍在啄食。小六家房盖穿着洞了，有泥块打进水桶，阳光从窗子、门，从打开的房盖一起走进来，阳光逼走了小六家一切盆子、桶子和人。

不到一个月，那家的楼房完全长起，红色瓦片盖住楼顶，有木匠在那里正装窗框。吃过午饭，泥水匠躺在长板条上睡觉，木匠也和大鱼似的找个荫凉的地方睡。那一些拖长的腿，泥污的手脚，在长板条上可怕的，偶然伸动两下。全个后院，全个午间，让他们的鼾声结着群。

虽然楼顶已盖好瓦片，但在小六娘觉得只要那些人醒来，楼好像又高一点，好像天空又短了一块。那家的楼房玻璃快到窗框上去闪光，烟囱快要冒起烟来了。

同时小六家呢？爹爹提着床板一条一条去卖。并且蟋蟀吟鸣得厉害，墙根草莓棵藏着蟋蟀似的。爹爹回来，他的单衫不像夏夜那样染着汗。娘在有月的夜里，和旷野上老树一般，一张叶子也没有，娘的灵魂里一颗眼泪也没有，娘没有灵魂！

“自来火给我！小六他娘，小六他娘。”

“俺娘哪来的自来火，昨晚不是借的自来火点灯吗？”

爹爹骂起来：“懒老婆，要你也过日子，不要你也过日子。”

爹爹没有再骂，假如再骂，小六就一定哭起来，她想爹爹又要打娘。

爹爹去卖西瓜，小六也跟着去。后海沿那一些闹嚷嚷的人，推车的，摇船的，肩布袋的……拉车的。爹爹切西瓜，小六拾着从他们嘴上流下来的瓜子。后来爹爹又提着篮子卖油条、包子。娘在墙根砍着树枝。小六到后山去拾落叶。

孩子夜间说的睡话多起来，爹和娘也嚷着：

“别挤我呀！往那面一点，我腿疼。”

“六啊！六啊，你爹死到哪个地方去啦？”

女人和患病的猪一般在露天的房子里哼哽地说话。

“快搬，快搬……告诉早搬，你不早搬，你不早搬，打碎你的盆！怨——谁？”

大块的士敏土翻滚着沉落。那个人嚷一些什么，女人听不清了！女人坐在灰尘中，好像让她坐在着火的烟中，两眼快要流泪，喉头麻辣辣，好像她幼年时候夜里的恶梦，好像她幼年时候爬山滚落了。

“六啊！六啊！”

孩子在她身边站着：

“娘，俺在这。”

“六啊！六啊！”

“娘，俺在这。俺不是在这吗？”

那女人，孩子拉到她的手她才看见。若不触到她，她什么也看不到了。

那一些盆子桶子，罗列在门前。她家像是着了火；或是无缘的，想也想不到地闯进一些鬼魔来。

“把六挤掉地下去了。一条被你自己盖着。”

一家三人腰疼腿疼，然而不能吃饱穿暖。

妈妈出去做女仆，小六也去，她是妈妈的小仆人，妈为人家烧饭，小六提着壶去打水。柏油路上飞着雨丝，那是秋雨了。小六戴着爹爹的大毡帽，提着壶在雨中穿过横道。

那夜小六和娘一起哭着回来。爹说：

“哭死……死就痛快的死。”

房东又来赶他们搬家。说这间厨房已经租出去了。后院亭子间盖起楼房来了！前院厨房又租出去。蟋蟀夜夜吟鸣，小六全家在蟋蟀吟鸣里向着天外的白月坐着。尤其是娘，她呆人一样，朽木一样。她说：“往哪里搬？我本来打算一个月三元钱能租个板房！……你看……那家辞掉我……”

夜夜那女人不睡觉，肩上披着一张单布坐着。搬到什么地方去！搬到海里去？

搬家把女人逼得疯子似的，眼睛每天红着。她家吵架，全院人都去看热闹。

“我不活……啦……你打死我……打死我……”

小六惶惑着，比妈妈的哭声更大，那孩子跑到同院人家去唤喊：“打俺娘……爹打俺娘……”有时候她竟向大街去喊。同院人来了！但是无法分开，他们像两条狗打仗似的。小六用拳头在爹的背脊上挥两下，但是又停下来哭，那孩子好像有火烧着她一般，暴跳起来。打仗停下了的时候，那也正同狗一样，爹爹在墙根这面呼喘，妈妈在墙根那面呼喘。

“你打俺娘，你……你要打死她。俺娘……俺娘……”爹和娘静下来，小六还没有静下来，那孩子仍哭。

有时夜里打起来，床板翻倒，同院别人家的孩子渐渐害怕起来，说小六她娘疯了，有的说她着了妖魔。因为每次打仗都是哭得昏过去才停止。

“小六跳海了……小六跳海了……”

院中人都出来看小六。那女人抱着孩子去跳湾(湾即路旁之臭泥沼)，而不是去跳海。她向石墙疯狂地跌撞，湿得全身打颤的小六又是哭，女人号啕到半夜。同院人家的孩子更害怕起来，说是小六也疯了。娘停止号啕时，才听到蟋蟀在墙根鸣。娘就穿着湿裤子睡。

白月夜夜照在人间，安息了！人人都安息了！可是太阳一出来时，小六家又得搬家。搬向哪里去呢？说不定娘要跳海，又要把小六先推下海去。

（首刊于 1935 年 3 月 5 日《太白》第 1 卷第 12 期）

桥

夏天和秋天，桥下的积水和水沟一般平了。

“黄良子，黄良子……孩子哭了！”

也许是夜晚，也许是早晨，桥头上喊着这样的声音。久了，住在桥头的人家都听惯了，听熟了。

“黄良子，孩子要吃奶了！黄良子……黄良……子。”

尤其是在雨夜或刮风的早晨，静穆里的这声音受着桥下的水的共鸣，或者借助于风声，也送进远处的人家去。

“黄……良子。黄……良……子……”听来和歌声一般了。

月亮完全沉没下去，只有天西最后的一颗星还在挂着。从桥东的空场上黄良子走了出来。

黄良是她男人的名字，从她做了乳娘那天起，不知是谁把“黄良”的末尾加上个“子”字，就算她的名字。

“啊？这么早就饿了吗？昨晚上吃得那么晚！”

开始的几天，她是要跑到桥边去，她向着桥西来唤她的人颤一颤那古旧的桥栏，她的声音也就仿佛在桥下的水上打着回旋：

“这么早吗！……啊？”

现在她完全不再那样做。“黄良子”这字眼好像号码一般，只要一触到她，她就紧跟着这字眼去了。

在初醒的朦胧中，她的呼吸还不能够平稳。她走着，她差不多是跑着，顺着水沟向北面跑去。停在桥西第一个大门楼下面，用手盘卷着松落下来的头发。

“怎么！门还关着？……怎么！”

“开门呀！开门呀！”她弯下腰去，几乎是把脸伏在地面。从门槛下面的缝际看进去，大白狗还睡在那里。

因为头部过度下垂，院子里的房屋似乎旋转了一阵，门和窗子也都旋转着，向天的方向旋转着：“开门呀！开门来——”

“怎么！鬼喊了我来吗？不,……有人喊的,我听得清清楚楚吗……一定，那一定……”

但是，她只得回来，桥西和桥东一个人也没有遇到。她感到潮湿的背脊凉下去。

“这不就是百八十步……多说二百步……可是必得绕出去一里多！”

起初她试验过，要想扶着桥栏爬过去。但是，那桥完全没有底了，只剩两条栏杆还没有被偷儿拔走。假若连栏杆也不见了，那她会安心些，她会相信那水沟是天然的水沟，她会相信人没有办法把水沟消灭。

不是吗？搭上两块木头就能走人的……就差两块木头……这桥，这桥，就隔一道桥……

她在桥边站了一会儿，想了一会儿：

“往南去，往北去呢？都一样，往北吧！”

她家的草屋正对着这桥，她看见门上的纸片被风吹动。在她理想中，好像一伸手她就能摸到那小丘上面去似的。

当她顺着沟沿往北走时，她滑过那小土丘去，远了，到半里路远的地方（水沟的尽头）再折回来。

“谁还在喊我？哪一方面喊我？”

她的头发又散落下来，她一面走着，一面挽卷着。

“黄良子，黄良子……”她仍然好像听到有人在喊她。

“黄——瓜茄——子黄——瓜茄——子……”菜担子迎着黄良子走来了。

“黄瓜茄子，黄——瓜茄子——”

黄良子笑了！她向着那个卖菜的人笑了。

主人家的墙头上的狗尾草肥壮起来了，桥东黄良子的孩子哭声也大起来了！那孩子的哭声会飞到桥西来。

“走——走——推着宝宝上桥头，
桥头捉住个大蝴蝶，
妈妈坐下来歇一歇，
走——走——推着宝宝上桥头。”

黄良子再不像夏天那样在榆树下扶着小车打瞌睡，虽然阳光仍是暖暖的，虽然这秋天的天空比夏天更好。

小主人睡在小车里面，轮子呱啦呱啦地响着，那白嫩的圆面孔，眉毛上面齐着和霜一样白的帽边，满身穿着洁净的可爱的衣裳。

黄良子感到不安了，她的心开始像铃铛似的摇了起来：

“喜欢哭吗？不要哭啦……爹爹抱着跳一跳，跑一跑……”

爹爹抱着，隔着桥站着，自己那个孩子黄瘦，眼圈发一点蓝，脖子略微长一些，看起来很像一条枯了的树枝。但是黄良子总觉得比车里的孩子更可爱一点。哪里可爱呢？他的笑也和哭差不多。他哭的时候也从不滚着发亮的肥大的泪珠，并且他对着隔着桥的妈妈一点也不亲热，他看着她也并不拍一下手。托在爹爹手上的脚连跳也不跳。

但她总觉得比车里的孩子更可爱些，哪里可爱呢？她自己不知道。

“走——走——推着宝宝上桥头，
走——走——推着宝宝上桥头。”

她对小主人说的话，已经缺少了一句：“桥头捉住个大蝴蝶，妈妈坐下歇一歇。”

在这句子里边感不到什么灵魂的契合，不必要了。

“走——走——上桥头，上桥头……”

她的歌词渐渐地干枯了，她没有注意到这样的几个字孩子喜欢听不喜欢听。同时在车轮呱啦呱啦地离开桥头时，她同样唱着：

“上桥头，上桥头……”

后来连小主人躺在床上睡觉的时候，她还是哼着：“上桥头，上桥头……”

“啊？你给他擦一擦呀……那鼻涕流过了嘴啦……怎么，看不见吗？唉唉……”

黄良子，她简直忘记了她是站在桥这边，她有些暴躁了。当她的手隔着桥伸出去的时候，那差不多要使她流眼泪了！她的脸为着急完全是胀红的。

“爹，爹是不行的呀……到底不中用！可是这桥，这桥……若没有这桥隔着……”借着桥下的水的反应，黄良子响出来的声音很空洞，并且横在桥下面的影子有些震撼：“你抱他过来呀！就这么看着他哭！绕一点路，男人的腿算是什么？我……我是推着车的呀！”

桥下面的水浮着三个人影和一辆小车。但分不出站在桥东和站在桥西的。

从这一天起，“桥”好像把黄良子的生命缩短了。但她又感到太阳挂在空中，整天也没有落下去似的……究竟日长了，短了？她也不知道；天气寒了，暖了？她也不能够识别。虽然她也换上了夹衣，对于衣裳的增加，似乎别人增加起来，她也就增加起来。

沿街扫着落叶的时候，她仍推着那辆呱啦呱啦的小车。

主人家墙头上的狗尾草，一些水分也没有了，全枯了，只有很少数的还站在风里面摇着。桥东孩子的哭声一点也没有瘦弱，随着风声送到桥头的人家去，特别是送进黄良子的耳里，那声音扩大起来，显微镜下面苍蝇翅膀似的……

她把馒头、饼干，有时就连那包着馅、发着油香不知名的点心，也从桥西抛到桥东去。

“只隔一道桥，若不……这不是随时可以吃得到的东西吗？这小穷鬼，你的命上该有一道桥啊！”

每次她抛的东西若落下水的时候，她就向着桥东的孩子说：

“小穷鬼，你的命上该有一道桥啊！”

向桥东抛着这些东西，主人一次也没有看到过。可是当水面上闪着一条线的时候，她总是害怕的，她像她的心上已经照着一面镜子了。

“这明明是啊……这是偷的东西……老天爷也知道的。”

因为在水面上反映着蓝天，反映着白云，并且这蓝天和她很接近，就在她抛着东西的手底下。

有一天，她得到无数东西，月饼，梨子，还有早饭剩下的饺子。这都不是公开的，这都是主人不看见她才包起来的。

她推着车，站在桥头了，那东西放在车箱里孩子摆着玩物的地方。

“他爹爹……他爹爹……黄良，黄良！”

但是什么人也没有，土丘的后面闹着两只野狗。门关着，好像是正在睡觉。

她决心到桥东去，推着车跑得快时，车里面孩子的头都颠起来，她最怕车轮响。

“到哪里去啦？推着车子跑……这是干么推着车子跑……跑什么？……跑什么？往哪里跑？”

就像女主人在她的后面喊起来：

“站住！站住！”她自己把她自己吓得出了汗，心脏快要跑到喉咙边来。

孩子被颠得要哭，她就说：

“老虎！老虎！”

她亲手把睡在炕上的孩子唤醒起来，她亲眼看着孩子去动手吃东西。

不知道怎样的愉快从她的心上开始着，当那孩子把梨子举起来的时候，当那孩子一粒一粒把葡萄触破了两三粒的时候。

“呀！这是吃的呀，你这小败家子！暴殄天物……还不懂得是吃的吗？妈，让妈给你放进嘴里去，张嘴，张嘴。嘿……酸哩！看这小样。酸得眼睛像一条缝了……吃这月饼吧！快到一岁的孩子什么都能吃的……吃吧……这都是第一次吃呢……”

她笑着。她总觉得这是好笑的，连笑也笑不完整的孩子，比坐在车里边的孩子更可爱些。

她走回桥西去的时候，心平静了。顺着小沟向北去，生在水沟旁的紫小菊，被她看到了，她兴致很好，想要伸手去折下来插到头上去。

“小宝宝！哎呀，好不好？”花穗在她的一只手里面摇着，她喊着小宝宝，那是完全从内心喊出来的，只有这样喊着，在她临时的幸福上才能够闪光。心上一点什么隔线也脱掉了，第一次，她感到小主人和自己的孩子一样可爱了！她在他的脸上扭了一下，车轮在那不平坦的道上呱啦呱啦地响……

她偶然看到孩子坐着的车是在水沟里颠乱着，于是她才想到她是来到桥东了。不安起来，车子在水沟里的倒影跑得快了，闪过去了。

“百八十步……可是偏偏要绕一里多路……眼看着桥就过不去……”

“黄良子，黄良子！把孩子推到哪里去啦！”就像女主人已经喊她了：“你偷了什么东西回家的？我说黄良子！”

她自己的名字在她的心上跳着。

她的手没有把握的使着小车在水沟旁乱跑起来，跑得太与水沟接近的时候，要撞进水沟去似的。车轮子两只高了，两只低了，孩子要从里面被颠出来了。

还没有跑到水沟的尽端，车轮脱落了一只。脱落的车轮，像用力抛着一般旋进水沟里去了。

黄良子停下来看一看，桥头的栏杆还模糊的可以看见。

“这桥！不都是这桥吗？”

她觉到她应该哭了！但那肺叶在她的胸内颤了两下，她又停止住。

“这还算是站在桥东啊！应该快到桥西去。”

她推起三个轮子的车来，从水沟的东面，绕到水沟的西面。

“这可怎么说？就说在水旁走走，轮子就掉了；就说抓蝴蝶吧？这时候没有蝴蝶了。就说抓蜻蜓吧……瞎说吧！反正车子站在桥西，并没有桥东去……”

“黄良……黄良……”一切忘掉了，在她好像一切都不怕了。

“黄良，……黄良……”她推着三个轮子的小车顺着水沟走到桥边去招呼。

当她的手拿到那车轮的时候，黄良子的泥污已经满到腰的部分。

推着三个轮子的车走进主人家的大门去，她的头发是挂下来的，在她苍白的脸上划着条痕。

“这不就是这轮子吗？掉了……是掉了的，滚下沟去的……”

她依着大门扇，哭了！桥头上没有底的桥栏杆，在东边好像看着她哭！

第二年的夏天，桥头仍响着“黄良子，黄良子”喊声。尤其是在天还未明的时候，简直和鸡啼一样。

第三年，桥头上“黄良子”的喊声没有了，像是同那颤抖的桥栏一同消灭下去。黄良子已经住到主人家去。

在三月里，新桥就开始建造起来。夏天，那桥上已经走着马车和行人。

黄良子一看到那红漆的桥杆，比所有她看到过的在夏天里开着的红花更新鲜。

“跑跑吧！你这孩子！”她每次看到她的孩子从桥东跑过来的时候，无论隔着多远，不管听见听不见，不管她的声音怎样小，她却总要说的：

“跑跑吧！这样宽大的桥啊！”

爹爹抱着他，也许牵着他，每天过桥好几次。桥上面平坦和发着哄声，若在上面跺一下脚，会咚咚地响起来。

主人家墙头上的狗尾草又是肥壮的，墙根下面有的地方也长着同样的狗尾草，墙根下也长着别样的草：野罂粟和洋雀草，还有不知名的草。

黄良子拔着洋雀草做起哨子来，给瘦孩子一个，给胖孩子一个。她们两个都到墙根的地方去拔草，拔得过量的多，她的膝盖上尽是些草了。于是他们也拔着野罂粟。

“吱吱，吱吱！”在院子的榆树下闹着、笑着和响着哨子。

桥头上孩子的哭声，不复出现了。在妈妈的膝头前，变成了欢笑和歌声。

黄良子，两个孩子都觉得可爱，她的两个膝头前一边站着一个。有时候，他们两个装着哭，就一边膝头上伏着一个。

黄良子把“桥”渐渐地遗忘了，虽然她有时走在桥上，但她不记起还是一条桥，和走在大道上一般平常，一点也没有两样。

有一天，黄良子发现她的孩子的手上划着两条血痕。

“去吧！去跟爹爹回家睡一觉再来……”有时候，她也亲手把他牵过桥去。

以后，那孩子在她膝盖前就不怎样活泼了，并且常常哭，并且脸上也发现着伤痕。

“不许这样打的呀！这是干什么……干什么？”在墙外，或是在道口，总之，在没有人的地方，黄良子才把小主人的木抢夺下来。

小主人立刻倒在地上，哭和骂，有时候立刻就去打着黄良子，用玩物，或者用街上的泥块。

“妈！我也要那个……”

小主人吃着肉包子的样子，一只手上抓着一个，有油流出来了，小手上面发着光。并且那肉包子的香味，不管站得怎样远也像绕着小良子的鼻管似的。

“妈……我也要……要……”

“你要什么？小良子！不该要呀……羞不羞？馋嘴巴！没有脸皮了？”

当小主人吃着水果的时候，那是歪着头，很圆的黑眼睛，慢慢地转着。

小良子看到别人吃，他拾了一片树叶舐一舐，或者把树枝放在舌头上，用舌头卷着，用舌头吮着。

小主人吃杏的时候，很快地把杏核吐在地上，又另吃第二个。他围裙的口袋里边，装着满满的黄色的大杏。

“好孩子！给小良子一个……有多好呢……”黄良子伸手去摸他的口袋，那孩子摆脱开，跑到很远的地方把两个杏子抛到地上。

“吞吧！小良子，小鬼头……”黄良子的眼睛弯曲地看到小良子的身上。

小良子吃杏，把杏核使嘴和牙齿相撞着，撞得发响，并且他很久很久地吮着杏核。后来，他在地上拾起那胖孩子吐出来的杏核。

有一天，黄良子看到她的孩子把手插进一个泥洼子里摸着。

妈妈第一次打他，那孩子倒下来，把两只手都插进泥坑去时，他喊着：

“妈！杏核呀……摸到的杏核丢了……”

黄良子常常送她的孩子过桥：

“黄良！黄良……把孩子叫回去……黄良！不再叫他跑过桥来……”

也许是黄昏，也许是晌午，桥头上黄良的名字又开始送进人家去。两年前人们听惯了的“黄良子”这歌好像又复活了。

“黄良，黄良，把这小死鬼绑起来吧！他又跑过桥来啦……”

小良子把小主人的嘴唇打破的那天早晨，桥头上闹着黄良的全家。黄良子喊着，小良子跑着叫着：

“爹爹呀……爹爹呀……呵……呵……”

到晚间，终于小良子的嘴也流着血了。在他原有的，小主人给他打破的伤痕上，又流着血了。这次却是妈妈给打破的。

小主人给打破的伤口，是妈妈给揩干的；给妈妈打破的伤口，爹爹也不去揩干它。

黄良子带着东西，从桥西走回来了。

她家好像生了病一样，静下去了，哑了，几乎门扇整日都没有开动，屋顶上也好像不曾冒过烟。

这寂寞也波及到桥头。桥头附近的人家，在这个六月里失去了他们的音乐。

“黄良，黄良，小良子……”这声音再也听不到了。

桥下面的水，静静地流着。

桥上和桥下再没有黄良子的影子和声音了。

黄良子重新被主人唤回去上工的时候，那是秋末，也许是初冬，总之，道路上的雨水已经开始结集着闪光的冰花。但水沟还没有结冰，桥上的栏杆还是照样的红。她停在桥头，横在面前的水沟，伸到南面去的也没有延展，伸到北面去的也不见得缩短。桥西，人家的房顶，照旧发着灰色。门楼，院墙，墙头的萎黄狗尾草，也和去年秋末一样的在风里摇动。

只有桥，她忽然感到高了！使她踏不上去似的。一种软弱和怕惧贯穿着她。

“还是没有这桥吧！若没有这桥，小良子不就是跑不到桥西来了吗？算是没有挡他腿的啦！这桥，不都这桥吗？”

她怀念起旧桥来，同时，她用怨恨过旧桥的情感再建设起旧桥来。

小良子一次也没有踏过桥西去，爹爹在桥头上张开两支胳膊，笑着，哭着，小良子在桥边一直被阻挡下来；他流着过量的鼻涕的时候，爹爹把他抱了起来，用手掌给暖一暖他冻得很凉的耳朵的轮边。于是桥东的空场上有个很长的人影在踱着。

也许是黄昏了，也许是孩子终于睡在他的肩上，这时候，这曲背的长的影子不见了。这桥东完全空旷下来。

可是空场上的土丘透出了一片灯光，土丘里面有时候也起着燃料的爆炸。

小良子吃晚饭的碗举到嘴边去，同时，桥头上的夜色流来了！深色的天，好像广大的帘子从桥头挂到小良子的门前。

第二天，小良子又是照样向桥头奔跑。

“找妈去……吃……馒头……她有馒头……妈有呵……妈有糖……”一面奔跑着，一面叫着……头顶上留着一堆毛发，逆着风，吹得竖起来了。他看到爹爹的大手就跟在他的后面。

桥头上喊着“妈”和哭声……

这哭声借着风声，借着桥下水的共鸣，也送进远处的人家去。

等这桥头安息下来的时候，那是从一年中落着最末的一次雨的那天起。

小良子从此丢失了。

冬天，桥西和桥东都飘着云，红色的栏杆被雪花遮断了。

桥上面走着行人和车马，到桥东去的，到桥西去的。

那天，黄良子听到她的孩子掉下水沟去，她赶忙奔到了水沟边去。看到那被捞在沟沿上的孩子，连呼吸也没有的时候，她站起来，她从那些围观的人们的头上面望到桥的方向去。

那颤抖的桥栏，那红色的桥栏，在模糊中她似乎看到了两道桥栏。

于是肺叶在她胸的里面颤动和放大。这次，她真的哭了。

1936 年

手

在我们的同学中，从来没有见过这样的手：蓝的，黑的，又好像紫的；从指甲一直变色到手腕以上。

她初来的几天，我们叫她“怪物”。下课以后大家在地板上跑着，也总是绕着她。关于她的手，但也没有一个人去问过。

教师在点名，使我们越忍越忍不住了，非笑不可了。

“李洁！”

“到。”

“张楚芳！”

“到。”

“徐桂真！”

“到。”

迅速而有规律性的站起来一个，又坐下去一个。但每次一喊到王亚明的地方，就要费一些时间了。

“王亚明，王亚明……叫到你啦！”别的同学有时要催促她，于是她才站起来，把两只青手垂得很直，肩头落下去，面向着棚顶说：

“到，到，到。”

不管同学们怎样笑她，她一点也不感到慌乱，仍旧弄得椅子响，庄严的，似乎费掉了几分钟才坐下去。

有一天上英文课的时候，英文教师笑得把眼镜脱下来在擦眼睛：

“你下次不要再答‘黑耳’了，就答‘到’吧！”

全班的同学都在笑，把地板擦得很响。

第二天的英文课，又喊到王亚明时，我们又听到“黑耳——黑耳”。

“你从前学过英文没有？”英文教师把眼镜移动了一下。

“不就是那英国话吗？学是学过的，是麻子脸先生教的……铅笔叫‘喷丝儿’，钢笔叫‘盆’。可是没学过‘黑耳’。”

“Here 就是‘这里’的意思，你读：Here！ Here！”

“喜儿！喜儿。”她又读起“喜儿”来了。这样的怪读法，全课堂都笑得颤栗起来。可是王亚明，她自己却安然地坐下去，青色的手开始翻着书页。并且低声读了起来：

“华提……贼死……阿儿……”

数学课上，她读起算题来也和读文章一样：

“$2X+Y=\cdots\cdots X^2=\cdots\cdots$”

午餐的桌上，那青色的手已经抓到了馒头，她还想着“地理”课本“墨西哥产白银……云南……唔，云南的大理石。”

夜里她躲在厕所里边读书，天将明的时候，她就坐在楼梯口。只要有一点光亮的地方，我常遇到过她。有一天落着大雪的早晨，窗外的树枝挂着白绒似的穗头，在宿舍的那边，长筒过道的尽头，窗台上似乎有人睡在那里了。

“谁呢？这地方多么凉！”我的皮鞋拍打着地板，发出一种空洞洞的嗡声。因为是星期天的早晨，全个学校出现在特有的安宁里。一部分的同学化着妆；一部分的同学还睡在眠床上。

还没走到她的旁边，我看到那摊在膝头上的书页被风翻动着。

“这是谁呢？礼拜日还这样用功！”正要唤醒她，忽然看到那青色的手了。

“王亚明，哎……醒醒吧……”我还没有直接招呼过她的名字，感到生涩和直硬。

“喝喝……睡着啦！”她每逢说话，总是开始钝重的笑笑。

“华提……贼死，右……爱……”她还没有找到书上的字就读起来。

“华提……贼死，这英国话真难……不像咱们中国字：什么字旁，什么字头……这个：委曲拐弯的，好像长虫爬在脑子里，越爬越糊涂，越爬越记不住。英文先生也说不难，不难，我看你们也不难。我的脑筋笨，乡下人的脑筋没有你们那样灵活。我的父亲还不如我，他说他年轻的时候，就记他这个‘王’字，记了半顿饭的工夫还没记住。右……爱……右……阿儿……”说完一句话，在末尾不相干地又读起单字来。

风车哗啦哗啦地响在壁上，通气窗时时有小的雪片飞进来，在窗台上结着些水珠。

她的眼睛完全爬满着红丝条；贪婪，把持，和那青色的手一样在争取她那不能满足的愿望。

在角落里，在只有一点灯光的地方，我都看到过她，好像老鼠在啮嚼什么东西似地读起单字来。

她的父亲第一次来看她的时候，说她胖了：

“妈的，吃胖了，这里吃的比咱家吃的好，是不是？好好干吧！干下三年来，不成圣人吧，也总算明白明白人情大道理。”在课堂上，一个星期之内，人们都是学着王亚明的父亲。第二次，她的父亲又来看她，她向父亲要一双手套。

“就把我这副给你吧！书，好好念书，要副手套还没有吗？等一等，不用忙……要戴就先戴这副，开春！我又不常出什么门，明子，上冬咱再买，是不是？明子！”在“接见室”门口嚷嚷着，四周已经是围满着同学，于是他又喊着明子明子的又说了一些事情：

“三妹到二姨家去串门啦，去了两三天啦！小肥猪每天又多加了两把豆子，胖得那样，你没看见，耳朵都挣挣起来了，……姐姐又来家腌了两罐子咸葱……”

正讲得他流汗的时候，女校长穿着人群站到前面去：

“请到接见室里面坐吧——”

“不用了，不用了，耽搁工夫，我也是不行的，我还就要去赶火车……赶回去，家里一群孩子，放不下心……”他把皮帽子放在手上，向校长直点着头，头上冒着气，他就推开门出去了。好像校长把他赶走似的。可是他又转回身来，把手套脱下来。

“爹，你戴着吧，我戴手套本来是没用的。”

她的父亲也是青色的手，比王亚明的手更大更黑。

在阅报室里，王亚明问我：

“你说，是吗？到接见室去坐下谈话就要钱的吗？”

“哪里要钱！要的什么钱！”

“你小点声说，叫她们听见，她们又该笑话了。”她用手掌指点着我读着的报纸，“我父亲说的，他说接见室里摆着茶壶和茶碗，若进去，怕是校役就给倒茶了，倒茶就要钱了。我说不要，他可是不信，他说连小店房进去喝一碗水也多少得赏点钱，何况学堂呢？你想学堂是多么大的地方！”

校长已说过她几次：

“你的手，就洗不干净了吗？多加点肥皂！好好洗洗，用热水烫一烫。早操的时候，在操场上竖起来的几百条手臂都是白的，就是你，特别呀！真特别。”女校长用她贫血的和化石一般透明的手指去触动王亚明的青色手，看那样子，她好像是害怕，好像微微有点抑止着呼吸，就如同让她去接触黑色的已经死掉的鸟类似的：“是褪得很多了，手心可以看到皮肤了。比你刚来的时候强得多，那时候，那简直是铁手……你的功课赶得上了吗？多用点功，以后，早操你就不用上了，学校的墙很低，春天里散步的外国人又多，他们常常停在墙外看的。等你的手褪掉颜色再上早操吧！”校长告诉她，停止了她的早操。

“我已经向父亲要到了手套，戴起手套来不就看不见了吗？”打开书箱，取出了她父亲的手套来。

校长笑得发着咳嗽，那贫血的面孔立刻旋动着红的颜色：“不必了！既然是不整齐，戴手套也是不整齐。”

假山上面的雪消融了去，校役把铃子摇得似乎更响些。窗前的杨树抽着芽，操场好像冒着烟似的，被太阳蒸发着。上早操的时候，那指挥官的口笛鸣振得也远了，和窗外树丛中的人家起着回应。

我们在跑，在跳，和群鸟似的在噪杂。带着糖质的空气迷漫着我们，从树梢上面吹下来的风，混和着嫩芽的香味。被冬天枷锁了的灵魂，和被束掩的棉花一样舒展开来。

正当早操刚收场的时候，忽然听到楼窗口有人在招呼什么，那声音被空气负载着向天空响去似的：

“好暖和的太阳！你们热了吧？你们……”在抽芽的杨树后面，那窗口站着王亚明。

等杨树已经长了绿叶，满院结成了荫影的时候，王亚明却渐渐变成了干缩，眼睛的边缘发着绿色，耳朵也似乎薄了一些，至于她的肩头，一点也不再显出蛮野和强壮。当她偶然出现在树荫下，那开始陷下的胸部，使我立刻从她想到了生肺病的人。

“我的功课，校长还说跟不上；倒也是跟不上，到年底若再跟不上，喝喝！真会留级的吗？”她讲话虽然仍和从前一样“喝喝”的，但她的手却开始畏缩起来，左手背在背后，右手在衣襟下面突出个小丘。

我们从来没有看到她哭过。大风在窗外倒拔着杨树那天，她背向着教室，也背向着我们，对着窗外的大风哭了。那是那些参观的人走了以后的事情了，她用那已经开始在褪着色的青手捧着眼泪。

“还哭！还哭什么？来了参观的人，还不躲开。你自己看看，谁像你这样特别！两只手还不说，你看看，你这件上衣，快变成灰的了！别人都是蓝上衣，哪有你这样特别，太旧的衣裳颜色是不整齐的……不能因为你一个人而破坏了制服的规律性……”她一面嘴唇与嘴唇切合着，一面用她惨白的手指去撕王亚明的领口：“我是叫你下楼，等参观的走了再上来，谁叫你就站在过道呢？在过道，你想想：他们看不到你吗？你倒戴起了这样大的一副手套……”

说到“手套”的地方，校长的黑色漆皮鞋，那亮晶晶的鞋尖去踢了一下已经落到地板上的一只手套：

“你觉得你戴上了手套，站在这地方就十分好了吗？这叫什么玩艺儿？”她又在手套上踏了一下。她看到那和马车夫一样肥大的手套，抑止不住地笑出声来了。

王亚明哭了这一次，好像风声都停止了，她还没有停止。

暑假以后，她又来了。夏末简直和秋天一样凉爽，黄昏以前的太阳染在马路上，使那些铺路的石块都变成了朱红色。我们集着群在校门口里的山丁树下吃着山丁。就是这时候，王亚明坐着马车从“喇嘛台”那边哗啦哗啦地跑来了。只要马车一停下，那就全然寂静下去，她的父亲搬着行李，她抱着面盆和一些零碎，走上台阶来了。我们并不立刻为她闪开，有的说着：“来啦！”“你来啦！”有的完全向她张着嘴。

等她父亲腰带上挂着的白毛巾一抖一抖地走上了台阶，就有人在说：

“怎么！在家住了一个暑假，她的手又黑了呢！那不是和铁一样了吗？”

秋季以后，宿舍搬家的那天，我才真正注意到这铁手。我似乎已经睡着了，但能听到隔壁在吵叫着：

“我不要她，我不和她并床。”

“我也不和她并床。”

我再仔细听了一些时候，就什么也听不清了，只听到嗡嗡的笑声和绞成一团的吵嚷。夜里我偶然起来到过道去喝了一次水。长椅上睡着一个人，立刻就被我认出来，那是王亚明。两只黑手遮着脸孔。被子一半脱落在地板上，一半挂在她的脚上。我想她一定又是借着过道的灯光在夜里读书，可是她的旁边也没有什么书本，并且她的包袱和一些零碎就在地板上围绕着她。

第二天的夜晚，校长走在王亚明的前面，一面走，一面响着鼻子。她穿着床位，用她的细手推动那一些连成排的铺平的白床单：

“这里，这里的一排七张床，只睡八个人，六张床还睡九个呢！”她翻着那被子，把它排开一点，让王亚明把被子就夹在这地方。

王亚明的被展开了，为着高兴的缘故，她还一边铺着床一边嘴里似乎打着哨子。我还从没听到过这个，在女学校里，没有人用嘴打过哨子。

她已经铺好了，她坐在床上张着嘴，把下颚微微向前抬起一点，像是安然和舒畅在镇压着她似的。校长已经下楼了，或者已经离开了宿舍，回家去了。但，舍监这老太太，鞋子在地板上擦擦着，头发完全失掉了光泽，她跑来跑去：

“我说，这也不行……不讲卫生，身上生着虫类，什么人还不想躲开她呢？”她又向角落里走了几步，我看到她的白眼球好像对着我似的：“看这被子吧！你们去嗅一嗅！隔着二尺远都有气味了……挨着她睡觉，滑稽不滑稽！谁知道……虫类不会爬了满身吗？去看看，那棉花都黑得什么样子啦！”

舍监常常讲她自己的事情，她的丈夫在日本留学的时候，她也在日本，也算是留学。同学们问她：

“学的什么呢？”

“不用专学什么！在日本说日本话，看看日本风俗，这不也是留学吗？”她说话总离不了“不卫生，滑稽不滑稽……肮脏”，她叫虱子特别要叫虫类。

“人肮脏，手也肮脏。”她肩头很宽，说着肮脏，她把肩头故意抬高了一下，好像寒风忽然吹到她似的，她跑出去了。

“这样的学生，我看校长可真是……可真是多余要……”打过熄灯铃之后，舍监还在过道里和别的一些同学在讲话着。

第三天夜晚，王亚明又提着包袱，卷着行李，前面又是走着白脸的校长。

“我们不要，我们的人数够啦！”

校长的指甲还没接触到她们的被边时，她们就嚷了起来，并且换了一排床铺，也是嚷了起来：

“我们的人数也够啦！还多了呢！六张床，九个人，还能再加了吗？”

“一、二、三、四……”校长开始计算：“不够，还可以再加一个，四张床，应该六个人，你们只有五个……来！王亚明！”

“不，那是留给我妹妹的，她明天就来……”那个同学跑过去，把被子用手按住。

最后，校长把她带到别的宿舍去了。

“她有虱子，我不挨着她……”

“我也不挨着她……”

“王亚明的被子没有被里，棉花贴着身子睡，不信，校长看！”

后来，她们就开着玩笑，竟至说出害怕王亚明的黑手而不敢接近她。

以后，这黑手人就睡在过道的长椅上。我起得早的时候，就遇到她在卷着行李，并且提着行李下楼去。有时我也在地下“储藏室”遇到她，当然是夜晚，所以她和我谈话的时候，我都是看看墙上的影子，她搔着头发的手，那影子印在墙上也和头发一样颜色。

“惯了，椅子也一样睡，就是地板也一样，睡觉的地方，就是睡觉，管什么好歹！念书是要紧的……我的英文，不知在考试的时候，马先生能给我多少分数？不够六十分，年底要留级的吗？”

“不要紧，一门不能够留级。”我说。

“爹爹可是说啦！三年毕业，再多半年，他也不能供给我学费……这英国话，我的舌头可真转不过弯来。喝喝……”

全宿舍的人都在厌烦她，虽然她是住在过道里。因为她夜里总是咳嗽着……同时在宿舍里边，她开始用颜料染着袜子和上衣。

“衣裳旧了，染染差不多和新的一样。比方，夏季制服，染成灰色就可以当秋季制服穿……比方，买白袜子，把它染成黑色，这都可以……”

“为什么你不买黑袜子呢？”我问她。

“黑袜子，他们是用机器染的，矾太多……不结实，一穿就破的……还是咱们自己家染的好……一双袜子好几毛钱……破了就破了，还得了吗？”

礼拜六的晚上，同学们用小铁锅煮着鸡子。每个礼拜六差不多总是这样，她们要动手烧一点东西来吃。从小铁锅煮好的鸡子，我也看到的，是黑的，我以为那是中了毒。那端着鸡子的同学，几乎把眼镜咆哮得掉落下来：

“谁干的好事！谁？这是谁？”

王亚明把面孔向着她们来到了厨房，她拥挤着别人，嘴里喝喝地：

“是我，我不知道这锅还有人用，我用它煮了两双袜子……喝喝……我去……”

“你去干什么？你去……”

“我去洗洗它！”

“染臭袜子的锅，还能煮鸡子吃！还要它？”铁锅就当着众人在地板上哐啷、哐啷地跳着，人咆哮着，戴眼镜的同学把黑色的鸡子好像抛着石头似的用力抛在地上。

人们都散开的时候，王亚明一边拾着地板上的鸡子，一边在自己说着话：

“哟！染了两双新袜，铁祸就不要了！新袜子怎么会臭呢？”

冬天，落雪的夜里，从学校出发到宿舍去，所经过的小街完全被雪片占据了。我们向前冲着，扑着，若遇到大风，我们就风雪中打着转，倒退着走，或者是横着走。清早，照例又要从宿舍出发，在十二月里，每个人的脚都冻木了，虽然是跑着，也要冻木的。所以我们咒诅和怨恨，甚至于有的同学已经在骂着，骂着校长是“混蛋”，不应该把宿舍离开学校这样远，不应该在天还不亮就让学生们从宿舍出发。

有些天，在路上我单独的遇到王亚明。远处的天空和远处的雪都在闪着光，月亮使得我和她踏着影子前进。大街和小街都看不见行人。风吹着路旁的树枝在发响，也时时听到路旁的玻璃窗被雪扫着在呻吟。我和她谈话的声音，被零度以下气温所反应也增加了硬度。等我们的嘴唇也和我们的腿部一样感到了不灵活，这时候，我们总是终止了谈话，只听着脚下踏着的雪，乍乍乍的响。

手在按着门铃，腿好像就要自己脱离开，膝盖向前时时要跪了下去似的。

我记不得哪一个早晨，腋下夹着还没有读过的小说，走出了宿舍。

我转过身去，把栅栏门拉紧。但心上也总有些恐惧。越看远处模糊不清的房子，越听后面在扫着的风雪，就越害怕起来。星光是那样微小，月亮也许落下去了，也许被灰色的和土色的云彩所遮蔽。

走过一丈远，又像增加了一丈似的，希望有一个过路的人出现，但又害怕那过路人，因为在没有月亮的夜里，只能听到声音而看不见人，等一看见人影，那就像从地面突然长了起来似的。

我踏上了学校门前的石阶，心脏仍在发热，我在按铃的手，似乎已经失去了力量。突然，石阶又有一个人走下来了：

“谁？谁？”

“我！是我。”

“你就走在我的后面吗？”因为一路上我并没听到有另外的脚步声，这使我更害怕起来。

“不，我没走在你的后面，我来了好半天了。校役他是不给开门的。我招呼了不知道多大工夫了。”

“你没按过铃吗？”

“按铃没有用，喝喝，校役开了灯，来到门口，隔着玻璃向外看看……可是到底他不给开。”

里边的灯亮起来，一边骂着似的哐啷啷啷地把门给打开了：

“半夜三更叫门……该考背榜不是一样考背榜吗？”

“干什么？你说什么？”我这话还没有说出，校役就改变了态度：

“萧先生，您叫门叫了好半天了吧？”

我和王亚明一直走进了地下室。她咳嗽着，她的脸苍黄得几乎是打着皱纹似的，颤嗦了一些时候，被风吹得而挂下来的眼泪，还停留在脸上，她就打开了课本。

“校役为什么不给你开门？”我问。

“谁知道？他说来得太早，让我回去，后来他又说校长的命令。”

“你等了多少时候了？”

“不算多大工夫，等一会，就等一会，一顿饭这个样子。喝喝……”

她读书的样子，完全和刚来的时候不一样，那喉咙渐窄小了似的，只是喃喃着，并且那两边摇动的肩头，也显着紧缩和偏狭，背脊已经弓了起来，胸部却平了下去。

我读着小说，很小的声音读着，怕是搅扰了她，但，这是第一次，我不知道为什么这只是第一次?

她问我读的什么小说，读没读过《三国演义》？有时，她也拿到手里看看书面，或是翻翻书页：“像你们多聪明！功课连看也不看，到考试的时候也一点不怕。我就不行，也想歇一会，看看别的书……可是，那就不成了……”

有一个星期日，宿舍里面空朗朗的，我就大声读着《屠场》上正是女工玛利亚昏倒在雪地上的那段。我一面看着窗外的雪地，一面读着，觉得很感动。王亚明站在我的背后，我一点也不知道：

“你有什么看过的书，也借给我一本，下雪天气，实在沉闷，本地又没有亲戚，上街又没有什么买的，又要花车钱……”

“你父亲很久不来看你了吗？”我以为她是想家了。

“哪能来！火车钱，一来回就是两元多……再说家里也没有人……”

我就把《屠场》放在她的手上，因为我已经读过了。

她笑着，“喝喝”着，她把床沿颤了两下，她开始研究着那书的封面。等她走出去时，我听在过道里她也学着我把那书开头的第一句读得很响。

以后，我又不记得是哪一天，也许又是什么假日，总之，宿舍是空朗朗的，一直到月亮已经照上窗子，全宿舍依然被剩在寂静中。我听到床头上有沙沙的声音，好像什么人在我的床头摸索着，我仰过头去，在月光下，我看到了是王亚明的黑手，并且把我借她的那本书放在我的旁边。

我问她："看得有趣吗？好吗？"

起初，她并不回答我，后来她把脸孔用手掩住，她的头发也像在抖着似的，她说：

"好。"

我听她的声音也像在抖着，于是我坐了起来。她却逃开了，用着那和头发一样颜色的手横在脸上。

过道的长廊空朗朗的，我看着沉在月光里的地板的花纹。

"玛利亚，真像有这个人一样，她倒在雪地上，我想她没有死吧！她不会死吧……那医生知道她是没有钱的人，就不给她看病……喝喝！"很高的声音，她笑了，借着笑的抖动眼泪才滚落下来："我也去请过医生，我母亲生病的时候，你看那医生他来吗？他先向我要马车钱，我说钱在家里，先坐车来吧！人要不行了……你看他来吗？他站在院心问我：'你家是干什么的？你家开染缸房（染衣店）吗？'不知为什么，一告诉他是开染缸房的，他就拉开门进屋去了……我等他，他没有出来，我又去敲门，他在门里面说：'不能去看这病，你回去吧！'我回来了……"她又擦了擦眼睛才说下去，"从这时候我就照顾着两个弟弟和两个妹妹。爹爹染黑的和蓝的，姐姐染红的……姐姐定亲的那年，上冬的时候，她的婆婆从乡下来住在我们家里，一看到姐姐她就说：'唉呀！那杀人的手！'从这起，爹爹就说不许某个人专染红的，某个人专染蓝的。我的手是黑的，细看才带点紫色，那两个妹妹也都和我一样。"

"你的妹妹没有读书？"

"没有，我将来教她们，可是，我也不知道我读得好不好，读不好，连妹妹都对不起……染一匹布，多不过三毛线……一个月能有几匹布来染呢？衣裳每件一毛钱，又不论大小，送来染的都是大衣裳居多……去掉火柴钱，去掉颜料钱……那不是吗！我的学费……把他们在家吃咸盐的钱都给我拿来啦……我哪能不用心念书，我哪能？”她又去摸触那本书。

我仍然看着地板上的花纹，我想她的眼泪比我的同情高贵得多。

还不到放寒假时，王亚明在一天的早晨，整理着手提箱和零碎，她的行李，已经束得很紧，立在墙根的地方。

并没有人和她去告别，也没有人和她说一声“再见”。我们从宿舍出发，一个个地经过夜里王亚明睡觉的长椅，她向我们每个人笑着，同时也好像从窗口在望着远方。我们使过道起着沉重的骚音，我们下着楼梯，经过了院宇，在栏栅门口，王亚明也赶到了，并且呼喘，并且张着嘴：

“我的父亲还没有来，多学一点钟是一点钟……”她向着大家在说话一样。

这最后的每一点钟，都使她流着汗。在英文课上，她忙着用小册子记下来黑板上所有的生字。同时读着，同时连教师随手写的、已经不必要的、读过的熟字，她也记了下来。在第二点钟地理课上，她又费着力气模仿着黑板上教师画的地图，她在小册子上也画了起来……好像所有这最末一天经过她的思想都重要起来，都必得留下一个痕迹。

在下课的时间，我看了她的小册子，那完全记错了：英文字母，有的脱落一个，有的她多加上一个……她的心情已经慌乱了。

夜里，她的父亲也没有来接她，她又在那长椅上展开了被褥。只有这一次，她睡得这样早，睡得超过平常以上的安然，头发接近着被边，肩头随着呼吸放宽了一些。今天，她的左右并不摆着书本。

早晨，太阳停在颤抖的挂着雪的树枝上面，鸟雀刚出巢的时候，她的父亲来了。停在楼梯口，他放下肩上背来的大毡靴，他用围着脖子的白毛巾捋去胡须上的冰溜：

“你落了榜吗？你……”冰溜在楼梯上融成小小的水珠。

“没有，还没考试，校长告诉我，说我不用考啦，不能及格的……”

她的父亲站在楼梯口，把脸向着墙壁，腰间挂着的白手巾动也不动。

行李拖到楼梯口了，王亚明又去提着手提箱，抱着面盆和一些零碎，她把大手套还给她的父亲：

“我不要，你戴吧！”她父亲的毡靴一移动，就在地板上压了几个泥圈圈。

因为是早晨，来围观的同学们很少。王亚明就在轻微的笑声里边戴起了手套。

“穿上毡靴吧！书没念好，别再冻掉了两只脚。”她的父亲把两只靴子相连的皮条解开。

靴子一直掩过了她的膝盖，她和一个赶马车的人一样，头部也用白色的绒布包起。

“再来，把书带回家好好读读再来。喝……喝。”不知道她向谁说着。当她又提起了手提箱，她问她的父亲：

“叫来的马车就在门外吗？”

“马车，什么马车？走着上站吧……我背着行李……”

王亚明的毡靴在楼梯上扑扑地拍着。父亲走在前面，变了颜色的手抓着行李的角落。

那被朝阳拖得苗长的影子，跳动着在人的前面先爬上了木栅门。从窗子看去，人也好像和影子一样轻浮，只能看到他们，而听不到关于他们的一点声音。

出了木栅门，他们就向着远方，向着迷漫着朝阳的方向走去。

雪地好像碎玻璃似的，越远，那闪光就越刚强。我一直看到那远处的雪地刺痛了我的眼睛。

1936年3月

（首刊于1936年4月15日上海《作家》第1卷第1号）

花　狗

在一个深奥的，很小的院心上，集聚几个邻人。这院子种着两棵大芭蕉，人们就在芭蕉叶子下边谈论着李寡妇的大花狗。

有的说：

“看吧，这大狗又倒霉了。”

有的说：

“不见得，上回还不是闹到终归儿子没有回来，花狗也饿病了，因此李寡妇哭了好几回……”

“唉，你就别说啦，这两天还不是么，那大花狗都站不住了，若是人一定要扶着墙走路……”

人们正说着，李寡妇的大花狗就来了。它是一条虎狗，头是大的，嘴是方的，走起路来很威严，全身是黄毛带着白花。它从芭蕉叶里露出来了，站在许多人的面前，还勉强地摇一摇尾巴。

但那原来的姿态完全不对了，眼睛没有一点光亮，全身的毛好像要脱落似的在它的身上飘浮着。而最可笑的是它的脚掌很稳的抬起来，端得平平的再放下去，正好像希特勒在操演的军队的脚掌似的。

人们正想要说些什么，看到李寡妇戴着大帽子从屋里出来，大家就停止了，都把眼睛落到李寡妇的身上。她手里拿着一把黄香，身上背着一个黄布口袋。

“听说少爷来信了，倒是吗？”

“是的，是的，没有多少日子，就要换防回来的……是的……亲手写的信来……我是到佛堂去烧香，是我应许下的，只要老佛爷保佑我那孩子有了信，从那天起，我就从那天三遍香烧着，一直到他回来……”那大花狗仍照着它平常的习惯，一看到主人出街，它就跟上去，李寡妇一边骂着就走远了。

那班谈论的人，也都谈论一会各自回家了。

留下了大花狗自己在芭蕉叶下蹲着。

大花狗，李寡妇养了它十几年，李老头子活着的时候，和她吵架，她一生气坐在椅子上哭半天会一动不动的，大花狗就陪着她蹲在她的脚尖旁。她生病的时候，大花狗也不出屋，就在她旁边转着。她和邻居骂架时，大花狗就上去撕人家衣服。她夜里失眠时，大花狗摇着尾巴一直陪她到天明。

所以她爱这狗胜过于一切了，冬天给这狗做一张小棉被，夏天给它铺一张小凉席。

李寡妇的儿子随军出发了以后，她对这狗更是一时也不能离开的，她把这狗看成个什么都能了解的能懂人性的了。

有几次她听了前线上恶劣的消息，她竟拍着那大花狗哭了好几次，有的时候像枕头似的枕着那大花狗哭。

大花狗也实在惹人怜爱，卷着尾巴，虎头虎脑的，虽然它忧愁了，寂寞了，眼睛无光了，但这更显得它柔顺，显得它温和。所以每当晚饭以后，它挨着家凡是里院外院的人家，它都用嘴推开门进去拜访一次，有剩饭的给它，它就吃了，无有剩饭，它就在人家屋里绕了一个圈就静静地出来了。这狗流浪了半个月了，它到主人旁边，主人也不打它，也不骂它，只是什么也不表示，冷静的接待了它，而并不是按着一定的时候给东西吃，想起来就给它，忘记了也就算了。

大花狗落雨也在外边，刮风也在外边，李寡妇整天锁着门到东城门外的佛堂去。

有一天她的邻居告诉她：

“你的大花狗，昨夜在街上被别的狗咬了腿流了血……”

“是的，是的，给它包扎包扎。”

“那狗实在可怜呢，满院子寻食……”邻人又说。

“唉，你没听在前线上呢，那真可怜……咱家里这一只狗算什么呢？”她忙着话没有说完，又背着黄布口袋上佛堂烧香去了。

等邻人第二次告诉她说：

“你去看看你那狗吧！”

那时候大花狗已经躺在外院的大门口了，躺着动也不动，那只被咬伤了的前腿，晒在太阳下。

本来李寡妇一看了也多少引起些悲哀来，也就想喊人来花两角钱埋了它。但因为刚刚又收到儿子一封信，是广州退却时写的，看信上说儿子就该到家了，于是她逢人便讲，竟把花狗又忘记了。

这花狗一直在外院的门口，躺了三两天。

是凡经过的人都说这狗老死了，或是被咬死了，其实不是，它是被冷落死了。

（署名萧红，刊于1939年8月5日
香港《星岛日报》副刊《星座》第371号）

初　冬

初冬，我走在清凉的街道上，遇见了我的弟弟。

“莹姐，你走到哪里去？”

“随便走走吧！”

“我们去吃一杯咖啡，好不好，莹姐。”

咖啡店的窗子在帘幕下挂着苍白的霜层。我把领口脱着毛的外衣搭在衣架上。

我们开始搅着杯子铃啷地响了。

“天冷了吧！并且也太孤寂了，你还是回家的好。”弟弟的眼睛是深黑色的。

我摇了摇头，我说：“你们学校的篮球队近来怎么样？还活跃吗？你还很热心吗？”

“我掷筐掷得更进步，可惜你总也没到我们球场上来了。你这样不畅快是不行的。”

我仍搅着杯子，也许飘流久了的心情，就和离了岸的海水一般，若非遇到大风是不会翻起的。我开始弄着手帕。弟弟再向我说什么我已不去听清他，仿佛自己是沉坠在深远的幻想的井里。

我不记得咖啡怎样被我吃干了杯了。茶匙在搅着空的杯子时，弟弟说："再来一杯吧！"

女侍者带着欢笑一般飞起的头发来到我们桌边，她又用很响亮的脚步摇摇地走了去。

也许因为清早或天寒，再没有人走进这咖啡店。在弟弟默默看着我的时候，在我的思想凝静得玻璃一般平的时候，壁间暖气管小小嘶鸣的声音都听得到了。

"天冷了，还是回家好，心情这样不畅快，长久了是无益的。"

"怎么！"

"太坏的心情与你有什么好处呢？"

"为什么要说我的心情不好呢？"

我们又都搅着杯子。有外国人走进来，那响着嗓子的、嘴不住在说的女人，就坐在我们的近边。她离得我越近，我越嗅到她满衣的香气，那使我感到她离得我更辽远，也感到全人类离得我更辽远。也许她那安闲而幸福的态度与我一点联系也没有。

我们搅着杯子，杯子不能像起初搅得发响了。街车好像渐渐多了起来，闪在窗子上的人影，迅速而且繁多了。隔着窗子，可以听到喑哑的笑声和喑哑的踏在行人道上的鞋子的声音。

"莹姐，"弟弟的眼睛是深黑色的。"天冷了，再不能飘流下去，回家去吧！"弟弟说："你的头发这样长了，怎么不到理发店去一次呢？"我不知道为什么被他这话所激动了。

也许要熄灭的灯火在我心中复燃起来，热力和光明鼓荡着我：

"那样的家我是不想回去的。"

"那么飘流着，就这样飘流着？"弟弟的眼睛是深黑色的。他的杯子留在左手里边，另一只手在桌面上，手心向上翻张了开来，要在空间摸索着什么似的。最后，他是捉住自己的领巾。我看着他在抖动的嘴唇："莹姐，我真担心你这个女浪人！"他牙齿好像更白了些，更大些，而且有力了，而且充满热情了。为热情而波动，他的嘴唇是那样的退去了颜色。并且他的全人有些近乎狂人，然而安静，完全被热情侵占着。

出了咖啡店，我们在结着薄碎的冰雪上面踏着脚。

初冬，早晨的红日扑着我们的头发，这样的红光使我感到欣快和寂寞。弟弟不住地在手下摇着帽子，肩头耸起了又落下了；心脏也是高了又低了。

渺小的同情者和被同情者离开了市街。

停在一个荒败的枣树园的前面时，他突然把很厚的手伸给了我，这是我们要告别了。

"我到学校去上课！"他脱开我的手，向着我相反的方向背转过去。可是走了几步，又转回来：

"莹姐，我看你还是回家的好！"

"那样的家我是不能回去的，我不愿意受和我站在两极端的父亲的豢养……"

"那么你要钱用吗？"

"不要的。"

"那么，你就这个样子吗？你瘦了！你快要生病了！你的衣服也太薄啊！"弟弟的眼睛是深黑色的，充满着祈祷和愿望。我们又握过手，分别向不同的方向走去。

太阳在我的脸面上闪闪耀耀。仍和未遇见弟弟以前一样，我穿过街头，我无目的地走。寒风，刺着喉头，时时要发作小小的咳嗽。

弟弟留给我的是深黑色的眼睛，这在我散漫与孤独的流荡人的心板上，怎能不微温了一个时刻？

（首刊于1936年1月5日上海《生活知识》第1卷第7期）

孩子的讲演

这一个欢迎会，出席的有五六百人，站着的，坐着的，还有挤在窗台上的。这些人多半穿着灰色的制服。因为除了教授之外，其余的都是这学校的学生。而被欢迎的则是另外一批人。这小讲演者就是被欢迎之中的一个。

第一个上来了一个花胡子的，两只手扶着台子的边沿，好像山羊一样，他垂着头讲话。讲了一段话，而后把头抬了一会，若计算起来大概有半分钟。在这半分钟之内，他的头特别向前伸出，会叫人立刻想起在图画上曾看过的长颈鹿。等他的声音再一开始，连他的颈子，连他额角上的皱纹都一齐摇震了一下，就像有人在他的背后用针刺了他的样子。再说他的花胡子，虽然站在这大厅的最后的一排，也能够看到是已经花的了。因为他的下巴过于喜欢运动，那胡子就和什么活的东西挂在他的下巴上似的，但他的胡子可并不长。

“他……那人说的是什么？为什么这些人都笑！”

在掌声中人们就笑得哄哄的，也用脚擦着地板。因为这大厅四面都开着窗子，外边的风声和几百人的哄声，把别的一切会发响的都止息了；咳嗽声，剥着落花生的声音，还有别的地从群众发出来的特有的声音，也都听不见了。

当然那孩子问的也没有人听见。

“告诉我！笑什么……笑什么……”他拉住了他旁边的那女同志，他摇着她的胳臂。

“可笑呵……笑他滑稽，笑他那样子。”那女同志一边用手按住嘴，一边告诉那孩子，“你看吧……在那边，在那个桌子角上还没有坐下来呢……他讲演的时候，他说日本人呵哈你们说，你们说……中国人呵哈，你们说……高丽人呵哈……你们说，你们说……你们说，你们说，他说了一大串呀……”

那孩子起来看看，他是这大厅中最小的一个，大概也没看见什么，就把手里剥好的花生米放在嘴里，一边嚼着一边拍着那又黑又厚的小肥手掌。等他团体里的人叫着：

“王根！小王根……”他才缩一缩脖颈，把眼睛往四边溜一下，接着又去吃落花生，吃别的在风沙地带所产的干干的果子，吃一些混着沙土的点心和芝麻糖。

王根他记得从出生以来，还没有这样大量地吃过。虽然他从加入了战地服务团，在别处的晚会或欢迎会上也吃过糖果，但没有这样多并且也没有这许多人，所以他回想着刚才他排着队来赴这个欢迎会路上的情景。他越想越有意思。比方那高高的城门楼子，走在城门楼子里说话那种空洞的声音，一出城门楼子，就看到那么一个圆圆的月亮而且可以随时听到满街的歌声。这些歌子他也都会唱。并且他还骄傲着，他觉得他所会的歌比他所听到的还多着哩！他还会唱小曲子，还会打莲花落……这些都是来到战地服务团里学的。

“……别看我年纪小，抗日的道理可知道得并不少……唾登唾……

唾登唾……”他在冒着尘土的队尾上，偷着用脚尖转了个圈，他一边走路一边作着唱莲花落时的姿式。

现在他又吃着这许多东西，又看着这许多人。他的柔和的眼光，好像幼稚的兔子在它幸福饱满的时候所发出的眼光一样。

讲演者一个接着一个，女讲演者，老讲演者，多数的是年轻的讲演者。

由于开着窗子和门的关系，所有的讲演者的声音，都不十分响亮，平凡的，拖长的……因为那些所讲的悲惨的事情都没有变样，一个说日本帝国主义，另一个也说日本帝国主义。那些过于庄严的脸孔，在一个欢迎会是不大相宜。只有蜡烛的火苗抖擞得使人起了一点宗教感。觉得客人和主人都是虔诚的。

被欢迎的宾客是一个战地服务团。当那团里的几个代表讲演完毕，一阵暴风雨似的掌声。不知道是谁提议叫孩子王根也走上讲台。

王根发烧了，立刻停止了所吃的东西，血管里的血液开始不平凡地流动起来，好像全身就连耳朵都侵进了虫子，热，昏花。他对自己的讲演，平常很有把握，在别的地方也说过几次话，虽然不能够证明自己的声音太小，但是并不恐惧。就像在台上唱莲花落时一样没有恐惧。这次他也并不是恐惧，因为这地方人多，又都是会讲演的，他想他特别要说得好一点。

他没有走上讲台去，人们就使他站上他的木凳。

于是王根站上了自己的木凳。

人们一看到他就喜欢他。他的小脸一边圆圆的红着一块，穿着短小的，好像小兵似的衣服，戴着灰色的小军帽。他一站上木凳来，第一件事是把手放在帽沿前行着军人的敬礼。而后为着稳定一下自己，他还稍稍地站了一会，还向四边看看。他刚开口，人们禁止不住对他贯注的热情就笑了起来。这种热情并不怎样尊敬他，多半把他看成一个小玩物，一种蔑视的爱起浮在这整个的大厅。

“你也会讲演吗？你这孩子……你这小东西……”人们都用这种眼光看着他，并且张着嘴，好像要吃了他。他全身都热起来了。

王根刚一开始，就听到周围哄哄的笑声，他把自己检点了一下：

“是不是说错啦？”因为他一直还没有开口。

他证明自己没有说错，于是，接着说下去，他说他家在赵城……

“我离开家的时候，我家还剩三个人，父亲、母亲和妹妹，现在赵城被敌人占了，家里还有几个，我就不知道了。我跑到服务团来，父亲还到服务团来找我回家。他说母亲让我回去，母亲想我。我不回去，我说日本鬼子来把我杀了，还想不想？我就在服务团里当了勤务。我太小，打日本鬼子不分男女老幼。我当勤务，在宣传的时候，我也上台唱莲花落……”

又当勤务，又唱莲花落，不但没有人笑，不知为什么反而平静下去，大厅中人们的呼吸和游丝似的轻微。蜡烛在每张桌上抖擞着，人们之中有的咬着嘴唇，有的咬着指甲，有的把眼睛掠过人头而投视着窗外。站在后边的那一堆灰色的人，就像木刻图上所刻的一样，笨重，粗糙，又是完全一类型。他们的眼光都像反映在海面上的天空那么深沉，那么无底。窗外则站着更冷静的月亮。

那稀薄的白色的光，扫遍着全院子房顶，就是说扫遍了这全个学校的校舍。它停在古旧的屋瓦上，停在四周的围墙上。在风里边卷着的沙土和寒带的雪粒似的，不住地扫着墙根，扫着纸窗，有时更弥补了阶前房后不平的坑坑洼洼。

一九三八年的春天，月亮行走在山西的某一座城上，它和每年的春天一样。但是今夜它在一个孩子的面前做了一个伟大的听众。

那稀薄的白光就站在门外五尺远的地方，从房檐倒下来的影子，切了整整齐齐的一排花纹横在大厅的后边。

大厅里像排着什么宗教的仪式。

小讲演者虽然站在凳子上，并不比人高出多少。

“父亲让我回家，我不回家，让我回家，我……我不回家……我就在服务团里当了勤务，我就当了服务团里的勤务。”

他听到四边有猛烈的鼓掌的声音，向他潮水似的涌来，他就心慌起来。他想他的讲演还没有完，人们为什么鼓掌？或者是说错了！又想，没有错，还不是有一大段吗？还不是有日本帝国主义没有加上吗？他特别用力镇定自己，把手插进口袋去，他的肚子好像胀了起来，向左边和右边摇了几下，小嘴好像含着糖球胀得圆圆的。

“我当了勤务……当了服务团里的勤务……我……我……”

人们接着掌声，就来了笑声，笑声又接起着掌声。王根说不下去了。他想一定是自己出了笑话。他要哭。他想马上发现出自己的弱点以便即刻纠正。但是不成，他只能在讲完之后，才能检点出来，或者是衣服的不齐整，或者是自己的呆样子。他不能理解这笑是人们对他多大的爱悦。

“讲下去呀！王根……”

他本团的同志喊着他。

“日本帝国主义……日本鬼子。”他就像喝过酒的孩子，从木凳上跌落下来的一样。

他的眼泪已经浸上了睫毛，他什么也看不见，他不知道他是站在什么地方，他不知道他自己是在做什么。他觉得就像玩着的时候，从高处跌落下来一样的瘫软，他觉得自己的手肥大到可怕而不动的程度。当他用手背揩抹着滚热的眼泪的时候。

人们的笑声更不可制止。看见他哭了。

王根想：这讲演是失败了，完了，光荣在他完全变成了懊悔，而且是自己破坏了自己的光荣。他没有勇气再作第三次的修正，他要从木凳坐下来。他刚一开始弯曲他的膝盖，就听到人们向他呼喊：

“讲得好，别哭啊……再讲再讲……没有完，没有完……”

其余的别的安慰他的话，他就听不见了。他觉得这都是嘲笑。于是更感到自己的耻辱，更感到不可逃避，他几乎哭出声来，他便跌到不知道是什么人的怀里大哭起来。

这天晚上的欢迎会，一直继续到半夜。

王根再也不吃摆在他面前的糖果了。他把头压在桌边上，就像小牛把头撞在栏栅上那么粗蛮，他手里握着一个红色上面带着黄点的山楂。那山楂就像用热水洗过的一样。当用右手抹着眼泪的时候，那小果子就在左手的手心里冒着气，当他用左手抹着眼泪的时候，那山楂就在他右手的手心里冒着气。

为什么人家笑呢？他自己还不大知道，大概是自己什么地方说错了，可是又想不起来。好比家住在赵城，这没有错。来到服务团，也没有错。当了勤务也没有错，打倒日本帝国主义也没说错……这他自己也不敢确信了。因为那时候在笑声中，把自己实在闹昏了。

退出大厅时，王根照着来时的样子排在队尾上，这回在路上他没有唱莲花落，他也没有听到四处的歌声。但也实在是静了。只有脚下踢起来的尘土还是冒着烟儿的。

这欢迎会开过了，就被人们忘记了，若不去想，就像没有这么回事存在过。

可是在王根，一个礼拜之内，他常常从夜梦里边坐起来。但永远梦到他讲演，并且每次讲到他当勤务的地方，就讲不下去了。于是他怕，他想逃走，可是总逃走不了，于是他叫喊着醒来了。和他同屋睡觉的另外两个比他年纪大一点的小勤务的鼾声，证明了他自己也和别人一样地在睡觉，而不是在讲演。

但是那害怕的情绪，把他在小床上缩做了一个团子，就仿佛在家里的时候，为着夜梦所恐惧缩在母亲身边一样。

“妈妈……”这是他往日是自己做孩子时候的呼喊。

现在王根一点声音也没有就又睡了。虽然他才九岁，因为他做了服务团的勤务，他就把自己也变作大人。

小城三月

一

三月的原野已经绿了，像地衣那样绿，透出在这里、那里。郊原上的草，是必须转折了好几个弯儿才能钻出地面的，草儿头上还顶着那胀破了种粒的壳，发出一寸多高的芽子，欣幸地钻出了土皮。放牛的孩子在掀起了墙脚下面的瓦时，找到了一片草芽子，孩子们回到家里告诉妈妈，说："今天草芽出土了！"妈妈惊喜地说："那一定是向阳的地方！"抢根菜的白色的圆石似的籽儿在地上滚着，野孩子一升一斗地在拾着。蒲公英发芽了，羊咩咩地叫，乌鸦绕着杨树林子飞。天气一天暖似一天，日子一寸一寸的都有意思。杨花满天照地飞，像棉花似的。人们出门都是用手捉着，杨花挂着他了。草和牛粪都横在道上，放散着强烈的气味。远远的有用石子打船的声音。"空空……"的大声传来。

河冰化了，冰块顶着冰块，苦闷地又奔放地向下流。乌鸦站在冰块上寻觅小鱼吃，或者是还在冬眠的青蛙。

天气突然地热起来，说是“二八月，小阳春”，自然冷天气要来的，但是这几天可热了。春带着强烈的呼唤从这头走到那头……

小城里被杨花给装满了，在榆钱还没变黄之前，大街小巷到处飞着，像纷纷落下的雪块……

春来了。人人像久久等待着一个大暴动，今天夜里就要举行，人人带着犯罪的心情，想参加到解放的尝试……春吹到每个人的心坎，带着呼唤，带着蛊惑……

我有一个姨，和我的堂哥哥大概是恋爱了。

姨母本来是很近的亲属，就是母亲的姊妹。但是我这个姨，她不是我的亲姨，她是我的继母的继母的女儿。那么她可算与我的继母有点血统的关系了，其实也是没有的。因为我这个外祖母是在已经做了寡妇之后才来到我外祖父家，翠姨就是这个外祖母原来在另外一家所生的女儿。

翠姨生得并不是十分漂亮，但是她长得窈窕，走起路来沉静而且漂亮，讲起话来清楚地带着一种平静的感情。她伸手拿樱桃吃的时候，好像她的手指尖对那樱桃十分可怜的样子，她怕把它触坏了似的轻轻地捏着。

假若有人在她的背后唤她一声，她若是正在走路，她就会停下了；若是正在吃饭，就要把饭碗放下，而后把头向着自己的肩膀转过去，而全身并不大转，于是她自觉地闭合着嘴唇，像是有什么要说而一时说不出来似的……

而翠姨的妹妹，忘记了她叫什么名字，反正是一个大说大笑的，不十分修边幅，和她的姐姐全不同。花的绿的，红的紫的，只要是市上流行的，她就不大加以选择，做起一件衣服来赶快就穿在身上。穿上了而后，到亲戚家去串门，人家恭维她的衣料怎样漂亮的时候，她总是说，和这完全一样的，还有一件，她给了她的姐姐了。

我到外祖父家去，外祖父家里没有像我一般大的女孩子陪着我玩，所以每当我去，外祖母总是把翠姨喊来陪我。

翠姨就住在外祖父的后院，隔着一道板墙，一招呼，听见就来了。

外祖父住的院子和翠姨住的院子，虽然只隔一道板墙，但是却没有门可通，所以还得绕到大街上去从正门进来。

因此有时翠姨先来到板墙这里，从板墙缝中和我打了招呼，而后回到屋去装饰一番，才从大街上绕了个圈来她母亲的家里。

翠姨很喜欢我。因为我在学堂里念书，而她没有，她想什么事我都比她明白。所以，她总是有许多事务向我商量，看看我的意见如何。

到夜里，我住在外祖父家里了，她就陪着我也住下。

每每睡下就谈，谈过了半夜，不知为什么总是谈不完……

开初谈的是衣服怎样穿，穿什么样颜色，穿什么样的料子。比如走路应该快或是应该慢。有时，白天里她买了一个别针，到夜里她拿出来看看，问我这别针到底是好看或是不好看。那时候，大概是十五年前的时候，我们不知城外如何装扮一个女子，而在这个城里，几乎个个都有一条宽大的绒绳结的披肩，蓝的紫的，各色的都有，但最多多不过枣红色的。几乎在街上所见的都是枣红色的大披肩了。

哪怕红的绿的那么多，但总没有枣红色的最流行。

翠姨的妹妹有一条，翠姨有一条，我的所有的同学，几乎每人都有一条。就连素不考究的外祖母的肩上也披着一条，只不过披的是蓝色的，没有敢用最流行的枣红色的就是了。因为她总算年纪大了一点，对年轻人让了一步。

还有那时候都流行穿绒绳鞋，翠姨的妹妹就赶快地买了穿上，因为她那个人很粗心大意，好坏她不管，只是人家有她也有，别人是人穿衣服，而翠姨的妹妹就好像被衣服所穿了似的，芜芜杂杂。但永远合乎着应有尽有的原则。

翠姨的妹妹的那绒绳鞋，买来了，穿上了。在地板上跑着，不大一会工夫，那每只鞋脸上系着的一只毛球，竟有一个毛球已经离开了鞋子，向上跳着，只还有一根绳连着，不然就要掉下来了。很好玩的，好像一颗大红枣被系到脚上去了。因为她的鞋子也是枣红色的。大家都在嘲笑她的鞋子一买回来就坏了。

翠姨她没有买，也许她心里边早已经喜欢了，但是看上去她都像反对似的，好像她都不接受。

她必得等到许多人都开始采办了，这时候，看样子她才稍稍有些动心。

好比买绒绳鞋，夜里她和我谈话问过我的意见，我说也是好看的，我有很多的同学她们也都买了绒绳鞋。

第二天，翠姨就要求我陪着她上街，先不告诉我去买什么，进了铺子选了半天别的，才问到我绒绳鞋。

走了几家铺子，都没有，都说是已经卖完了。我晓得店铺的人是这样瞎说的，表示他这家店铺平常总是最丰富的，只恰巧你要的这件东西，他就没有了。我劝翠姨说，咱们慢慢地走，别家一定会有的。

我们坐马车从街梢上的外祖父家来到街中心的。

见了第一家铺子，我们就下了马车。不用说，马车我们已经是付过了价钱的。等我们买好了东西回来的时候，会另外叫一辆的，因为我们不知道要等多久。

大概看见什么好，虽然不需要也要买点；或是东西已经买全了，不必要再多留连，也要留连一会；或是买东西的目的，本来只在一双鞋，而结果鞋子没有买到，反而罗里罗嗦地买回来许多用不着的东西。

这一天，我们辞退了马车，进了第一家店铺。

在别的大城市里没有这种情形，而在我家乡里往往是这样，坐了马车，虽然是付过了钱，让他自由去兜揽生意，但他常常还仍旧等候在铺子的门外。等一出来，他仍旧请你坐他的车。

我们走进第一个铺子，一问没有。于是就看了些别的东西，从绸缎看到呢绒，从呢绒再看到绸缎，布匹根本不看的，并不像母亲们进了店铺那样子。这个买去做被单，那个买去做棉袄的，因为我们管不了被单棉袄的事。母亲们一月不进店铺，一进店铺又是这个便宜应该买；那个不贵，也应该买。比方一块在夏天才用得着的花洋布，母亲们冬天里就买起来了，说是趁着便宜多买点，总是用得着的。而我们就不然了，我们是天天进店铺的，天天搜寻些个是好看的，是贵的值钱的，平常时候绝对的用不到想不到的。

那一天，我们买了许多花边回来，钉着光片的，带着琉璃的。说不上要做什么样的衣服才配得着这种花边。也许根本没有想到做衣服，就贸然地把花边买下了。一边买着，一边说好，翠姨说好，我也说好。到后来，回到家里，当众打开了让大家批判，这个一言，那个一语，让大家说得也有点没有主意了，心里已经五六分空虚了。于是赶快地收拾了起来，或者从别人的手里夺过来，把它包起来，说她们不识货，不让她们看了。

勉强说着：

"我们要做一件红金绒的袍子，把这个黑琉璃边镶上。"

或："这红的我们送人去……"

说虽仍旧如此说，心里已经八九分空虚了，大概是这些所心爱的，从此就不会再出头露面的了。

在这小城里，商店究竟没有多少，到后来又加上看不到绒绳鞋，心里着急，也许跑得更快些。不一会工夫，只剩了三两家了。而那三两家，又偏偏是不常去的，铺子小，货物少。想来它那里也是一定不会有的了。

我们走进一个小铺子里去，果然有三四双，非小即大，而且颜色都不好看。

翠姨有意要买，我就觉得奇怪，原来就不十分喜欢，既然没有好的，又为什么要买呢？让我说着，没有买成回家去了。

过了两天，我把买鞋子这件事情早忘了。

翠姨忽然又提议要去买。

从此我知道了她的秘密，她早就爱上了那绒绳鞋了，不过她没有说出来就是了。她的恋爱的秘密就是这样子的。她似乎要把它带到坟墓里去，一直不要说出口，好像天底下没有一个人值得听她的告诉……

在外边飞着满天大雪，我和翠姨坐着马车去买绒绳鞋。我们身上围着皮褥子，赶车的车夫高高地坐在车夫台上，摇晃着身子，唱着沙哑的山歌："喝咧咧……"耳边风呜呜地啸着，从天上倾下来的大雪，迷乱了我们的眼睛，远远的天隐在云雾里，我默默地祝福翠姨快快买到可爱的绒绳鞋，我从心里愿意她得救……

市中心远远地朦朦胧胧地站着，行人很少，全街静悄无声。我们一家挨一家地问着，我比她更急切，我想赶快买到吧，我小心地盘问着那些店员们，我从来不放弃一个细微的机会，我鼓励翠姨，没有忘记一家。使她都有点儿诧异，我为什么忽然这样热心起来。但是我完全不管她的猜疑，我不顾一切地想在这小城里面，找出一双绒绳鞋来。

只有我们的马车，因为载着翠姨的愿望，在街上奔驰得特别的清醒，又特别的快。雪下得更大了，街上什么都没有了，只有我们两个人，催着车夫，跑来跑去。一直到天都很晚了，鞋子没有买到，翠姨深深地看着我的眼睛说："我的命，不会好的。"我很想装出大人的样子，来安慰她，但是没有等到找出什么适当的话来，泪便流出来了。

二

翠姨以后也常来我家住着，是我的继母把她接来的。

因为她的妹妹订婚了，怕是她的家里并没有多少人，只有她的一个六十多岁的老祖父，再就是一个也是寡妇的伯母，带一个女儿。

堂妹妹本该在一起玩耍解闷的，但是因性格的相差太远，一向是水火不同炉地过着日子。

她的堂妹妹，我见过，永久是穿着深色的衣裳，黑黑的脸，一天到晚陪着母亲坐在屋子里。母亲洗衣裳，她也洗衣裳；母亲哭，她也哭。也许她帮着母亲哭她死去的父亲，也许哭的是她们的家穷。那别人就不晓得了。

本来是一家的女儿，翠姨她们两姊妹却像有钱的人家的小姐，而那个堂姊妹，看上去却像个乡下丫头。这一点，使她得到常常到我们家里来住的权力。

她的亲妹妹订婚了，再过一年就出嫁了。在这一年中，妹妹大大地阔气起来，因为婆家那方面一订了婚就送来了聘礼，这个城里，从前不用大洋票，而用的是广信公司出的帖子，一百吊一千吊的论。她妹妹的聘礼大概是几万吊，所以她忽然不得了起来，今天买这样，明天买那样，花别针一个又一个的，丝头绳一团一团的，带穗的耳坠子，洋手表，样样都有了。每逢上街的时候，她和她姐姐一道，现在总是她付车钱了。她的姐姐要付，她却百般的不肯，有时当着人面，姐姐一定要付，妹妹一定不肯，结果闹得很窘，姐姐无形中觉得一种权利被人剥夺了。

但是关于妹妹的订婚，翠姨一点也没有羡慕的心理。妹妹未来的丈夫，她是看过的，没有什么好看，很高，穿着蓝袍子黑马褂，好像商人，又像一个小土绅士。又加上翠姨太年轻了，想不到什么丈夫，什么结婚。

因此，虽然妹妹在她的旁边一天比一天丰富起来，妹妹是有钱了，但是妹妹为什么有钱的，她没有考查过。

所以当妹妹尚未离开她之前，她绝对的没有重视“订婚”的事。

不过她常常地感到寂寞。她和妹妹出来进去的，因家庭环境孤寂，竟好像一对双生子似的，而今去了一个，不但翠姨自己觉得单调，就是她的祖父也觉得她可怜。

所以自从她的妹妹嫁了人，她不大回家，总是住在她的母亲的家里。有时我的继母也把她接到我们家里。

翠姨非常聪明，她会弹大正琴，就是前些年所流行在中国的一种日本琴。她还会吹箫或是会吹笛子。不过弹那琴的时候却很多。住在我家里的时候，我家的伯父，每在晚饭之后必同我们玩这些乐器的。笛子、箫、日本琴、风琴、月琴，还有什么打琴。真正的西洋的乐器，可一样也没有。

在这种正玩得热闹的时候，翠姨也来参加了。翠姨弹了一个曲子，和我们大家立刻就配合上了。于是大家都觉得在我们那已经天天闹熟了的老调子之中，又多了一个新的花样。于是立刻我们就加倍的努力，正在吹笛的把笛子吹得特别响，把笛膜震抖得似乎就要爆炸了似的，滋滋地叫着。十岁的弟弟在吹口琴，他摇着头，好像要把那口琴吞下去似的，至于他吹的是什么调子，已经是没有人留意了。在大家忽然来了勇气的时候，似乎只需要这种胡闹。

而那按风琴的人，因为越按越快，到后来也许是已经找不到琴键了，只是那踏脚板越踏越快，踏得呜呜地响，好像有意要毁坏了那风琴，而想把风琴撕裂了一般的。

大概所奏的曲子是“梅花三弄”，也不知道接连地弹过了多少圈，看大家的意思都不想要停下来。不过到了后来，实在是气力没有了，找不着拍子的找不着拍子，跟不上调的跟不上调，于是在大笑之中，大家停下来了。

不知为什么，在这么快乐的调子里边，大家都有点伤心，也许是乐极生悲了，把我们都笑得流着眼泪，一边还笑。

正在这时候，我们往门窗一看，我的最小的小弟弟，刚会走路，他也背着一个很大的破手风琴来参加了。

谁都知道，那手风琴从来也不会响的。把大家笑死了。在这回得到了快乐。

我的哥哥（伯父的儿子，钢琴弹得很好）吹箫吹得最好，这时候他放下了箫，对翠姨说："你来吹吧！"翠姨却没有言语，站起身来，跑到自己的屋子去了，我的哥哥好久好久地看住那帘子。

三

翠姨在我家，和我住一个屋子。月明之夜，屋子照得通亮。翠姨和我谈话，往往谈到鸡叫，觉得也不过刚刚才半夜。

鸡叫了，才说："快睡吧，天亮了。"

有的时候，一转身，她又问我：

"是不是一个人结婚太早不好，或许是女孩子结婚太早是不好的！"

我们以前谈了很多话，但没有谈到这些。

总是谈什么衣服怎样穿，鞋子怎样买，颜色怎样配；买了毛线来，这毛线应该打个什么样的花纹；买了帽子来，应该批判这帽子还微微有缺点，这缺点究竟在什么地方，虽然说是不要紧，或者是一点关系也没有，但批评总是要批评的。

有时再谈得远一点，就表姊表妹之类订了婆家，或什么亲戚的女儿出嫁了，或什么耳闻的，听说的，新娘和新姑爷闹别扭之类。

那个时候，我们的县里早就有了洋学堂了。小学好几个，大学没有。

只有一男子中学，往往成为谈论的目标。谈论这个，不单是翠姨，外祖母、姑姑、姐姐之类，都愿意讲究这当地中学的学生。因为他们一切洋化，穿着裤子，把裤腿卷起来一寸；一张口，“格得毛宁”外国语，他们彼此一说话就“答答答”，听说这是什么俄国话。而更奇怪的是他们见了女人不怕羞。这一点，大家都批评说是不如从前了。从前的书生，一见了女人脸就红。

我家算是最开通的了。叔叔和哥哥他们都到北京和哈尔滨那些大地方去读书了，他们开了不少的眼界。回到家里来，大讲他们那里都男孩子和女孩子同学。

这一题目，非常的新奇，开初都认为这是造了反。后来因为叔叔也常和女同学通信，因为叔叔在家庭里是有点地位的人。并且父亲从前也加入过国民党，革过命，所以这个家庭都“咸与维新”起来。

因此在我家里，一切都是很随便的，逛公园，正月十五看花灯，都是不分男女，一齐去。

而且我家里设了网球场，一天到晚地打网球，亲戚家的男孩子来了，我们也一齐地打。

这都不谈，仍旧来谈翠姨。

翠姨听了很多的故事。关于男学生结婚的事情，就是我们本县里，已经有几件事情不幸的了。有的结婚了，从此就不回家了；有的娶来了太太，把太太放在另一间屋子里住着，而且自己却永久住在书房里。

每逢讲到这些故事时，多半别人都是站在女的一边，说那男子都是念书念坏了，一看了那不识字的又不是女学生之类就生气，觉得处处都不如他。天天总说婚姻不自由。可是自古至今，都是爹许娘配的，偏偏到了今天，都要自由。看吧，这还没有自由呢，就先来了花头故事了，娶了太太的不回家，或是把太太放在另一个屋子里。这些都是念书念坏了的。

翠姨听了许多别人家的评论。大概她心里边也有些不平，她就问我不读书是不是很坏的，我自然说是很坏的。而且她看了我们家里男孩子、女孩子通通到学堂去念书的。而且我们亲戚家的孩子也都是读书的。

因此她对我很佩服，因为我是读书的。

但是不久，翠姨就订婚了。这是她妹妹出嫁不久的事情。

她的未来的丈夫，我见过，在外祖父的家里。人长得又矮又小，穿一身蓝布棉袍子，黑马褂。头上戴一顶赶大车的人所戴的四耳帽子。

当时翠姨也在的，但她不知道那是她的什么人，她只当是哪里来了这样一位乡下的客人。外祖母偷着把我叫过去，特别告诉了我一番，这就是翠姨将来的丈夫。不久翠姨就很有钱。她的丈夫的家里，比她妹妹丈夫的家里还更有钱得多。婆婆也是个寡妇。守着个独生的儿子。儿子才十七岁，是在乡下的私学馆里读书。

翠姨的母亲常常替翠姨解说，人小点不要紧，岁数还小呢，再长上两三年两个人就一般高了。劝翠姨不要难过，婆家有钱就好的。聘礼的钱十多万都交过来了，而且就由外祖母的手亲自交给了翠姨；而且还有别的条件保障着，那就是说，三年之内绝对不准娶亲，藉着男的一方面年纪太小为辞，翠姨更愿意远远的推着。

翠姨自从订婚之后，是很有钱的了，什么新样子的东西一到，虽说不是一定抢先去买了来，总是过不了多久，箱子里就要有的了。那时候夏天最流行银灰色市布大衫，而翠姨穿起来最好，因为她有好几件，穿过两次不新鲜就不要了，就只在家里穿，而出门就又去做一件新的。

那时候正流行着一种长穗的耳坠子，翠姨就有两对：一对红宝石的，一对绿的。而我的母亲才能有两对，而我才有一对。可见翠姨是顶阔气的了。

还有那时候就已经开始流行高跟鞋了。可是在我们本街上却不大有人穿，只有我的继母早就开始穿，其余就算是翠姨。并不是一定因为我的母亲有钱，也不是因高跟鞋一定贵，只是女人们没有那么摩登的行为，或者说她们不很容易接受新的思想。

翠姨第一天穿起高跟鞋来，走路还很不安定，但到第二天就比较的习惯了。到了第三天，就说以后，她就是跑起来也是很平稳的。而且走路的姿态更加可爱了。

我们有时也去打网球玩玩，球撞到她脸上的时候，她才用球拍遮了一下，否则她半天也打不到一个球。因为她一上了场站在白线上就是白线上，站在格子里就是格子里，她根本不动。有的时候她竟拿网球拍子站着一边去看风景去了。尤其是大家打完了网球，吃东西的吃东西去了，洗脸的洗脸去了。惟有她一个人站在短篱前面，向着远远的哈尔滨市影痴望着。

有一次我同翠姨一同去做客。我继母的族中娶媳妇。她们是八旗人，也就是满人。满人才讲究场面呢，所有的族中的年轻的媳妇都必得到场，而且个个打扮得如花似玉。似乎咱们中国的社会，是没这么繁华的社交的场面的，也许那时候，我是小孩子，把什么都看得特别繁华。就只说女人们的衣服吧，就个个都穿得和现在西洋女人在夜总会里边那么庄严，一律都穿着绣花大袄。而她们是八旗人，大袄的襟下一律的没有开口，而且很长。大袄的颜色枣红的居多，绛色的也有，玫瑰紫色的也有。而那上边绣的花色，有的荷花，有的玫瑰，有的松竹梅，一句话，特别的繁华。

她们的脸上，都搽着白粉，她们的嘴上都染得桃红。

每逢一个客人到了门前，她们是要列着队出来迎接的，她们都是我的舅母，一个一个地上前来问候了我和翠姨。

翠姨早就熟识她们的，有的叫表嫂子，有的叫四嫂子。而在我，她们就都是一样的，好像小孩子的时候，所玩的用花纸剪的纸人，这个和那个都是一样，完全没有分别。都是花缎袍子，都是白白的脸，都是很红的嘴唇。

就是这一次，翠姨出了风头了。她进到屋里，靠着一张大镜子旁坐下了。女人们就忽然都上前来看她，也许她从来没有这么漂亮过，今天把别人都惊住了。依我看，翠姨还没有她从前漂亮呢，不过她们说翠姨漂亮得像棵新开的腊梅。翠姨从来不搽胭脂的，而那天又穿了一件为着将来做新娘子而准备的蓝色缎子满是金花的夹袍。

翠姨让她们围起看着，难为情了起来，站起来想要逃掉似的，迈着很勇敢的步子，茫然地往里边的房间里闪开了。

谁知那里边就是新房呢，于是许多的嫂嫂就哗然地叫着，说：

“翠姐姐不要急，明年就是个漂亮的新娘子，现在先试试去。”

当天吃饭饮酒的时候，许多客人从别的屋子来呆呆地望着翠姨。翠姨举着筷子，似乎是在思量着，保持着镇静的态度，用温和的眼光看着她们。仿佛她不晓得人们专门在看着她似的。但是别的女人们羡慕了翠姨半天了，脸上又都突然地冷落起来，觉得有什么话要说，又都没有说，然后彼此对望，笑了一下，吃菜了。

四

有一年冬天，刚过了年，翠姨就来到了我家。

伯父的儿子——我的哥哥，就正在我家里。

我的哥哥，人很漂亮，很直的鼻子，很黑的眼睛，嘴也好看，头发也梳得好看，人很长，走路很爽快。大概在我们所有的家族中，没有这么漂亮的人物。

冬天，学校放了寒假，所以来我们家里休息。大概不久，学校开学就要上学去了。哥哥是在哈尔滨读书。

我们音乐会，自然要为这新来的角色而开了，翠姨也参加的。

于是非常的热闹，比方我的母亲，她一点也不懂这行，但是她也列了席，她坐在旁边观看。连家里的厨子，女工，都停下了工作来望着我们，似乎他们不是听什么乐器，而是在看人。我们聚满了一客厅。这些乐器的声音，大概很远的邻居都可以听到。

第二天邻居来串门的，就说：

“昨天晚上，你们家又是给谁祝寿？”

我们就说，是欢迎我们的刚到的哥哥。因此，我们家是很好玩的，很有趣的。不久，就来到了正月十五看花灯的时节了。

我们家里自从父亲维新革命，总之在我们家里，兄弟姊妹，一律相待，有好玩的就一齐玩，有好看的就一齐去看。

伯父带着我们，哥哥，弟弟、姨……共八九个人，在大月亮地里往大街里跑去了。那路之滑，滑得不能站脚，而且高低不平。他们男孩子们跑在前面，而我们因为跑得慢就落了后。

于是那在前边的他们回头来嘲笑我们，说我们是小姐，说我们是娘娘。说我们走不动。

我们和翠姨早就连成一排向前冲去，但是，不是我倒，就是她倒，到后来还是哥哥他们一个一个地来扶着我们。说是扶着，未免的太示弱了，也不过就是和他们连成一排向前进着。

不一会到了市里，满路花灯，人山人海。又加上狮子、旱船、龙灯、秧歌，闹得眼也花起来，一时也数不清多少玩艺，哪里会来得及看，似乎只是在眼前一晃就过去了。而一会别的又来了，又过去了。其实也不见得繁华得多么不得了，不过觉得世界上是不会比这个再繁华的了。

商店的门前，点着那么大的火把，好像热带的大椰子树似的，一个比一个亮。

我们进了一家商店，那是父亲的朋友开的。他们很好地招待我们，茶、点心、橘子，元宵。我们哪里吃得下去，听到门外一打鼓，就心慌了。

而外面鼓和喇叭又那么多，一阵来了，一阵还没有去远，一阵又来了。

因为城本来是不大的，有许多熟人也都是来看灯的，都遇到了。其中我们本城里的在哈尔滨念书的几个男学生，他们也来看灯了。哥哥都认识他们。我也认识他们，因为这时候我到哈尔滨念书去了，所以一遇到了我们，他们就和我们在一起。他们出去看灯，看了一会，又回到我们的地方，和伯父谈话，和哥哥谈话。我晓得他们，因我们家比较有势力，他们是很愿和我们讲话的。

所以回家的一路上，又多了两个男孩子。

无管人讨厌不讨厌，他们穿的衣服总算都市化了。个个都穿着西装，戴着呢帽，外套都是到膝盖的地方，脚下很利落清爽。比起我们城里的那种怪样子的外套，好像大棉袍子似的，好看得多了。而且颈间又都束着一条围巾来，人就更显得庄严，漂亮。

翠姨觉得他们个个都很好看。

哥哥也穿的西装，自然哥哥也很好看。因此在路上她直在看哥哥。

翠姨梳头梳得是很慢的，必定梳得一丝不乱，搽粉也要搽了洗掉，洗掉再搽，一直搽到认为满意为止。花灯节的第二天早晨，她就梳得更慢，一边梳头一边在思量。本来按规矩每天吃早饭必得三请两请才能出席，今天必得请到四次，她才来了。

我的伯父当年也是一位英雄，骑马、打枪绝对的好。后来虽然已经五十岁了，但是风采犹存。我们都爱伯父的，伯父从小也就爱我们。诗、词、文章，都是伯父教我们的。翠姨住在我们家里，伯父也很喜欢翠姨。今天早饭已经开好了。催了翠姨几次，翠姨总是不出来。

伯父说了一句：“林黛玉……”

于是我们全家的人都笑了起来。

翠姨出来了，看见我们这样地笑，就问我们笑什么。我们没有人肯告诉她。翠姨知道一定是笑的她，她就说：

“你们赶快的告诉我，若不告诉我，今天我就不吃饭了。你们读书识字，我不懂，你们欺侮我……”

闹嚷了很久，是我的哥哥讲给她听了。伯父当着自己的儿子面前到底有些难为情，喝了好些酒，总算是躲过去了。

翠姨从此想到了念书的问题，但是她已经二十岁了，哪里去念书？上小学，没有她这样大的学生，上中学，她是一字不识。怎么可以？所以仍旧住在我们家里。

弹琴、吹箫、看纸牌，我们一天到晚地玩着。我们玩的时候全体参加，我的伯父，我的哥哥，我的母亲。

翠姨对我的哥哥没有什么特别的好，我的哥哥对翠姨就像对我们，也是完全的一样。

不过哥哥讲故事的时候，翠姨总比我们留心听些，那是因为她的年龄稍稍比我们大些，当然在理解力上，比我们更接近一些哥哥的了。哥哥对翠姨比对我们稍稍的客气一点。他和翠姨说话的时候，总是“是的”“是的”的。而和我们说话则“对啦”“对啦”。这显然因为翠姨是客人的关系，而且在名份上比他大。

不过有一天晚饭之后，翠姨和哥哥都没有了。每天饭后大概总要开个音乐会的。这一天，也许因为伯父不在家，没有人领导的缘故，大家吃过也就散了，客厅里一个人也没有。我想找弟弟和我下一盘棋，弟弟也不见了。于是我就一个人在客厅里按起风琴来，玩了一下，也觉得没有趣。客厅是静得很的，在我关上了风琴盖子之后，我就听见了在后屋里，或者在我的房子里是有人的。

我想一定是翠姨在屋里。过去看看她，叫她出来张罗着看纸牌。

我跑进去一看，不单是翠姨，还有哥哥陪着她。

看见了我，翠姨就赶快地站起来说：

“我们去玩吧。”

哥哥也说：

“我们下棋去，下棋去。”

他们出来陪我来玩棋，这次哥哥总是输，从前是他回回赢我。我觉得奇怪，但是心里高兴极了。

不久寒假终了，我就回到哈尔滨的学校念书去了。可是哥哥没有同来，因为他上半年生了点病，曾在医院里休养了一些时候，这次伯父主张他再请两个月的假，留在家里。

以后家里的事情，我就不大知道了。都是由哥哥或母亲讲给我听的。我走了以后，翠姨还住在我家里。

后来母亲告诉过，就是在翠姨还没有订婚之前，有过这样一件事情。我的族中有一个小叔叔，和哥哥一般大的年纪，说话口吃，没有风采，也是和哥哥在一个学校里读书。虽然他也到我们家里来过，但怕翠姨没有见过。那时外祖母就主张给翠姨提婚。那族中的祖母一听就拒绝了，说是寡妇的孩子，命不好，也怕没有家教，何况父亲死了，母亲又出嫁了，好女不嫁二夫郎，这种人家的女儿，祖母不要。但是我母亲说，辈分合，他家还有钱，翠姨过门是一品当朝的日子，不会受气的。

这件事情翠姨是晓得的，而今天又见了我的哥哥，她不能不想哥哥大概是那样看她的。她自觉地觉得自己的命运不会好的。现在翠姨自己已经订了婚，是一个人的未婚妻；二则她是出了嫁的寡妇的女儿，她自己一天把这背了不知有多少遍，她记得清清楚楚。

五

翠姨订婚，转眼三年了。正这时，翠姨的婆家，通了消息来，张罗要娶。她的母亲来接她回去整理嫁妆。

翠姨一听就得病了。

但没有几天，她的母亲就带着她到哈尔滨办嫁妆去了。

偏偏那带着她采办嫁妆的向导，又是哥哥介绍来的他的同学。他们住在哈尔滨的秦家岗上，风景绝佳，是洋人最多的地方。那男学生们的宿舍里边，有暖气、洋床。翠姨带着哥哥的介绍信，像一个女同学似的被他们招待着。又加上已经学了俄国人的规矩，处处尊重女子。所以翠姨当然受了他们不少的尊敬，请她吃大菜，请她看电影。坐马车的时候，上车让她先上；下车的时候，人家扶她下来。她每一动别人都为她服务。外套一脱，就接过去了；她刚一表示要穿外套，就给她穿上了。

不用说，买嫁妆她是不痛快的，但那几天，她总算一生中最开心的时候。

她觉得到底是读大学的人好，不野蛮，不会对女人不客气，绝不能像她的妹夫常常打她的妹妹。

经这到哈尔滨去一买嫁妆，翠姨就不愿意出嫁了。她一想那个又丑又小的男人，她就恐怖。

她回来的时候，母亲又接她到我们家来住着，说她的家里又黑又冷，说她太孤单可怜。我们家是一团和气的。

到了后来，她的母亲发现她对于出嫁太不热心，该剪裁的衣裳，她不去剪裁；有一些零碎还要去买的，她也不去买。做母亲的总是常常要加以督促，后来就要接她回去，接到她的身边，好随时提醒她。她的母亲以为年轻的人必定要随时提醒的，不然总是贪玩。而况出嫁的日子又不远了，或者就是二三月。

想不到外祖母来接她的时候，她从心里不肯回去，她竟很勇敢地提出来她要读书的要求。她说她要念书，她想不到出嫁。

开初外祖母不肯，到后来，她说若是不让她读书，她是不出嫁的。

外祖母知道她的心情，而且想起了很多可怕的事情……

外祖母没有办法，依了她。给她在家里请了一位老先生，就在自己家院子的空房里边摆上了书桌，还有几个邻居家的姑娘，一齐念书。

翠姨白天念书，晚上回到外祖母家。

念书，不多日子，人就开始咳嗽，而且整天地闷闷不乐。她的母亲问她，有什么不如意？陪嫁的东西买得不顺心吗？或者是想到我们家去玩吗？什么事都问到了。

翠姨摇着头不说什么。

过了一些日子，我的母亲去看翠姨，带着我的哥哥。他们一看见她，第一个印象，就觉得她苍白了不少。而且母亲断言地说，她活不久了。

大家都说是念书累的，外祖母也说是念书累的，没有什么要紧的；要出嫁的女儿们，总是先前瘦的，嫁过去就要胖了。

而翠姨自己则点点头，笑笑，不承认，也不加以否认。还是念书，也不到我们家来了，母亲接了几次，也不来，回说没有工夫。

翠姨越来越瘦了，哥哥去到外祖母家看了她两次，也不过是吃饭、喝酒，应酬了一番，而且说是去看外祖母的。在这里，年轻的男子去拜访年轻的女子，是不可以的。哥哥回来也并不带回什么喜欢或是什么新奇的忧郁，还是一样和我们打牌下棋。

翠姨后来支持不了啦，躺下了。她的婆婆听说她病了，就要娶她。因为花了钱，死了不是可惜了吗？这一种消息，翠姨听了病就更加严重。婆家一听她病重，立刻要娶她。因为在迷信中有这样一章：病新娘娶过来一冲，就冲好了。翠姨听了，就只盼望赶快死，拼命地糟蹋自己的身体，想死得越快一点儿越好。

母亲记起了翠姨，叫哥哥去看翠姨。是我的母亲派哥哥去的。母亲拿了些钱让哥哥给翠姨送去，说是母亲送她在病中随便买点什么吃的。母亲晓得他们年轻人是很拘泥的，或者不好意思去看翠姨，也或者翠姨是很想看他的，他们好久不能看见了。同时翠姨不愿意出嫁，母亲很久的就在心里猜疑着他们了。

男子是不好先去专访一位小姐的，这城里没有这样的风俗。母亲给了哥哥一件礼物，哥哥就可去了。

哥哥去的那天，她家里正没有人，只是她家的堂妹妹迎接着这从未见过的生疏的年轻的客人。那堂妹妹还没问清客人的来由，就往外跑，说是去找她们的祖父去，请他等一等。大概她想凡是男客就是来会祖父的。

客人只说了自己的名字，那女孩子连听也没有听就跑出去了。

哥哥正想，翠姨在什么地方？或者在里屋吗？翠姨大概听出什么人来了，她就在里边说："请进来。"

哥哥进去了。坐在翠姨的枕边，他要去摸一摸翠姨的前额，是否发热，他说：

"好了点吗？"

他刚一伸出手去，翠姨就突然地拉住他的手，而且大声地哭起来了，好像一颗心也哭出来了似的。哥哥没有准备，就很害怕，不知道说什么，做什么。他不知道现在就该是保护翠姨的地位，还是保护自己的地位。同时听得见外边已经有人来了，就要开门进来了。一定是翠姨的祖父。

翠姨平静地向他笑着，说：

"你来得很好，一定是姐姐，你的婶母告诉你来的，我心里永远记念着她。她爱我一场，可惜我不能去看她了……我不能报答她了……不过我总会记起在她家里的日子的……她待我也许没有什么，但是我觉得已经太好了……我永远不会忘记的……我现在也不知道为什么，心里只想死得快一点就好，多活一天也是多余的……人家也许以为我是任性……其实是不对的。不知为什么，那家对我也会是很好的，但是我不愿意。我小时候，就不好，我的脾气总是，不从心的事，我不愿意……

这个脾气把我折磨到今天了……可是我怎能从心呢……真是笑话……谢谢姐姐她还惦着我……请你告诉她，我并不像她想的那么苦，我也很快乐……”翠姨苦笑了一笑，“我的心里安静，而且我求的我都得到了……”

哥哥茫然地不知道说什么。这时，祖父进来了。看了翠姨的热度，又感谢了我的母亲，对我哥哥的降临，感到荣幸。他说请我母亲放心吧，翠姨的病马上就会好的，好了就嫁过去。

哥哥看了看翠姨就退出去了，从此再没有看见她。

哥哥后来提起翠姨常常落泪，他不知翠姨为什么死，大家也都心中纳闷。

尾　声

等我到春假回来，母亲还当我说：

“要是翠姨一定不愿意出嫁，那也是可以的，假如他们当我说。”

……

翠姨坟头的草籽已经发芽了，一掀一掀地和土粘成了一片，坟头显出淡淡的青色，常常会有白色的山羊跑过。

街上有提着筐子卖蒲公英的了，也有卖小根蒜的了。更有些孩子们，他们按着时节去折了那刚发芽的柳条，正好可以拧成哨子，就含在嘴里满街地吹。声音有高有低，因为哨子有粗有细。

大街小巷到处是呜呜呜，呜呜呜。好像春天从他们的手里招呼回来了似的。但是这为期甚短。一转眼，吹哨子的不见了。

接着杨花飞起来了，榆钱飘满了一地。

在我的家乡那里，春天是快的。五天不出屋，树发芽了，再过五天不看树，树长叶了，再过五天，这树就像绿得使人不认识它了。使人想，这棵树，就是前天的那棵树吗？自己回答自己：当然是的。春天就像跑的那么快。好像人能够看见似的。春天从老远的地方跑来了，跑到这个地方，只向人的耳朵吹一句小小的声音："我来了呵"，而后很快地就跑过去了。

春，好像它不知道多么忙迫，好像无论什么地方都在招呼它。假若它晚到一刻，太阳会变色的，大地会干成石头，尤其是树木，那真是好像再多一刻工夫也不能忍耐。假若春天稍稍在什么地方留连了一下，就会误了不少的生命。

春天来为什么它不早一点来，来到我们这城里多住一些日子。而后再慢慢地到另外的一个城里去，在另外一个城里也多住一些日子。

但那是不能的了，春天的命运就是这么短。

年轻的姑娘们，她们三两成双，坐着马车，去选择衣料去了，因为就要换春装了。她们热心地弄着剪刀，打着衣样。想装成自己心中想得出的那么好。她们白天黑夜地忙着，不久春装换起来了，只是不见载着翠姨的马车来。

1941 年 7 月

（署名萧红，刊于 1941 年 7 月 1 日

香港《时代文学》第 1 卷第 2 期）

牛车上

金花菜在三月的末梢就开遍了溪边。我们的车子在朝阳里轧着山下的红绿颜色的小草，走出了外祖父的村梢。

车夫是远族上的舅父，他打着鞭子，但那不是打在牛的背上，只是鞭梢在空中绕来绕去。

“想睡了吗？车刚走出村子呢！喝点梅子汤吧！等过了前面的那道溪水再睡。”外祖父家的女佣人，是到城里去看她的儿子的。

“什么溪水，刚才不是过的吗？”从外祖父家带回来的黄猫，也好像要在我的膝头上睡觉了。

“后塘溪。”她说。

“什么后塘溪？”我并没有注意她，因为外祖父家留在我们的后面，什么也看不见了，只有村梢上庙堂前的红旗杆还露着两个金顶。

“喝一碗梅子汤吧，提一提精神。”她已经端了一杯深黄色的梅子汤在手里，一边又去盖着瓶口。

“我不提，提什么精神，你自己提吧！”

他们都笑了起来，车夫立刻把鞭子抽响了一下。

“你这姑娘……顽皮……巧舌头………我………我……”他从车辕转过身来，伸手要抓我的头发。

我缩着肩头跑到车尾上去。村里的孩子没有不怕他的，说他当过兵，说他捏人的耳朵也很痛。

五云嫂下车去给我采了这样的花，又采了那样的花，旷野上的风吹得更强些，所以她的头巾好像是在飘着。因为乡村留给我尚没有忘却的记忆，我时时把她的头巾看成乌鸦或是鹊雀。她几乎是跳着，几乎和孩子一样。回到车上，她就唱着各种花朵的名字，我从来没看到过她像这样放肆一般的欢喜。

车夫也在前面哼着低粗的声音，但那分不清是什么词句。那短小的烟管顺着风时时送着烟氛，我们的路途刚一开始，希望和期待还离得很远。

我终于睡了，不知是过了后塘溪，或是什么地方，我醒过一次，模模糊糊的好像那管鸭的孩子仍和我打着招呼，也看到了坐在牛背上的小根和我告别的情景……也好像外祖父拉住我的手又在说：“回家告诉你爷爷，秋凉的时候让他来乡下走走……你就说你姥爷腌的鹌鹑和顶好的高粱酒，等着他来一块喝呢……你就说我动不了，若不然，这两年，我总也去……”

唤醒我的不是什么人，而是那空空响的车轮。我醒来，第一下我看到的是那黄牛自己走在大道上，车夫并不坐在车辕上。在我寻找的时候，他被我发现在车尾上，手上的鞭子被他的烟管代替着，左手不住地在擦着下颏，他的眼睛顺着地平线望着辽阔的远方。

我寻找黄猫的时候，黄猫坐到五云嫂的膝头上去了，并且她还抚摸猫的尾巴。我看着她的蓝布头巾已经盖过了眉头，鼻子上显明的皱纹因为挂了尘土，更显明起来。

他们并没有注意到我的醒转。

“到第三年，他就不来信啦！你们这当兵的人……”

我就问她：“你丈夫也是当兵的吗？”

赶车的舅舅，抓了我的辫发，把我向后拉了一下。

“那么以后……就总也没有信来？”他问她。

“你听我说呀！八月节刚过……可记不得哪一年啦，吃完了早饭，我就在门前喂猪，一边啌啌地敲着槽子，一边‘嘀唠嘀唠’地叫着猪……哪里听得着呢？南村王家的二姑娘喊着：‘五云嫂，五云嫂……’一边跑着一边喊着：‘我娘说，许是五云哥给你捎来的信！’真是，在我眼前的真是一封信，等我把信拿到手哇！看看……我不知为什么就止不住心酸起来……他还活着吗！他……眼泪就掉在那红签条上，我就用手去擦，一擦，这红圈子就印到白的上面去。把猪食就丢在院心……进屋摸了件干净衣裳，我就赶紧跑。跑到南村的学房，见了学房的先生，我一面笑着，就一面流着眼泪……我说：‘是外头人来的信，请先生看看……一年来的没来过一个字。’学房先生接到手里一看，就说不是我的。那信我就丢在学房里跑回来啦……猪也没有喂，鸡也没有上架，我就躺在炕上啦……好几天，我像失了魂似的。”

“从此就没有来信？”

“没有。”她打开了梅子汤的瓶口，喝了一碗，又喝一碗。

“你们这当兵的人，只说三年二载……可是回来，回来个什么呢！回来个灵魂给人看看吧……”

“什么？”车夫说，“莫不是阵亡在外吗……”

“是，就算吧！音信皆无过了一年多。”

“是阵亡？”车夫从车上跳下去，拿了鞭子，在空中抽了两下，似乎是什么爆裂的声音。

“还问什么……这当兵的人真是凶多吉少。”她折皱的嘴唇好像撕裂了的绸片似的，显得轻浮和单薄。

车子一过黄村，太阳就开始斜了下去，青青的麦田上飞着鹊雀。

“五云哥阵亡的时候，你哭吗？”我一面捉弄着黄猫的尾巴，一面看着她。但她没有睬我，自己在整理着头巾。

等车夫颠跳着来在了车尾，扶了车栏，他一跳就坐在了车上。在他没有抽烟之前，他的厚嘴唇好像关紧了的瓶口似的严密。

五云嫂的说话，好像落着小雨似的，我又顺着车栏睡下了。

等我再醒来，车子停在一个小村头的井口边，牛在饮着水，五云嫂也许是哭过，她陷下的眼睛高起来了，并且眼角的皱纹也张开来。车夫从井口搅了一桶水提到车子旁边：

“不喝点吗？清凉清凉……”

“不喝。”她说。

“喝点吧，不喝，就是用凉水洗洗脸也是好的。”他从腰带上取下手巾来，浸了浸水，“揩一揩！尘土迷了眼睛……”

当兵的人，怎么也会替人拿手巾？我感到了惊奇。我知道的当兵的人就会打仗，就会打女人，就会捏孩子们的耳朵。

“那年冬天，我去赶年市……我到城里去卖猪鬃，我在年市上喊着：‘好硬的猪鬃来……好长的猪鬃来……’后一年，我好像把他爹忘下啦……心上也不牵挂……想想那没有个好，这些年，人还会活着！到秋天，我也到田上去割高粱，看我这手，也吃过气力……春天就带着孩子去做长工，两个月三个月的就把家拆了。冬天又把家归拢起来。什么牛毛啦……猪毛啦……还有些收拾来的鸟雀的毛。冬天就在家里收拾，收拾干净啦呀……就选一个暖和的天气进城去卖。若有顺便进城去的车呢，把秃子也就带着……那一次没有秃子。偏偏天气又不好，天天下清雪，年市上不怎么热闹；没有几捆猪鬃也总卖不完。一早就蹲在市上，一直蹲到太阳偏西。在十字街口，一家大买卖的墙头上贴着一张大纸，人们来来往往地在那里看，像是从一早那张纸就贴出来了！也许是晌午贴的……有的还一边看一边念出来几句。我不懂得那一套……人们说是‘告示，告示’，可是告的什么，我也不懂那一套……‘告示’倒知道，是官家的事情，与我们做小民的有什么长短！可不知为什么看的人就那么多……听说么，是捉逃兵的‘告示’……又听说么……又听说几天就要送到县城枪毙……”

“哪一年？民国十年枪毙逃兵二十多个的那回事吗？”车夫把卷起的衣袖在下意识里把它放下来，又用手扫着下颏。

“我不知道那叫什么年……反正枪毙不枪毙与我何干，反正我的猪鬃卖不完就不走运气……”她把手掌互相擦了一会，猛然像是拍着蚊虫似的，凭空打了一下：

“有人念着逃兵的名字……我看着那穿黑马褂的人……我就说，‘你再念一遍！’起先猪毛还拿在我的手上……我听到了姜五云姜五云的，好像那名字响了好几遍……我过了一些时候才想要呕吐……喉管里像有什么腥气的东西喷上来，我想咽下去！……又咽不下去！……眼睛冒着火苗……那些看‘告示’的人往上挤着，我就退在了旁边。我再上前去看看，腿就不做主啦！看‘告示’的人越多，我就退下来了！越退越远啦……”

她的前额和鼻头都流下汗来。

“跟了车，回到乡里，就快半夜了。一下车的时候，我才想起了猪毛……哪里还记得起猪毛……耳朵和两张木片似的啦……包头巾也许是掉在路上，也许是掉在城里……”

她把头巾掀起来，两个耳朵的下梢完全丢失了。

“看看，这是当兵的老婆……”

这回她把头巾束得更紧了一些，所以随着她的讲话，那头巾的角部也起着小小的跳动。

“五云倒还活着，我就想看看他，也算夫妇一回……”“……二月里，我就背着秃子，今天进城，明天进城……‘告示’听说又贴过了几回，我不去看那玩艺儿，我到衙门去问，他们说：‘这里不管这事，’让我到兵营里去！……我从小就怕见官……乡下孩子，没有见过。那些带刀挂枪的，我一看到就发颤……去吧！反正他们也不是见人就杀……后来常常去问，也就不怕了。反正一家三口，已经有一口拿在他们的手心里……他们告诉我，逃兵还没有送过来。我说什么时候才送过来呢？他们说：‘再过一个月吧！’……等我一回到乡下，就听说逃兵已从什么县城，那是什么县城？到今天我也记不住那是什么县城……就是听说送过来啦就是啦……都说若不快点去看，人可就没有了。我再背着秃子，再进城……去问问，兵营的人说：‘好心急，你还要问个百八十回。不知道，也许就不送过来。’……有一天，我看着一个大官，坐着马车，叮咚叮咚地响着铃子，从营房走出来了……我把秃子放在地上，我就跑过去，正好马车是向着这边来的，我就跪下了，也不怕马蹄就踏在我的头上。

“‘大老爷，我的丈夫……姜五……’我还没有说出来，就觉得肩膀上很沉重……那赶马车的把我往后面推倒了，好像跌了跤似的我爬在道边去。只看到那赶马车的也戴着兵帽子。

“我站起来，把秃子又背在背上……营房的前边，就是一条河，一个下半天都在河边上看着水。有些钓鱼的，也有些洗衣裳的。远一点，在那河湾上那水就深了，看着那浪头一排排地从眼前过去。不知道几百条浪头都坐着看过去了。我想把秃子放到河边上，我一跳就下去吧！留他一条小命，他一哭就会有人把他收了去。

“我拍着那个小胸脯，我好像说：‘秃儿，睡吧。’我还摸摸那圆圆的耳朵，那孩子的耳朵，真是，长得肥满，和他爹的一模一样，一看到那孩子的耳朵，就看到他爹了。”

她为了赞美而笑了笑。

“我又拍着那小胸脯，我又说：‘睡吧！秃儿。’我想起了，我还有几吊钱，也放在孩子的胸脯里吧！正在伸，伸手去放……放的时节……孩子睁开眼睛了……又加上一只风船转过河湾来，船上的孩子喊妈的声音我一听到，我就从沙滩上面……把秃子抱……抱在……怀里了……”

她用包头巾像是紧了紧她的喉咙，随着她的手，眼泪就流了下来。

“还是……还是背着他回家吧！哪怕讨饭，也是有个亲娘……亲娘的好……”

那蓝色头巾的角部，也随着她的下颏颤抖了起来。

我们车子的前面正过着一堆羊群，放羊的孩子口里响着用柳条做成的叫子，野地在斜过去的太阳里边分不出什么是花什么是草了！只是混混黄黄的一片。

车夫跟着车子走在旁边，把鞭梢在地上荡起着一条条的烟尘。

“……一直到五月，营房的人才说：‘就要来的，就要来的。’

“……五月的末梢，一只大轮船就停在了营房门前的河沿上。不知怎么这样多的人！比七月十五看河灯的人还多……”

她的两只袖子在招摇着。

“逃兵的家属，站在右边……我也站过去，走过一个戴兵帽子的人，还每个人给挂了一张牌子……谁知道，我也不认识那字……

“要搭跳板的时候，就来了一群兵队，把我们这些挂牌子的……就圈了起来……‘离开河沿远点，远点……’他们用枪把子把我们赶到离开那轮船有三四丈远……站在我旁边的，一个白胡子的老头，他一只手里提着一个包裹，我问他：‘老伯，为啥还带来这东西？’……‘哼！不！我有一个儿子和一个侄子……一人一包……回阴曹地府，不穿洁净衣裳是不上高的……’

“跳板搭起来了……一看跳板搭起来就有哭的……我是不哭，我把脚跟立得稳稳当当的，眼睛往船上看着……可是，总不见出来……过了一会，一个兵官，挎着洋刀，手扶着栏杆说：‘让家属们再往后退退……就要下船……’听着‘吭唠’一声，那些兵队又用枪把子把我们向后赶了过去，一直赶上道旁的豆田，我们就站在豆秧上，跳板又呼隆隆地搭起了一块……走下来了，一个兵官领头……那脚镣子，哗啦哗啦的……我还记得，第一个还是个小矮个……走下来五六个啦……没有一个像秃子他爹宽宽肩膀的，是真的，很难看……两条胳臂直伸伸的……我看了半天工夫，才看出手上都是带了铐子的。旁边的人越哭，我就格外更安静。我只把眼睛看着那跳板……我要问问他爹“为啥当兵不好好当，要当逃兵……你看看，你的儿子，对得起吗？’

“二十来个，我不知道哪个是他爹，远看都是那么个样儿。一个青年的媳妇……还穿了件绿衣裳，发疯了似的，穿开了兵队抢过去了……当兵的哪肯叫她过去……就把她抓回来，她就在地上打滚。她喊：‘当了兵还不到三个月呀……还不到……’两个兵队的人就把她抬回来，那头发都披散开啦。又过了一袋烟的工夫，才把我们这些挂牌子的人带过去……越走越近了，越近也就越看不清楚哪个是秃子他爹……眼睛起了白蒙……又加上别人都呜呜啕啕的，哭得我多少也有点心慌……

“还有的嘴上抽着烟卷，还有的骂着……就是笑的也有。当兵的这种人……不怪说，当兵的不信命……

“我看看，真是没有秃子他爹，哼！这可怪事……我一回身，就把一个兵官的皮带抓住“‘姜五云呢？’‘你是他的什么人？’‘是我的丈夫。’我把秃子可就放在地上啦……放在地上，那不作美的就哭起来，我啪的一声，给秃子一个嘴巴……接着，我就打了那兵官：‘你们把人消灭到什么地方去啦？’

“‘好的……好家伙……够朋友……’那些逃兵们就连起声来跺着

脚喊。兵官看看这情形，赶快叫当兵的把我拖开啦……他们说：‘不只姜五云一个人，还有两个没有送过来，明后天，下一班船就送来……逃兵里他们三个是头目。’

“我背着孩子就离开了河沿，我就挂着牌子走下去了。我一路走，一路两条腿发颤。奔来看热闹的人满街满道啦……我走过了营房的背后，兵营的墙根下坐着拿两个包裹的老头，他的包裹只剩了一个。我说：‘老伯，你的儿子也没来吗？’我一问他，他就把背脊弓了起来，用手把胡子放在嘴唇上，咬着胡子就哭啦！

“他还说：‘因为是头目，就当地正法了咧！’当时，我还不知道这‘正法’是什么……”

她再说下去，那是完全不相接连的话头。

“又过三年，秃子八岁的那年，把他送进了豆腐房……就是这样：一年我来看他两回。二年回家一趟……回来也就是十天半月的……”

车夫离开车子，在小毛道上走着，两只手放在背后。太阳从横面把他拖成一条长影，他每走一步，那影子就分成了一个叉形。

“我也有家小……”他的话从嘴唇上流下来似的，好像他对着旷野说的一般。

“哟！”五云嫂把头巾放松了些。

“什么！”她鼻子上的折皱抖动了一些时候，“可是真的……兵不当啦也不回家……”

“哼！回家！就背着两条腿回家？”车夫把肥厚的手揩扭着自己的鼻子笑了。

“这几年，还没多少赚几个？”

“都是想赚几个呀！才当逃兵去啦！”他把腰带更束紧了一些。

我加了一件棉衣，五云嫂披了一张毯子。

“嗯！还有 3 里路……这若是套的马……嗯！一颠搭就到啦！牛就

不行，这牲口性子没紧没慢，上阵打仗，牛就不行……”车夫从草包取出棉袄来，那棉袄顺着风飞着草末，他就穿上了。

黄昏的风，却是和二月里的一样。车夫在车尾上打开了外祖父给祖父带来的酒坛。

“喝吧！半路开酒坛，穷人好赌钱……喝上两杯。”他喝了几杯之后，把胸膛就完全露在外面。他一面啮嚼着肉干，一边嘴上起着泡沫。风从他的嘴边走过时，他唇上的泡沫也宏大了一些。

我们将奔到的那座城，在一种灰色的气候里，只能够辨别那不是旷野，也不是山岗，又不是海边，又不是树林……

车子越往前进，城座看来越退越远。脸孔上和手上，都有一种粘粘的感觉……再往前看，连道路也看不到尽头……

车夫收拾了酒坛，拾起了鞭子……这时候，牛角也模糊了去。

“你从出来就没回过家？家也不来信？”五云嫂的问话，车夫一定没有听到，他打着口哨，招呼着牛。后来他跳下车去，跟着牛在前面走着。

对面走过一辆空车，车辕上挂着红色的灯笼。

“大雾！”

“好大的雾！”车夫彼此招呼着。

“三月里大雾……不是兵灾，就是荒年……”

两个车子又过去了。

1936 年

（首刊于 1936 年上海《文季》月刊第 1 卷第 5 期）

黄　河

悲壮的黄土层茫茫地顺着黄河的北岸延展下去，河水在辽远的转弯的地方完全是银白色，而在近处，它们则扭绞着旋卷着和鱼鳞一样。帆船，那么奇怪的帆船！简直和蝴蝶的翅子一样；在边沿上，一条白的，一条蓝的，再一条灰色的，而后也许全帆是白的，也许全帆是灰色的或蓝色的，这些帆船一只排着一只，它们的行走特别迟缓，看去就像停止了一样。除非天空的太阳，就再没有比这些镶着花边的帆更明朗的了，更能够眩惑人的感官的了。

载客的船也从这边继续地出发，大的，小的；还有载着货物的，载着马匹的；还有些响着铃子的，呼叫着的，乱翻着绳索的。等两只船在河心相遇的时候，水手们用着过高的喉咙，他们说些个普通话：太阳大不大，风紧不紧，或者说水流急不急，但也有时用过高的声音彼此约定下谁先行，谁后行。总之，他们都是用着最响亮的声音，这不是为了必要，是对于黄河他们在实行着一种约束。或者对于河水起着不能控制的心情，而过高地提拔着自己。

在潼关下边，在黄土层上垒荡着的城围下边，孩子们和妇人用着和狗尾巴差不多的小得可怜的笤帚，在扫着军队的运输队撒留下来稀零的、被人纷争着的、滚在平平的河滩上的几粒豆粒或麦粿。河的对面，就像孩子们的玩具似的，在层层叠叠生着绒毛似的黄土层上爬着一串微黑色的小火车。小火车，平和地，又急喘地吐着白汽，仿佛一队受了伤的小母猪样地在摇摇摆摆地走着。车上同猪印子一样打上两个淡褐色的字印："同蒲。"

黄河的惟一的特征，就是它是黄土的流，而不是水的流。照在河面上的阳光，反射的也不强烈。船是四方形的，如同在泥土上滑行，所以运行地迟滞是有理由的。

早晨，太阳也许带着风沙，也许带着晴朗来到潼关的上空，它抚摸遍了那广大的土层，它在那终年昏迷着的静止在风沙里边的土层上，用晴朗给摊上一种透明和纱一样的光彩，又好像月光在八月里照在森林上一样，起着远古的、悠久的、永不能够磨灭的悲哀的雾障。在夹对的黄土床中流走的河水相同，它是偷渡着敌军的关口，所以昼夜地匆忙，不停地和泥沙争斗着。年年月月，日日夜夜，时时刻刻，到后来它自己本身就绞进泥沙去了。河里只见了泥沙，所以常常被诅咒成泥河呀！野蛮的河，可怕的河，旋卷着而来的河，它会卷走一切生命的河，这河本身就是一个不幸。

现在是上午，太阳还与人的视线取着平视的角度，河面上是没有雾的，只有劳动和争渡。

正月完了，发酥的冰排流下来，互相击撞着，也像船似的，一片一片的。可是船上又像堆着雪，是堆起来的面袋子，白色的洋面。从这边河岸运转到那边河岸上去。

阎胡子的船，正上满了肥硕的袋子，预备开船了。

可是他又犯了他的老毛病，提着砂做的酒壶去打酒去了。他不放心别的撑篙的给他打酒，因为他们常常在半路矜持不住，空嘴白舌，就仰起脖儿呷了一口，或者把钱吞下一点儿去喝碗羊汤，不足的份量，用水来补足。阎胡子只消用舌头板一压，就会发现这些年轻人们的花头来的，所以回回是他自己去打酒。

水手们备好了纤绳，备好了篙子，便盘起膝盖坐下来等。

凡是水手，没有不愿意靠岸的，不管是海航或是河航。但是，凡是水手，也就没有一个愿意等人的。

因为是阎胡子的船，非等不可。

“尿骚桶，喝尿骚，一等等到罗锅腰！”一个小伙子直挺挺地靠在桅杆上立着，说完了话，便光着脊背向下溜，直到坐在船板上，咧开大嘴在笑着。

忽然，一个人，满头大汗的，背着个小包，也没打招呼，踏上了五寸宽那条小踏板，过跳上船来了。

“下去，下去！上水船，不让客！”

“老乡……”

“下去，下去，上水船，不让客！”

“这可不是打野鸭子呀，下去！”水手看看上来的是一个灰色的兵。

“老乡……”

“是，老乡，上水船，吃力气，这黄河又不同别的河……撑篙一下去就是一身汗。”

“老乡们！我不是白坐船，当兵的还怕出力气吗！我是过河去赶队伍的。天太早，摆渡的船哪里有呢！老乡，我早早过河赶路的……”他说着，就在洋面袋子上靠着身子，那近乎圆形的脸还有一点发光，那过于长的头发，在帽子下面像是帽子被镶了一道黑边。

“八路军怎么单人出发的呢？”

“我是因为老婆死啦，误了几天……所以着急要快赶的。”

“哈哈！老婆死啦还上前线。”于是许多笑声跳跃在绳索和撑篙之间。

水手们因为趣味的关系，互相的高声地骂着。同时准备着张帆，准备着脱离开河岸，把这兵士似乎是忘记了，也似乎允许了他的过渡。

“这老头子打酒在酒店里睡了一觉啦……你看他那个才睡醒的样子……腿好像是给石头绊住啦……”

“不对。你说的不对，石头就挂在他的脚跟上。”

那老头子的小酒壶像一块镜子，或是一片蛤蛎壳，闪烁在他的胸前。微微有点温暖的阳光，和黄河上常有缭乱而没有方向的风丝，在他的周围裹荡。于是他混着沙土的头发，跳荡得和干草似的失去了光彩。

“往上放罢！”

这是黄河上专有的名词，若想横渡，必得先上行，而后下行。因为河水没有正路的缘故。

阎胡子的脚板一踏上船身，那种安适、把握，丝毫其他的欲望可使他不宁静的，可能都不能够捉住他的。他只发了和号令似的这么一句话，而后笑纹就自由地在他皱纹不太多的眼角边流展开来，而后他走下舵室去。那是一个黑黑的小屋，在船尾的舱里，里面像供着什么神位，一个小龛子前有两条红色的小对联。

“往上放罢！”

这声音，因为河上的冰排格凌凌地作响的反应，显得特别粗壮和苍老。

“这船上有坐闲船的，老阎，你没看见？”

“那得让他下去，多出一分力量可不是闹着玩的……他在哪地方？他在哪地方？”

那灰色的兵士，他向着阳光微笑：

"在这里，在这里……"他手中拿着撑船的长篙站在船头上。

"去，去去……"阎胡子从舱里伸出一只手来，"去去去……快下去……快下去……你是官兵，是保卫国家的，可是这河上也不是没有兵船。"

阎胡子是山东人，十多年以前。因为黄河涨大水逃到关东，又逃到山西的。所以山东人的火性和粗鲁，还在他身上常常出现。

"你是哪个军队上的？"

"我是八路的。"

"八路的兵，是单个出发的吗？"

"我的老婆生病，她死啦……我是过河去赶队伍的。"

"唔！"阎胡子的小酒壶还捏在左手上。

"那么你是山西的游击队啦……是不是？"阎胡子把酒壶放下了。

在那士兵安然的回答着的时候，那船板上完全流动着笑声，并且分不清楚那笑声是恶意的还是善意的。

"老婆死啦还打仗！这年头……"

阎胡子走上船板来：

"你们，你们这些东西！七嘴八舌头，赶快开船吧！"他亲手把一只面粉口袋抬起来，他说那放的不是地方，"你们可不知道，这面粉本来三十斤，因为放的不是地方，它会让你费上六十斤的力量。"他把手遮在额前，向着东方照了一下：

"天不早啦，该开船啦。"

于是撑起花色的帆来。那帆像翡翠鸟的翅子，像蓝蝴蝶的翅子。

水流和绳子似的在撑篙之间扭绞着。在船板上来回跑着的水手们，把汗珠被风扫成碎沫而掠着河面。

阎胡子的船和别的运着军粮的船遥远的相距着，尾巴似的这只孤船，系在那排成队的十几只船的最后。

黄河的土层是那么原始的，单纯的，干枯的，完全缺乏光彩站在两岸。正和阎胡子那没有光彩的胡子一样，土层是被河水，风沙和年代所造成，而阎胡子那没有光彩的胡子，则是受这风沙的迷漫的缘故。

“你是八路的……可是你的部队在山西的哪一方面？俺家就在山西。”

“老乡，听你说话是山东口音。过来多少年啦？”

“没多少年，十几年……俺家那边就是游击队保卫着……都是八路的，都是八路的……阎胡子把棕色的酒杯在嘴唇上湿润了一下，嘴唇不断地发着光。他的喝酒，像是并没有走进喉咙去，完全和一种形式一样。但是他不断地浸染着他的嘴唇。那嘴唇在说话的时候，好像两块小锡片在跳动着：

“都是八路的……俺家那方面都是八路的……”

他的胡子和春天快要脱落的牛毛似的疏散和松放。他的红的近乎赭色的脸像是用泥土塑成的，又像是在窑里边被烧炼过，显着结实，坚硬。阎胡子像是已经变成了陶器。

“八路上的……”他招呼着那兵士，“你放下那撑篙吧，我看你不会撑，白费力气……这边来坐坐，喝一碗茶，……”方才他说过的那些去去去……现在变成来来来了：“你来吧，这河的水性特别，与众不同，……你是白费气力，多你一个人坐船不算么！”

船行到了河心，冰排从上边流下来的声音好像古琴在骚闹着似的。阎胡子坐在舱里佛龛旁边，舵柄虽然拿在他的手中，而他留意的并不是这河上的买卖，而是“家”的回念。直到水手们提醒他船已走上了急流，他才把他关于家的谈话放下。但是没多久，又零零乱乱地继续下去……

“赵城，赵城俺住了八年啦！你说那地方要紧不要紧？去年冬天太原下来之后，说是临汾也不行了……赵城也更不行啦……说是非到风陵渡不可……这时候……就有赵城的老乡去当兵的……还有一个邻居姓王的。那小伙子跟着八路军游击队去当伙夫去啦……八路军不就是你们这一路的吗？……那小伙子我还见着他来的呢！胳臂上挂着‘八路’两个字。后来又听说他也跟着出发到别的地方去了呢！……可是你说……赵城要紧不要紧？俺倒没有别的牵挂，就是俺那孩子太小，带他到河上来吧，他又太小，不能做什么……跟他娘在家吧……又怕日本兵来到杀了他。这过河逃难的整天有，俺这船就是载面粉过来，再载着难民回去……看看那哭哭啼啼的老的、小的……真是除了去当兵，干什么都没有心思！”

“老乡！在赵城你算是安家立业的人啦，那么也一定有二亩地啦？”兵士面前的茶杯在冒着气。

“哪能够说到房子和地，跑了这些年还是穷跑腿……所好的就是没把老婆孩子跑去。”

“那么山东家还有双亲吗？”

“哪里有啦？都给黄河水卷去啦！”阎胡子擦了一下自己的胡子，把他旁边的酒杯放在酒壶口上，他对着舱口说：

“你见过黄河的大水吗？那是民国几年……那就铺天盖地地来了！白亮亮的，哗哗的……和野牛那么叫着……山东那黄河可不比这潼关……几百里，几十里一漫平。黄河一至潼关就没有气力啦……看这山……这大土崖子……就是妄想要铺天盖地又怎能……可是山东就不行啦！……你家是哪里？你到过山东？”

“我没到过，我家就是山西……洪洞……”

“家里还有什么人？咱两家是不远的……喝茶，喝茶……呵……呵……”老头子为着高兴，大声地向着河水吐了一口痰。

“我这回要赶的部队就是在赵城……洪洞的家也都搬过河来了……”

“你去的就是赵城，好！那么……”他从舵柄探出船外的那个孔道口出去……河简直就是黄色的泥浆，滚着，翻着……绞绕着……舵就在这浊流上打击着。

"好！那么……"他站起来摇着舵柄，船就快靠岸了。

这一次渡河，阎胡子觉得渡得太快。他擦一擦眼睛，看一看对面的土层，是否来到了河岸？

"好，那么。"他想让那兵士给他的家带一个信回去，但又觉得没有什么可说的。

他们走下船来，沿着河身旁的沙地向着太阳的方向进发。无数条的光的反刺，击撞着阎胡子古铜色的脸面。他的宽大的近乎方形的脚掌，把沙滩印着一些圆圆洼陷。

"你说赵城可不要紧？我本想让你带一个回信去……等到饭馆喝两盅，咱二人谈说谈说……"

风陵渡车站附近，层层转转的是一些板棚或席棚，里边冒着气，响着勺子，还有一种油香夹杂着一种咸味在那地方缭绕着。

一盘炒豆腐，一壶四两酒，蹲在阎胡子的桌面上。

"你要吃什么，你只管吃……俺在这河上多少总比你们当兵的多赚两个……你只管吃……来一碗片汤，再加半斤锅饼……先吃着，不够再来。……"

风沙地卷荡在太阳高了起来的时候，是要加甚的。席棚子像有笤帚在扫着似的，嚓嚓地在凸出凹进的响着。

阎胡子的话，和一串珠子似的咯啦咯啦地被玩弄着，大风只在席棚子间旋转，并没有把阎胡子的故事给穿着。

"……黄河的大水一来到俺山东那地方，就像几十万大军已经到了……连小孩子夜晚吵着不睡的时候，你若说'来大水啦！'他就安静一刻。用大水吓唬孩子，就像用老虎一样使他们害怕。在一个黑沉沉的夜里，大水可真地来啦；爹和娘站在房顶上，爹说'……怕不要紧，我活四十多岁，大水也来过几次，并没有卷去什么'，我和姐姐拉着娘的手……第一声我听着叫的是猪，许是那猪快到要命的时候啦，哽哽的……以后就是狗，狗跳到柴堆上……在那上头叫着……再以后就是鸡……它们那些东西乱飞着……柴堆上，墙头上，狗栏子上……反正看不见，都听得见的…别人家的也是一样，还有孩子哭，大人骂。只有鸭子，那一夜到天明也没有休息一会，比平常不涨大水的时候还高兴……鸭子不怕大水，狗也不怕，可是狗到第二天就瘦啦，……也不愿睁眼睛啦……鸭子可不一样，胖啦！新鲜啦！……呱呱的叫声更大了！可是爹爹那天晚上就死啦，娘也许是第二天死的……”

阎胡子从席棚通过了那在锅底上乱响着的炒菜的勺子而看到黄河上去。

“这边，这河并不凶。”他喝了一盅酒，筷子在辣椒酱的小碟里点了一下，他脸上的筋肉好像棕色的浮雕，经过了陶器地制作那么坚硬，那么没有变动。

“小孩子的时候，就听人家说，离开这河远一点吧！去跑关东吧（即东三省）！一直到第二次的大水……那时候，我已经二十六岁……也成了家……听人说，关东是块福地，俺山东人跑关东的年年有，俺就带着老婆跑到关东去……关东俺有三间房，两三亩地……关东又变成了‘满洲国’。赵城俺本有一个叔叔，打一封信给俺，他说那边，日本人慢慢地都想法子把中国人治死，还说先治死这些穷人。依着我就不怕，可是俺老婆说俺们还有孩子啦，因此就跑到俺叔叔这里来，俺叔叔做个小买卖，俺就在叔叔家帮着照料照料……慢慢地活转几个钱，租两亩地种种……俺还有个儿，俺儿一年一年的，眼看着长成人啦！这几个钱没有活转着，俺叔要回山东，把小买卖也收拾啦，剩下俺一个人，这心里头可就转了圈子……山西原来和山东一样，人们也只有跑关东……要想在此地谋个生活，就好比苍蝇落在针尖上，俺山东人体性粗，这山西人体性慢……干啥事干不惯……”

“俺想，赵城可还离火线两三百里，许是不要紧……”他问着兵士，“咱中国的局面怎么样？听说日本人要夺风陵渡……俺在山西没有别的东西，就是这一只破船……”

兵士站起来，挂上他的洋瓷碗，油亮的发着光的嘴唇点燃着一支香烟，那有点胖的手骨节凹着小坑的手，又在整理着他的背包。黑色的裤子，灰色的上衣衣襟上涂着油迹和灰尘。但他脸上的表情是开展的，愉快的，平坦和希望的，他讲话的声音并不高朗，温和而宽弛，就像他在草原上生长起来的一样：

“我要赶路的，老乡！要给你家带个信吗？”

“带个信……”阎胡子感到一阵忙乱，这忙乱是从他的心底出发的。带什么呢？这河上没有什么可告诉的。“带一个口信说……”好像这饭铺炒菜的勺子又搅乱了他。“你坐下等一等，俺想一想……”

他的头垂在他的一只手上，好像已经成熟了的转茎莲垂下头来一样，席棚子被风吸着，凹进凸出的好像一大张海蜇飘在海面上。勺子声，菜刀声，被洗着的碗的声音，前前后后响着鞭子声。小驴车，马车和骡子车，拖拖搭搭地载着军火或食粮来往着。车轮带起来的飞沙并不狂猖，而那狂猖，是跟着黄河而来的，在空中它漫卷着太阳和蓝天，在地面它则漫卷着沙尘和黄土，漫卷着所有黄河地带生长着的一切，以及死亡的一切。

潼关，背着太阳的方向站着，因为土层起伏高下，看起来，那是微黑的一大群，像是烟雾停止了，又像黑云下降，又像一大群兽类堆集着蹲伏下来。那些巨兽，并没有毛皮，并没有面貌，只像是读了埃及大沙漠的故事之后，偶尔出现在夏夜的梦中的一个可怕的记忆。

风陵渡侧面向着太阳站着，所以土层的颜色有些微黄，及有些发灰，总之有一种相同在病中那种苍白的感觉。看上去，干涩，无光，无论如何不能把它制伏的那种念头，会立刻压住了你。

站在长城上会使人感到一种恐惧，那恐惧是人类历史的血流又鼓荡起来了！而站在黄河边上所起的并不是恐惧，而是对人类的一种默泣，对于病痛和荒凉永远的诅咒。

同蒲路的火车，好像几匹还没有睡醒的小蛇似的慢慢地来了一串，又慢慢地去了一串。那兵士站起来向阎胡子说：

“我就要赶火车去，……你慢慢地喝吧……再会啦……”

阎胡子把酒杯又倒满了，他看着杯子底上有些泥土，他想，这应该倒掉而不应该喝下去。但当他说完了给他带一个家信，就说他在这河上还好的时候，他忘记了那杯酒是不想喝的也就走下喉咙去了。同时他赶快撕了一块锅饼放在嘴里，喉咙像是有什么东西在胀塞着，有些发痛。于是，他就抚弄着那块锅饼上突起的花纹，那花纹是画的“八卦”。他还识出了哪是“乾卦”，哪是“坤卦”。

奔向同蒲站的兵士，听到背后有呼唤他的声音：

“站住……站住……”

他回头看时，那老头好像一只小熊似的奔在沙滩上：

“我问你，是不是中国这回打胜仗，老百姓就得日子过啦？”

八路的兵士走回来，好像是沉思了一会，而后拍着那老头的肩膀：

“是的，我们这回必胜……老百姓一定有好日子过的。”

那兵士都模糊得像画面上的粗壮的小人一样了，可是阎胡子仍旧在沙难上站着。

阎胡子的两脚深深地陷进沙滩去，那圆圆的涡旋埋没了他的两脚了。

1938 年 8 月 6 日，汉口

（首刊于 1939 年 2 月 1 日《文艺阵地》第 2 卷第 8 期）

学馆

散文

萧红精品选

中秋节

记得青野送来一大瓶酒，董醉倒在地下，剩我自己也没得吃月饼。小屋寂寞的，我读着诗篇，自己过个中秋节。

我想到这里，我不愿再想，望着四面清冷的壁，望着窗外的天。我侧倒在床上，看一本书，一页，两页，许多页，不愿看。那么我听着桌子上的表，看着瓶里不知名的野花，我睡了。

那不是青野吗？带着枫叶进城来，在床沿大家默坐着。枫叶插在瓶里，放在桌上，后来枫叶干了坐在院心。常常有东西落在头上，啊，小圆枣滚在墙根外。枣树的命运渐渐完结着。晨间学校打钟了，正是上学的时候，梗妈穿起棉袄打着嚏喷在扫偎在墙根哭泣的落叶。我也打着嚏喷。梗妈捏了我的衣裳说："九月时节穿单衣服，怕是害凉。"

董从他房里跑出，叫我多穿件衣服。

我不肯，经过阴凉的街道走进校门。在课室里可望到窗外黄叶的芭蕉。同学们一个跟着一个地向我问：

“你真耐冷，还穿单衣。”

“你的脸为什么紫色呢？”

“倒是关外人……”

她们说着，拿女人专有的眼神闪视。

到晚间，嚏喷打得越多，头痛，两天不到校。上了几天课，又是两天不到校。

森森的天气紧逼着我，好像秋风逼着黄叶样，新历一月一日降雪了，我打起寒颤。开了门望一望雪天，呀！我的衣裳薄得透明了，结了冰般地。跑回床上，床也结了冰般地。我在床上等着董哥，等得太阳偏西，董哥偏不回来。向梗妈借十个大铜板，于是吃烧饼和油条。

青野踏着白雪进城来，坐在椅间，他问：“绿叶怎么不起呢？”

梗妈说：“一天没起，没上学，可是董先生也出去一天了。”

青野穿的学生服，他摇摇头，又看了自己有洞的鞋底，走过来他站在床边又问：“头痛不？”把手放在我头上试热。

说完话他去了，可是太阳快落时，他又回转来。董和我都在猜想。他把两元钱放在梗妈手里，一会就是门外送煤的小车子哗铃的响，又一会小煤炉在地心红着。同时，青野的被子进了当铺，从那夜起，他的被子没有了，盖着褥子睡。

这已往的事，在梦里关不住了。

门响，我知道是三郎回来了，我望了望他，我又回到梦中。可是他在叫我：“起来吧，悄悄，我们到朋友家去吃月饼。”

他的声音使我心酸，我知道今晚连买米的钱都没有，所以起来了，去到朋友家吃月饼。人嚣着，经过菜市，也经过睡在路侧的僵尸，酒醉得晕晕的，走回家来，两人就睡在清凉的夜里。

三年过去了，现在我认识的是新人，可是他也和我一样穷困，使我记起三年前的中秋节来。

（署名玲玲，刊于1933年10月29日
长春《大同报》周刊《夜哨》第11期）

镀金的学说

我的伯伯，他是我童年唯一崇拜的人物，他说起话有宏亮的声音，并且他什么时候讲话总关于正理，至少那时候我觉得他的话是严肃的，有条理的，千真万对的。

那年我十五岁，是秋天，无数张叶子落了，回旋在墙根了，我经过北门旁在寒风里号叫着的老榆树，那榆树的叶子也向我打来。可是我抖擞着跑进屋去，我是参加一个邻居姐姐出嫁的筵席回来。一边脱换我的新衣裳，一边同母亲说，那好像同母亲吵嚷一般：“妈，真的没有见过，婆家说新娘笨，也有人当面来羞辱新娘，说她站着的姿式不对，坐着的姿式不好看。林姐姐一声也不作，假若是我呀！哼！……”

母亲说了几句同情的话，就在这样的当儿，我听清伯父在呼唤我的名字。他的声音是那样低沉，平素我是爱伯父的，可是也怕他，于是我心在小胸膛里边惊跳着走出外房去。我的两手下垂，就连视线也不敢放过去。

“你在那里讲究些什么话？很有趣哩！讲给我听听。”伯父说话的时候，他的眼睛流动，笑着，我知道他没有生气，并且我想他很愿意听我讲话。我就高声把那事又说了一遍，我且说且做出种种姿式来。等我说完的时候，我仍欢喜，说完了我把说话时跳打着的手足停下，静等着伯伯夸奖我呢！可是过了很多工夫，伯伯在桌子旁仍写他的文字。

对我好像没有反应，再等一会他对于我的讲话也绝对没有回响。至于我呢，我的小心房立刻感到压迫，我想我的话错在什么地方？话讲得是很流利呀！讲话的速度也算是活泼呀！伯伯好像一块朽木塞住我的咽喉，我愿意快躲开他到别的房中去长叹一口气。

伯伯把笔放下了，声音也跟着来了："你不说假若是你吗？是你又怎么样？你比别人更糟糕，下回少说这一类话！小孩子学着夸大话，浅薄透了！假如是你，你比别人更糟糕，你想你总要比别人高一倍吗？再不要夸口，夸口是最可耻，最没出息。"

我走进母亲的房里时，坐在炕沿我弄着发辫，默不作声，脸部感到很烧很烧。以后我再不夸口了！

伯父又常常讲一些关于女人的服装的意见，他说穿衣服素色最好，不要涂粉，抹胭指，要保持本来的面目。我常常是保持本来的面目，不涂粉不抹胭脂，也从没穿过花色的衣裳。

后来我渐渐对于古文有趣味，伯父给我讲古文，记得讲到《吊古战场文》那篇，伯父被感动得有些声咽，我到后来竟哭了！从那时起我深深感到战争的痛苦与残忍。大概那时我才十四岁。

又过一岁，我从小学卒业就要上中学的时候，我的父亲把脸沉下了！他终天把脸沉下。等我问他的时候，他瞪一瞪眼睛，在地板上走转两圈，必须要过半分钟才能给一个答话："上什么中学？上中学在家上吧！"

父亲在我眼里变成一只没有一点热气的鱼类，或者别的不具着情感的动物。

半年的工夫，母亲同我吵嘴，父亲骂我："你懒死啦！不要脸的。"当时我过于气愤了，实在受不住这样一架机器压轧了。我问他，"什么叫不要脸呢？谁不要脸！"听了这话立刻像火山一样暴裂起来。当时我没能看出他头上有火冒也没？父亲满头的发丝一定被我烧焦了吧！那时我是在他的手掌下倒了下来，等我爬起来时，我也没有哭。可是父亲从那时起他感到父亲的尊严是受了一大挫折，也从那时起每天想要恢复他的父权。他想做父亲的更该尊严些，或者加倍的尊严着才能压住子女吧？

可真加倍尊严起来了：每逢他从街上回来，都是黄昏时候，父亲一走到花园的地方便从喉管作出响动，咳嗽几声啦，或是吐一口痰啦。后来渐渐我听他只是咳嗽而不吐痰，我想父亲一定会感着痰不够用了呢！我想做父亲的为什么必须尊严呢？或者因为做父亲的肚子太清洁？！把肚子里所有的痰都全部吐出来了。

一天天睡在炕上，慢慢我病着了！我什么心思也没有了！一班同学不升学的只有两三个，升学的同学给我来信告诉我，她们打网球，学校怎样热闹，也说些我所不懂的功课。我愈读这样的信，病愈加重点。

老祖父支住拐杖，仰着头，白色的胡子振动着说："叫樱花上学去吧！给她拿火车费，叫她收拾收拾起身吧！ 小心病坏！"

父亲说："有病在家养病吧，上什么学，上学！"

后来连祖父也不敢向他问了，因为后来不管亲戚朋友，提到我上学的事他都是连话也不答，出走在院中。

整整死闷在家中三个季节，现在是正月了。家中大会宾客，外祖母啜着汤食向我说："樱花，你怎么不吃什么呢？"

当时我好像要流出眼泪来，在桌旁的枕上，我又倒下了！因为伯父外出半年是新回来，所以外祖母向伯父说："他伯伯，向樱花爸爸说一声，孩子病坏了，叫她上学去吧！"

伯父最爱我，我五六岁时他常常来我家，他从北边的乡村带回来榛子。冬天他穿皮大氅，从袖口把手伸给我，那冰寒的手呀！当他拉住我的手的时候，我害怕挣脱着跑了，可是我知道一定有榛子给我带来，我光着头两手捏耳朵，在院子里我向每个货车夫问："有榛子没有？有榛子没有？"

伯父把我裹在大氅里，抱着我进去，他说："等一等给你榛子。"

我渐渐长大起来，伯父仍是爱我的，讲故事给我听。买小书给我看，等我入高年级，他开始给我讲古文了！有时族中的哥哥弟弟们都唤来，他讲给我们听，可是书讲完他们临去的时候，伯父总是说："别看你们是男孩子，樱花比你们全强，真聪明。"

他们自然不愿意听了，一个一个退走出去。不在伯父面前他们齐声说："你好呵！你有多聪明！比我们这一群混蛋强得多。"

男孩子说话总是有点野，我不愿意听，便离开他们了。谁想男孩子们会这样放肆呢？他们扯住我，要打我："你聪明，能当个什么用？我们有气力，要收拾你。""什么狗屁聪明，来，我们大家伙看看你的聪明到底在哪里！"

伯父当着什么人都夸奖我："好记力，心机灵快。"

现在一讲到我上学的事，伯父微笑了："不用上学，家里请个老先生念念书就够了！哈尔滨的女学生们太荒唐。"

外祖母说："孩子在家里教养好，到学堂也没有什么坏处。"

于是伯父斟了一杯酒，挟了一片香肠放到嘴里，那时我多么不愿看他吃香肠呵！那一刻我是怎样恼烦着他！我讨厌他喝酒用的杯子，我讨厌他上唇生着的小黑髭，也许伯伯没有观察我一下！他又说："女学生们靠不住，交男朋友啦！恋爱啦！我看不惯这些。"

从那时起伯父同父亲是没有什么区别，变成严凉的石块。

当年，我升学了，那不是什么人帮助我，是我自己向家庭施行的骗术。后一年暑假，我从外回家，我和伯父的中间，总感到一种淡漠的情绪，伯父对我似乎是客气了，似乎是有什么从中间隔离着了！

一天伯父上街去买鱼，可是他回来的时候，筐子是空空的。母亲问：

“怎么！没有鱼吗？”

“哼！没有。”

母亲又问：“鱼贵吗？”

“不贵。”

伯父走进堂屋坐在那里好像幻想着一般，后门外树上满挂着绿的叶子，伯父望着那些无知的叶子幻想，最后他小声唱起，像是有什么悲哀蒙蔽着他了！看他的脸色完全可怜起来。他的眼睛是那样忧烦的望着桌面，母亲说：“哥哥头痛吗？”

伯父似乎不愿回答，摇着头，他走进屋倒在床上，很长时间，他翻转着，扇子他不用来摇风，在他手里乱响。他的手在胸膛上拍着，气闷着，再过一会，他完全安静下去，扇子任意丢在地板，苍蝇落在脸上，也不去搔它。

晚饭桌上，伯父多喝了几杯酒，红着颜面向祖父说：“菜市上看见王大姐呢！”

王大姐，我们叫他王大姑，常听母亲说：“王大姐没有妈，爹爹为了贫穷去为匪，只留这个可怜的孩子住在我们家里。”伯父很多情呢！伯父也会恋爱呢，伯父的屋子和我姑姑们的屋子挨着，那时我的三个姑姑全没出嫁。

一夜，王大姑没有回内房去睡，伯父伴着她哩！

祖父不知这件事，他说：“怎么不叫她来家呢？”

“她不来，看样子是很忙。”

“呵！从出了门子总没见过，二十多年了，二十多年了！”

祖父捋着斑白的胡子，他感到自己是老了！

伯父也感叹着：“嗳！一转眼，老了！不是姑娘时候的王大姐了！头发白了一半。”

伯父的感叹和祖父完全不同，伯父是痛惜着他破碎的青春的故事。又想一想他婉转着说，说时他神秘的有点微笑：“我经过菜市场，一个老太太回头看我，我走过，她仍旧看我。停在她身后，我想一想，是谁呢？过会我说‘是王大姐吗？’她转过身来，我问她‘在本街住吧？’她很忙，要回去烧饭，随后她走了，什么话也没说，提着空筐子走了！”

夜间，全家人都睡了，我偶然到伯父屋里去找一本书，因为对他，我连一点信仰也失去了，所以无言走出。

伯父愿意和我谈话似的：“没睡吗？”

“没有。”

隔着一道玻璃门，我见他无聊的样子翻着书和报，枕旁一只蜡烛，火光在起伏。伯父今天似乎是例外，同我讲了好些话，关于报纸上的，又关于什么年鉴上的。他看见我手里拿着一本花面的小书，他问：“什么书。”

“小说。”

我不知道他的话是从什么地方说起：“言情小说，西厢记是妙绝，红楼梦也好。”

那夜伯父奇怪地向我笑，微微地笑，把视线斜着看住我。我忽然想起白天所讲的王大姑来了，于是给伯父倒一杯茶，我走出房来，让他伴着茶香来慢慢地回味着记忆中的姑娘吧！

我与伯伯的学说渐渐悬殊，因此感情也渐渐恶劣，我想什么给感情分开的呢？我需要恋爱，伯父也需要恋爱。伯父见着他年轻时候的情人痛苦，假若是我也是一样。

那么他与我有什么不同呢？不过伯伯相信的是镀金的学说。

（署名田娣，刊于1934年6月14、21、28日哈尔滨《国际协报》周刊《文艺》第19、20、21期）

雪 天

我直直是睡了一整天，这使我不能再睡。小屋子渐渐从灰色变作黑色。

睡得背很痛，肩也很痛，并且也饿了。我下床开了灯，在床沿坐了坐，到椅子上坐了坐，扒一扒头发，揉揉两下眼睛，心中感到幽长和无底，好像把我放下一个煤洞去，并且没有灯笼，使我一个人走沉下去。屋子虽然小，在我觉得和一个荒凉的广场样，屋子墙壁离我比天还远，那是说一切不和我发生关系；那是说我的肚子太空了！

一切街车街声在小窗外闹着。可是三层楼的过道非常寂静。每走过一个人，我留意他的脚步声，那是非常响亮的，硬底皮鞋踏过去，女人的高跟鞋更响亮而且焦急，有时成群的响声，男男女女穿插着过了一阵。我听遍了过道上一切引诱我的声音，可是不用开门看，我知道郎华还没回来。

小窗那样高，囚犯住的屋子一般，我仰起头来，看见那一些纷飞的雪花从天空忙乱地跌落，有的也打在玻璃窗片上，即刻就消融了，就成水珠滚动爬行着，玻璃窗被它画成没有意义、无组织的条纹。

我想：雪花为什么要翩飞呢？多么没有意思！忽然我又想：我不也是和雪花一般没有意义吗？坐在椅子里，两手空着，什么也不做；口张着，可是什么也不吃。我十分和一架完全停止了的机器相像。

过道一响，我的心就非常跳，那该不是郎华的脚步？一种穿软底鞋的声音，嚓嚓来近门口，我仿佛是跳起来，我心害怕：他冻得可怜了吧？他没有带回面包来吧？

开门看时，茶房站在那里：

“包夜饭吗？”

“多少钱？”

“每份六角。包月十五元。”

“……”我一点都不迟疑地摇着头，怕是他把饭送进来强迫我吃似的，怕他强迫向我要钱似的。茶房走出，门又严肃地关起来。一切别的房中的笑声，饭菜的香气都断绝了，就这样用一道门，我与人间隔离着。

一直到郎华回来，他的胶皮底鞋擦在门槛，我才止住幻想。茶房手上的托盘，盛着肉饼、炸黄的蕃薯、切成大片有弹力的面包……

郎华的夹衣上那样湿了，已湿的裤管拖着泥。鞋底通了孔，使得袜子也湿了。

他上床暖一暖，脚伸在被子外面，我给他用一张破布擦着脚上冰凉的黑圈。

当他问我时，他和呆人一般，直直的腰也不弯：

“饿了吧？”

我几乎是哭了。我说：“不饿。”为了低头，我的脸几乎接触到他冰凉的脚掌。

他的衣服完全湿透，所以我到马路旁去买馒头。就在光身的木桌上，刷牙缸冒着气，刷牙缸伴着我们把馒头吃完。馒头既然吃完，桌上的铜板也要被吃掉似的。他问我：

“够不够？”

我说：“够了。”我问他：“够不够？”

他也说：“够了。”

隔壁的手风琴唱起来，它唱的是生活的痛苦吗？手风琴凄凄凉地唱呀！

登上桌子，把小窗打开。这小窗是通过人间的孔道：楼顶，烟囱，飞着雪沉重而浓黑的天空，路灯，警察，街车，小贩，乞丐，一切显现在这小孔道，繁繁忙忙的市街发着响。

隔壁的手风琴在我们耳里不存在了。

飞　雪

是晚间，正在吃饭的时候，管门人来告诉：

“外面有人找。”

踏着雪，看到铁栅栏外我不认识的一个人，他说他是来找武术教师。那么这人就跟我来到房中，在门口他找擦鞋的东西，可是没有预备那样完备。表示着很对不住的样子，他怕是地板会弄脏的。厨房没有灯，经过厨房时，那人为了脚下的雪差不多没有跌倒。

一个钟头过去了吧！我们的面条在碗中完全凉透，他还没有走，可是他也不说“武术”究竟是学不学，只是在那里用手帕擦一擦嘴，揉一揉眼睛，他是要睡着了！我一面用筷子调一调快凝住的面条，一面看他把外衣的领子轻轻地竖起来，我想这回他一定是要走。然而没有走，或者是他的耳朵怕受冻，用皮领来取一下暖，其实，无论如何在屋里也不会冻耳朵，那么他是想坐在椅子上睡觉吗？这里是睡觉的地方？

结果他也没有说“武术”是学不学，临走时他才说：

“想一想……想一想……”

常常有人跑到这里来想一想，也有人第二次他再来想一想。立刻就决定的人一个也没有，或者是学或者是不学。看样子当面说不学，怕人不好意思，说学，又觉得学费不能再少一点吗？总希望武术教师把学费自动减少一点。

我吃饭时很不安定，替他挑碗面，替自己挑碗面，一会又剪一剪灯花，不然蜡烛颤嗦得使人很不安。

两个人一句话也不说，对着蜡烛吃着冷面。雪落得很大了！出去倒脏水回来，头发就是湿的。从门口望出去，借了灯光，大雪白茫茫，一刻就要倾满人间似的。

郎华披起才借来的夹外衣，到对面的屋子教武术。他的两只空袖口没进大雪片中去了。我听他开着对面那房子的门。那间客厅光亮起来。我向着窗子，雪片翻飞倒倾忙着，寂寞并且严肃的夜，围临着我，终于起着咳嗽关了小窗。找到一本书，读不上几面，又打开小窗，雪大了呢？还是小了？人在无聊的时候，风雨，总之一切天象会引起注意来。雪飞得更忙迫，雪片和雪片交织在一起。

很响的鞋底打着大门过道，走在天井里，鞋底就减轻了声音。我知道是汪林回来了。那个旧日的同学，我没能看见她穿的是中国衣裳或是外国衣裳，她停在门外的木阶上在按铃。小使女，也就是小丫环开了门，一面问：

“谁？谁？”

“是我，你还听不出来！谁！谁！”她有点不耐烦，小姐们有了青春更骄傲，可是做丫环的一点也不知道这个。假若不是落雪，一定能看到那女孩是怎样无知地把头缩回去。

又去读读书，又来看看雪，读了很多页了，但什么意思呢？我也不知道。因为我心里只记得：落大雪，天就转寒。那么从此我不能出屋了吧？郎华没有皮帽，他的衣裳没有皮领，耳朵一定要冻伤的吧？

在屋里，只要火炉生着火，我就站在炉边，或者更冷的时候，我还能坐到铁炉板上去把自己煎一煎。若没有木柈，我就披着被坐在床上，一天不离床，一夜不离床，但到外边可怎么能去呢？披着被上街吗？那还可以吗？

我把两只脚伸到炉腔里去，两腿伸得笔直，就这样在椅子上对着门看书；哪里看书，假看，无心看。

郎华一进门就说："你在烤火腿吗？"

我问他："雪大小？"

"你看这衣裳！"他用面巾打着外套。

雪，带给我不安，带给我恐怖，带给我终夜各种不舒适的梦……一大群小猪沉下雪坑去……麻雀冻死在电线上，麻雀虽然死了，仍挂在电线上。行人在旷野白色的大树里，一排一排地僵直着，还有一些把四肢都冻丢了。

这样的梦以后，但总不能知道这是梦，渐渐明白些时，才紧抱住郎华，但总不能相信这不是真事。我说：

"为什么要做这样的梦？照迷信来说，这可不知怎样？"

"真糊涂，一切要用科学方法来解释，你觉得这梦是一种心理，心理是从哪里来的？是物质的反映。你摸摸你这肩膀，冻得这样凉，你觉到肩膀冷，所以，你做那样的梦！"很快地他又睡去，留下我觉得风从棚顶，从床底都会吹来，冻鼻头，又冻耳朵。

夜间，大雪又不知落得怎样了！早晨起来，一定会推不开门吧！记得爷爷说过：大雪的年头，小孩站在雪里露不出头顶……风不住扫打窗子，狗在房后哽哽地叫……

从冻又想到饿，明天没有米了。

当　铺

“你去当吧！你去当吧，我不去！”

“好，我去，我就愿意进当铺，进当铺我一点也不怕，理直气壮。”

新做起来的我的棉袍，一次还没有穿，就跟着我进当铺去了！在当铺门口稍微徘徊了一下，想起出门时郎华要的价目——非两元不当。

包袱送到柜台上，我是仰着脸，伸着腰，用脚尖站起来送上去的，真不晓得当铺为什么摆起这么高的柜台！

那戴帽头的人翻着衣裳看，还不等他问，我就说了：

“两块钱。”

他一定觉得我太不合理，不然怎么连看我一眼也没看，就把东西卷起来，他把包袱仿佛要丢在我的头上，他十分不耐烦的样子。

“两块钱不行，那么，多少钱呢？”

“多少钱也不要。”他摇摇像长西瓜形的脑袋，小帽头顶尖的红帽球，也跟着摇了摇。

我伸手去接包袱，我一点也不怕，我理直气壮，我明明知道他故意作难，正想把包袱接过来就走。猜得对对的，他并不把包袱真给我。

“五毛钱！这件衣服袖子太瘦，卖不出钱来……”

“不当。”我说。

“那么一块钱，……再可不能多了，就是这个数目。”他把腰微微向后弯一点，柜台太高，看不出他突出的肚囊……一只大手指，就比在和他太阳穴一般高低的地方。

带着一元票子和一张当票，我快快地走，走起路来感到很爽快，默认自己是很有钱的人。菜市、米店我都去过，臂上抱了很多东西，感到非常愿意抱这些东西，手冻得很痛，觉得这是应该，对于手一点也不感到可惜，本来手就应该给我服务，好像冻掉了也不可惜。走在一家包子铺门前，又买了十个包子，看一看自己带着这些东西，很骄傲，心血时时激动，至于手冻得怎样痛，一点也不可惜。路旁遇见一个老叫化子，又停下来给他一个大铜板，我想我有饭吃，他也是应该吃啊！然而没有多给，只给一个大铜板，那些我自己还要用呢！又摸一摸当票也没有丢，这才重新走，手痛得什么心思也没有了，快到家吧！快到家吧。但是，背上流了汗，腿觉得很软，眼睛有些刺痛，走到大门口，才想起来从搬家还没有出过一次街，走路腿也无力，太阳光也怕起来。

又摸一摸当票才走进院去。郎华仍躺在床上，和我出来的时候一样，他还不习惯于进当铺。他是在想什么。拿包子给他看，他跳起来了：

“我都饿啦，等你也不回来。”

十个包子吃去一大半，他才细问：“当多少钱？当铺没欺负你？”

把当票给他，他瞧着那样少的数目：

“才一元，太少。”

虽然说当得的钱少，可是又愿意吃包子，那么结果很满足。他在吃包子的嘴，看起来比包子还大，一个跟着一个，包子消失尽了。

借

“女子中学”的门前，那是三年前在里边读书的学校。和三年前一样，楼窗，窗前的树；短板墙，墙外的马路，每块石砖我踏过它。墙里墙外的每棵树，尚存着我温馨的记忆；附近的家屋，唤起我往日的情绪。

我忘不了这一切啊！管它是温馨的，是痛苦的，我忘不了这一切啊！我在那楼上，正是我有着青春的时候。

现在已经黄昏了，是冬的黄昏。我踏上水门汀的阶石，轻轻地迈着步子。三年前，曾按过的门铃又按在我的手中。出来开门的那个校役，他还认识我。楼梯上下跑走的那一些同学，却咬着耳说：“这是找谁的？”

一切全不生疏，事务牌，信箱，电话室，就是挂衣架子，三年也没有搬动，仍是摆在传达室的门外。

我不能立刻上楼，这对于我是一种侮辱似的。旧同学虽有，怕是教室已经改换了；宿舍，我不知道在楼上还是在楼下。“梁先生——国文梁先生在校吗？”我对校役说。

“在校是在校的，正开教务会议。”

“什么时候开完？”

“那怕到七点钟吧！”

墙上的钟还不到五点，等也是无望，我走出校门来了！这一刻，我完全没有来时的感觉，什么街石，什么树，这对我发生什么关系？

“吟——在这里。”郎华在很远的路灯下打着招呼。

“回去吧！走吧！”我走到他身边，再不说别的。

顺着那条斜坡的直道，走得很远的我才告诉他：

“梁先生开教务会议，开到七点，我们等得了吗？”

“那么你能走吗？肚子还疼不疼？”

“不疼，不疼。”

圆月从东边一小片林梢透过来，暗红色的圆月，很大很混浊的样子，好像老人昏花的眼睛，垂到天边去。脚下的雪不住在滑着，响着，走了许多时候，一个行人没有遇见，来到火车站了！大时钟在暗红色的空中发着光，火车的汽笛震鸣着冰寒的空气，电车、汽车、马车、人力车，车站前忙着这一切。

顺着电车道走，电车响着铃子从我们身边一辆一辆地过去。没有借到钱，电车就上不去。走吧，挨着走，肚痛我也不能说。走在桥上，大概是东行的火车，冒着烟从桥下经过，震得人会耳鸣起来，索链一般地爬向市街去。

从岗上望下来，最远处，商店的红绿电灯不住地闪烁；在夜里的人家，好像在烟里一般；若没有灯光从窗子流出来，那么所有的楼房就该变成幽寂的、没有钟声的大教堂了！站在岗上望下去，“许公路”的电灯，好像扯在太阳下的长串的黄色的铜铃，越远，那些铜铃越增加着密度，渐渐数不过来了！

挨着走，昏昏茫茫地走，什么夜，什么市街，全是阴沟，我们滚在沟中。携着手吧！相牵着走吧！天气那样冷，道路那样滑，我时时要滑倒的样子，脚下不稳起来，不自主起来，在一家电影院门前，我终于跌倒了，坐在冰上，因为道上无处不是冰。膝盖的关节一定受了伤害，他虽拉着我，走起来也十分困难。

“肚子跌痛了没有？你实在不能走了吧？”

到家把剩下来的一点米煮成稀饭，没有盐，没有油，没有菜，暖一暖肚子算了。吃饭，肚子仍不能暖，饼干盒子盛了热水，盒子漏了。郎华又拿一个空玻璃瓶要盛热水给我暖肚子，瓶底炸掉下来，满地流着水。他拿起没有底的瓶子当号筒来吹。在那呜呜的响声里边，我躺到冰冷的床上。

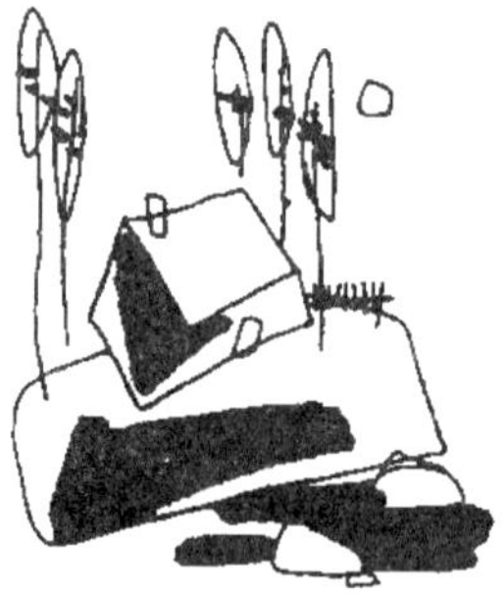

又是冬天

窗前的大雪白绒一般，没有停地在落，整天没有停。我去年受冻的脚完全好起来，可是今年没有冻，壁炉着得呼呼发响，时时起着木木半的小炸音；玻璃窗简直就没被冰霜蔽住；木半子不像去年摆在窗前，而是装满了木半子房的。

我们决定非回国不可。每次到书店去，一本杂志也没有，至于别的书，那还是三年前摆在玻璃窗里退了色的旧书。非去不可，非走不可。

遇到朋友，我们就问：

“海上几月里浪小？小海船是怎样晕法？……”因为我们都没航过海，海船那样大，在图画上看见也是害怕，所以一经过“万国车票公司”的窗前，必须要停住许多时候，要看窗子里立着的大图画，我们计算着这海船有多么高啊！都说海上无风三尺浪，我在玻璃上就用手去量，看海船有海浪的几倍高？结果那太差远了！海船的高度等于海浪的二十倍。我说海船六丈高。

“哪有六丈？”郎华反对我，他又量量：“哼！可不是吗！差不多……

海浪三尺，船高是二十三尺。”

也有时因为我反复着说：“有那么高吗？没有吧！也许有！”

郎华听了就生起气了，因为海船的事差不多在街上就吵架……

可是朋友们不知道我们要走。有一天，我们在胖朋友家里举起酒杯的时候，嘴里吃着烧鸡的时候，郎华要说，我不叫他说，可是到底说了。

“走了好！我看你早就该走！”以前胖朋友常这样说：“郎华，你走吧！我给你们对付点路费。我天天在 ××× 科里边听着问案子。皮鞭子打得那个响！哎，走吧！我想要是我的朋友也弄去……那声音可怎么听？我一看那行人，我就想起你……”

老秦来了，他是穿着一件崭新的外套，看起来帽子也是新的，不过没有问他，他自己先说：

“你们看我穿新外套了吧？非去上海不可，忙着做了两件衣裳，好去进当铺，卖破烂，新的也值几个钱……”

听了这话，我们很高兴，想不说也不可能：“我们也走，非走不可，在这个地方等着活剥皮吗？”郎华说完了就笑了：“你什么时候走？”

“那么你们呢？”

“我们没有一定。”

“走就五六月走，海上浪小……”

“那么我们一同走吧！”

老秦并不认为我们是真话，大家随便说了不少关于走的事情，怎样走法呢？怕路上检查，怕路上盘问，到上海什么朋友也没有，又没有钱。说得高兴起来，逼真了！带着幻想了！老秦是到过上海的，他说四马路怎样怎样！他说上海的穷是怎样的穷法……

他走了以后，雪还没有停。我把火炉又放进一块木木半去。又到烧晚饭的时间了！我想一想去年，想一想今年，看一看自己的手骨节胀大了一点，个子还是这么高，还是这么瘦……

这房子我看得太熟了，至于墙上或是棚顶有几个多余的钉子，我都知道。郎华呢？没有瘦胖，他是照旧，从我认识他那时候起，他就是那样，颧骨很高，眼睛小，嘴大，鼻子是一条柱。

“我们吃什么饭呢？吃面或是饭？”

居然我们有米有面了，这和去年不同，忽然那些回想牵住了我……借到两角钱或一角钱……空手他跑回来……抱着新棉袍去进当铺。

我想到我冻伤的脚，下意识地看了一下脚。于是又想到木半子，那样多的木半子，烧吧！我就又去搬了木木半进来。

他仍把两手插进裤袋，在地上打转；一说到关于走，他不住地打转，转起半点钟来也是常常的事。

秋天，我们已经装起电灯了。我在灯下抄自己的稿子。郎华又跑出去，他是跑出去玩，这可和去年不同，今年他不到外面当家庭教师了。

一个南方的姑娘

郎华告诉我一件新的事情，他去学开汽车回来的第一句话说：

“新认识一个朋友，她从上海来，是中学生。过两天还要到家里来。”

第三天，外面打着门了！我先看到的是她头上扎着漂亮的红带，她说她来访我。老王在前面引着她。大家谈起来，差不多我没有说话，我听着别人说。

“我到此地四十天了！我的北方话还说不好，大概听得懂吧！老王是我到此地才认识的。那天巧得很，我看报上为着戏剧在开着笔战，署名郎华的我同情他……我同朋友们说：这位郎华先生是谁？论文作得很好。因为老王的介绍，上次，见到郎华……”

我点着头，遇到生人，我一向是不会说什么话。她又去拿桌上的报纸，她寻找笔战继续的论文。我慢慢地看着她，大概她也慢慢地看着我吧！她很漂亮，很素净，脸上不涂粉，头发没有卷起来，只是扎了一条红绸带，这更显得特别风味，又美又干净，葡萄灰色的袍子上面，有黄色的花，只是这件袍子我看不很美，但也不损于美。到晚上，这美人似的人就在我们家里吃晚饭。在吃饭以前，汪林也来了！汪林是来约郎华去滑冰，她从小孔窗看了一下：

“郎华不在家吗？”她接着“唔”了一声。

“你怎么到这里来？”汪林进来了。

“我怎么就不许到这里来？”

我看得她们这样很熟的样子，更奇怪。我说：

“你们怎么也认识呢？”

“我们在舞场里认识的。”汪林走了以后她告诉我。

从这句话当然也知道程女士也是常常进入舞场的人了！汪林是漂亮的小姐，当然程女士也是，所以我就不再留意程女士了。

环境和我不同的人来和我做朋友，我感不到兴味。

郎华肩着冰鞋回来，汪林大概在院中也看到了他，所以也跟进来。这屋子就热闹了！汪林的胡琴口琴都跑去拿过来。郎华唱：“杨延辉坐宫院。”

“哈呀呀，怎么唱这个？这是‘奴心未死’！”汪林嘲笑他。

在报纸上就是因为旧剧才开笔战。郎华自己明明写着，唱旧戏是奴心未死。

并且汪林耸起肩来笑得背脊靠住暖墙，她带着西洋少妇的风情。程女士很黑，是个黑姑娘。

又过几天，郎华为我借一双滑冰鞋来，我也到冰场上去。程女士常到我们这里来，她是来借冰鞋，有时我们就一起去，同时新人当然一天比一天熟起来。她渐渐对郎华比对我更熟，她给郎华写信了，虽然常见，但是要写信的。

又过些日子，程女士要在我们这里吃面条，我到厨房去调面条。

“……喳……喳……”等我走进屋，他们又在谈别的了！程女士只吃一小碗面就说：“饱了。”

我看她近些日子更黑一点，好像她的“愁”更多了！她不仅仅是“愁”，因为愁并不兴奋，可是程女士有点兴奋。

我忙着收拾家具，她走时我没有送她，郎华送她出门。

我听得清楚楚的是在门口：“有信吗？”

或者不是这么说，总之跟着一声“喳喳”之后，郎华很响的：“没有。”

又过了些日子，程女士就不常来了，大概是她怕见我。

程女士要回南方，她到我们这里来辞行，有我做障碍，她没有把要诉说出来的“愁”尽量诉说给郎华。她终于带着“愁”回南方去了。

又是春天

太阳带来了暖意，松花江靠岸的江冰坍下去，融成水了，江上用人支走的爬犁渐少起来。汽车更没有一辆在江上行走了。松花江失去了它冬天的威严，江上的雪已经不是闪眼的白色，变成灰的了。又过几天，江冰顺着水慢慢流动起来，那是很好看的，有意流动，也像无意流动，大块冰和小块冰轻轻地互相击撞发着响，唧唧着。这种响声，像是瓷器相碰的响声似的，也像玻璃相碰的响声似的。立在江边，我起了许多幻想：这些冰块流到哪里去？流到大海去吧！也怕是到不了海，阳光在半路上就会全数把它们消灭……

然而它们是走的，幽游一般，也像有生命似的，看起来比人更快活。

那天在江边遇到一些朋友，于是大家同意去走江桥。我和郎华走得最快，松花江在脚下东流，铁轨在江空发啸，满江面的冰块，满天空的白云。走到尽头，那里并不是郊野，看不见绿绒绒的草地，看不见绿树，“塞外”的春来得这样迟啊！我们想吃酒，于是沿着土堤走下去，然而寻不到酒馆，江北完全是破落人家，用泥土盖成的房子，用些草织成的短墙。

“怎么听不到鸡鸣？”

“要听鸡鸣做什么？”人们坐在土堤上揩着面孔，走得热了。

后来，我们去看一个战舰，那是一九二九年和苏俄作战时被打沉在江底的，名字是“利捷”。每个人用自己所有的思想来研究这战舰，但那完全是瞎说，有的说汽锅被打碎了才沉江的，有的说把驾船人打死才沉江的。一个洞又一个洞。这样的军舰使人感到残忍，正相同在街上遇见的在战场上丢了腿的人一样，他残废了，别人称他是个废人。

这个破战舰停在船坞里完全发霉了。

同命运的小鱼

我们的小鱼死了。它从盆中跳出来死的。

我后悔，为什么要出去那么久！为什么只贪图自己的快乐而把小鱼干死了！

那天鱼放到盆中去洗的时候，有两条又活了，在水中立起身来。那么只用那三条死的来烧菜。鱼鳞一处一片地揿掉，沉到水盆底去；肚子剥开，肠子流出来。我只管掀掉鱼鳞，我还没有洗过鱼，这是试着干，所以有点害怕，并且冰凉的鱼的身子，我总会联想到蛇；剥鱼肚子我更不敢了。郎华剥着，我就在旁边看，然而看也有点躲躲闪闪，好像乡下没有教养的孩子怕着已死的猫会还魂一般。

“你看你这个无用的，连鱼都怕。”说着，他把已经收拾干净的鱼放下，又剥第二个鱼肚子。这回鱼有点动，我连忙扯了他的肩膀一下：“鱼活啦，鱼活啦！”

“什么活啦！神经质的人，你就看着好啦！”他逞强一般的在鱼肚子上划了一刀，鱼立刻跳动起来，从手上跳下盆去。

“怎么办哪？”这回他向我说了。我也不知道怎么办。他从水中摸出来看看，好像鱼会咬了他的手，马上又丢下水去。鱼的肠子流在外面一半，鱼是死了。

“反正也是死了，那就吃了它。”

鱼再被拿到手上，一些也不动弹。他又安然地把它收拾干净。直到第三条鱼收拾完，我都是守候在旁边，怕看又想看。第三条鱼是全死的，没有动。盆中更小的一条很活泼了，在盆中转圈。另一条怕是要死，立起不多时又横在水面。

火炉的铁板热起来，我的脸感觉烤痛时，锅中的油翻着花。

鱼就在大炉台的菜板上，就要放到油锅里去。我跑到二层门去拿油瓶，听得厨房里有什么东西跳起来，噼噼啪啪的。他也来看。盆中的鱼仍在游着，那么菜板上的鱼活了，没有肚子的鱼活了，尾巴仍打得菜板很响。

这时我不知该怎样做，我怕看那悲惨的东西。躲到门口，我想：不吃这鱼吧。然而它已经没有肚子了，可怎样再活？我的眼泪都跑上眼睛来，再不能看了。我转过身去，面向着窗子。窗外的小狗正在追逐那红毛鸡，房东的使女小菊挨过打以后到墙根处去哭………

这是凶残的世界，失去了人性的世界，用暴力毁灭了它吧！毁灭了这些失去了人性的东西！

晚饭的鱼是吃的，可是很腥，我们吃得很少，全部丢到垃圾箱去。

剩下来两条活的就在盆里游泳。夜间睡醒时，听见厨房里有乒乓的水声。点起洋烛去看一下。可是我不敢去，叫郎华去看。

“盆里的鱼死了一条，另一条鱼在游水响……”

到早晨，用报纸把它包起来，丢到垃圾箱去。只剩一条在水中上下游着，又为它换了一盆水，早饭时又丢了一些饭粒给它。

小鱼两天都是快活的，到第三天忧郁起来，看了几次，它都是沉到盆底。

“小鱼都不吃食啦，大概要死吧？”我告诉郎华。

他敲一下盆沿，小鱼走动两步；再敲一下，再走动两步……不敲，它就不走，它就沉下去。

又过一天，小鱼的尾巴也不摇了，就是敲盆沿，它也不动一动尾巴。

“把它送到江里一定能好，不会死。它一定是感到不自由才忧愁起来！”

“怎么送呢？大江还没有开冻，就是能找到一个冰洞它把塞下去，我看也要冻死，再不然也要饿死。”我说。

郎华笑了。他说我像玩鸟的人一样，把鸟放在笼子里，给它米子吃，就说它没有悲哀了，就说比在山里好得多，不会冻死，不会饿死。

“有谁不爱自由呢？海洋爱自由，野兽爱自由，昆虫也爱自由。”郎华又敲了一下水盆。

小鱼只悲哀了两天，又畅快起来，尾巴打着水响。我每天在火边烧饭，一边看着它，好像生过病又好起来的自己的孩子似的，更珍贵一点，更爱惜一点。天真太冷，打算过了冷天就把它放到江里去。

我们每夜到朋友那里去玩，小鱼就自己在厨房里过个整夜。它什么也不知道，它也不怕猫会把它攫了去，它也不怕耗子会使它惊跳。我们半夜回来也要看看，它总是安安然然地游着。家里没有猫，知道它没危险。

又一天就在朋友那里过的夜，终夜是跳舞，唱戏。第二天晚上才回来。时间太长了，我们的小鱼死了！

第一步踏进门的是郎华，差一点没踏碎那小鱼。点起洋烛去看，还有一点呼吸，腮还轻轻地抽着。我去摸它身上的鳞，都干了。小鱼是什么时候跳出水的？是半夜？是黄昏？耗子惊了你，还是你听到了猫叫？

蜡油滴了满地，我举着蜡烛的手，不知歪斜到什么程度。

屏着呼吸，我把鱼从地板上拾起来，再慢慢把它放到水里，好像亲手让我完成一件丧仪。沉重的悲哀压住了我的头，我的手也颤抖了。

短命的小鱼死了！是谁把你摧残死的？你还那样幼小，来到世界——说你来到鱼群吧，在鱼群中你还是幼芽一般正应该生长的，可是你死了！

郎华出去了，把空漠的屋子留给我。他回来时正在开门，我就赶上去说："小鱼没死，小鱼又活啦！"我一面拍着手，眼泪就要流出来。我到桌子上去取蜡烛。他敲着盆沿，没有动，鱼又不动了。

"怎么又不会动了？"手到水里去把鱼立起来，可是它又横过去。

"站起来吧。你看蜡油啊！……"他拉我离开盆边。

小鱼这回是真死了！可是过一会又活了。这回我们相信小鱼绝对不会死，离水的时间太长，复一复原就会好的。

半夜郎华起来看，说它一点也不动了，但是不怕，那一定是又在休息。我招呼郎华不要动它，小鱼在养病，不要搅扰它。

亮天看它还在休息，吃过早饭看它还在休息。又把饭粒丢进盆中。我的脚踏起地板来也放轻些，只怕把它惊醒，我说小鱼是在睡觉。

这睡觉就再没有醒。我用报纸包它起来，鱼鳞沁着血，一只眼睛一定是在地板上挣跳时弄破的。

就这样吧，我送它到垃圾箱去。

（首刊于 1936 年 4 月上海《中学生》第 64 号）

公 园

树叶摇摇曳曳地挂满了池边。一个半胖的人走在桥上，他是一个报社的编辑。

“你们来多久啦？”他一看到我们两个在长石凳上就说。“多幸福，像你们多幸福，两个人逛逛公园……”

“坐在这里吧。”郎华招呼他。

我很快地让一个位置，但他没有坐，他的鞋底无意地踢撞着石子，身边的树叶让他扯掉两片。他更烦恼了，比前些日子看见他更有点两样。

“你忙吗？稿子多不多？”

“忙什么！一天到晚就是那一点事，发下稿去就完，连大样子也不看。忙什么，忙着幻想！”

“幻想什么？……这几天有信吗？”郎华问。

“什么信！那……一点意思也没有，恋爱对于胆小的人是一种刑罚。”

让他坐下，他故意不坐下；没有人让他，他自己会坐下。于是他又用手拔着脚下的短草。他满脸似乎蒙着灰色。

“要恋爱，那就大大方方地恋爱，何必受罪？”郎华摇一下头。

一个小信封，小得有些神秘意味的，从他的口袋里拔出来，拔着蝴蝶或是什么会飞的虫儿一样，他要把那信给郎华看，结果只是他自己把头歪了歪，那信又放进了衣袋。

“爱情是苦的呢，是甜的？我还没有爱她，对不对？家里来信说我母亲死了那天，我失眠了一夜，可是第二天就恢复了。为什么她……她使我不安会整天，整夜？才通信两个礼拜，我觉得我的头发也脱落了不少，嘴上的小胡也增多了。”

当我们站起要离开公园时，又来一个熟人：“我烦忧啊！我烦忧啊！”像唱着一般说。

我和郎华踏上木桥了，回头望时，那小树丛中的人影也像对那个新来的人说：

“我烦忧啊！我烦忧啊！”

我每天早晨看报，先看文艺栏。这一天，有编者的说话：

摩登女子的口红，我看正相同于“血”。资产阶级的小姐们怎样活着的？不是吃血活着吗？不能否认，那是个鲜明的标记。人涂着人的“血”在嘴上，那是污浊的嘴，嘴上带着血腥和血色，那是污浊的标记。

我心中很佩服他，因为他来得很干脆。我一面读报，一面走到院子里去，晒一晒清晨的太阳。汪林也在读报。

“汪林，起得很早！”

“你看，这一段，什么小姐不小姐，‘血’不‘血’的！这骂人的是谁？”

那天郎华把他做编辑的朋友领到家里来，是带着酒和菜回来的。郎华说他朋友的女友到别处去进大学了。于是喝酒，我是帮闲喝，郎华是劝朋友。至于被劝的那个朋友呢？他嘴里哼着京调哼得很难听。

和我们的窗子相对的是汪林的窗子。里面胡琴响了。那是汪林拉的胡琴。

天气开始热了，趁着太阳还没走到正空，汪林在窗下长凳上洗衣服。编辑朋友来了，郎华不在家，他就在院心里来回走转，可是郎华还没有回来。

“自己洗衣服，很热吧！”

“自己洗得干净。”汪林手里拿着肥皂答他。

郎华还不回来，他走了。

（作为“随笔三篇”之二，首刊于
1936年5月上海《中学生》第65号）

夏　夜

汪林在院心坐了很长的时间了，小狗在她的脚下打着滚睡了。

“你怎么样？我胳臂疼。”

“你要小声点说，我妈会听见。”

我抬头看，她的母亲在纱窗里边，于是我们转了话题。在江上摇船到“太阳岛”去洗澡这些事，她是背着她的母亲的。

第二天，她又是去洗澡。我们三个人租一条小船，在江上荡着。清凉的，水的气味。郎华和我都唱起来了。汪林的嗓子比我们更高。小船浮得飞起来一般。

夜晚又是在院心乘凉，我的胳臂为着摇船而痛了，头觉得发胀。我不能再听那一些话感到趣味。什么恋爱啦，谁的未婚夫怎样啦，某某同学结婚，跳舞……我什么也不听了，只是想睡。

“你们谈吧。我可非睡觉不可。”我向她和郎华告辞。

睡在我脚下的小狗，我误踏了它，小狗还在哽哽地叫着，我就关了门。

最热的几天，差不多天天去洗澡，所以夜夜我早早睡。郎华和汪林就留在暗夜的院子里。

只要接近着床，我什么全忘了。汪林那红色的嘴，那少女的烦闷……夜夜我不知道郎华什么时候回屋来睡觉。就这样，我不知过了几天了。

“她对我要好，真是……少女们。”

“谁呢？”

“那你还不知道！”

“我还不知道。”我其实知道。

很穷的家庭教师，那样好看的有钱的女人竟向他要好了。

“我坦白地对她说了：我们不能够相爱的，一方面有吟，一方面我们彼此相差得太远……你沉静点吧……”他告诉我。

又要到江上去摇船。那天又多了三个人，汪林也在内。一共是六个人：陈成和他的女人，郎华和我，汪林，还有那个编辑朋友。

停在江边的那一些小船动荡得落叶似的。我们四个跳上了一条船，当然把汪林和半胖的人丢下。他们两个就站在石堤上。本来是很生疏的，因为都是一对一对的，所以我们故意要看他们两个也配成一对，我们的船离岸很远了。

“你们坏呀！你们坏呀！”汪林仍叫着。

为什么骂我们坏呢？那人不是她一个很好的小水手吗？为她荡着桨，有什么不愿意吗？也许汪林和我的感情最好，也许她最愿意和我同船。船荡得那么远了，一切江岸上的声音都隔绝，江沿上的人影也消失了轮廓。

水声，浪声，郎华和陈成混合着江声在唱。远远近近的那一些女人的阳伞，这一些船，这一些幸福的船呀！满江上是幸福的船，满江上是幸福了！人间，岸上，没有罪恶了吧！

再也听不到汪林的喊，他们的船是脱开离我们很远了。

郎华故意把桨打起的水星落到我的脸上。船越行越慢，但郎华和陈成流起汗来。桨板打到江心的沙滩了，小船就要搁浅在沙滩上。这两个勇敢的大鱼似的跳下水去，在大江上挽着船行。

一入了湾，把船任意停在什么地方都可以。

我凫水是这样凫的：把头昂在水外，我也移动着，看起来在凫，其实手却抓着江底的泥沙，鳄鱼一样，四条腿一起爬着凫。那只船到来时，听着汪林在叫。很快她脱了衣裳，也和我一样抓着江底在爬，但她是快乐的，爬得很有意思。

在沙滩上滚着的时候，居然很熟识了，她把伞打起来，给她同船的人遮着太阳，她保护着他。陈成扬着沙子飞向他，"陵，着镖吧！"

汪林和陵站了一队，用沙子反攻。

我们的船出了湾，已行在江上时，他们两个仍在沙滩上走着。

"你们先走吧，看我们谁先上岸。"汪林说。

太阳的热力在江面上开始减低，船是顺水行下去的。他们还没有来，看过多少只船，看过多少柄阳伞，然而没有汪林的阳伞。太阳西沉时，江风很大了，浪也很高，我们有点耽心那只船。李说那只船是"迷船"。

四个人在岸上就等着这"迷船"，意想不到的是他们绕着弯子从上游来的。

汪林不骂我们是坏人了，风吹着她的头发，那兴奋的样子，这次摇船好像她比我们得到的快乐更大，更多……

早晨在看报时，编辑居然作诗了。大概就是这样的意思：愿意风把船吹翻，愿意和美人一起沉下江去……

我这样一说，就没有诗意了。总之，可不是前几天那样的话，什么摩登女子吃"血"活着啦，小姐们的嘴是吃"血"的嘴啦……总之可不是那一套。这套比那套文雅得多，这套说摩登女子是天仙，那套说摩登女子是恶魔。

汪林和郎华在夜间也不那么谈话了。陵编辑一来，她就到我们屋里来，因此陵到我们家来的次数多多了。

“今天早点走……多玩一会，你们在街角等我。”这样的话，汪林再不向我们说了。她用不到约我们去“太阳岛”了。

伴着这吃人血的女子在街上走，在电影院里会，他也不怕她会吃他的血，还说什么怕呢，常常在那红色的嘴上接吻，正因为她的嘴和血一样红才可爱。

骂小姐们是恶魔是羡慕的意思，是伸手去攫取怕她逃避的意思。

在街上，汪林的高跟鞋，陵的亮皮鞋，格登格登和谐地响着。

（作为“随笔三篇”之三，首刊于1936年5月上海《中学生》第65号）

红的果园

五月一开头这果园就完全变成了深绿。在寂寞的市梢上，游人也渐渐增多了起来。那河流的声音，好像暗哑了去，交织着的是树声，虫声和人语的声音。

园前切着一条细长的闪光的河水，园后，那白色楼房的中学里边，常常有钢琴的声音，在夜晚散布到这未熟的果子们的中间。

从五月到六月，到七月，甚至于到八月，这园子才荒凉下来。那些树，有的在三月里开花，有的在四月里开花。但，一到五月，这整个的园子就完全是绿色的了，所有的果子就在这期间肥大了起来。后来，果子开始变红，后来全红，再后来——七月里——果子们就被看园人完全摘掉了。再后来，就是看园人开始扫着那些从树上自己落下的黄叶的时候。

园子在风声里面又收拾起来了。

但那没有和果子一起成熟的恋爱，继续到九月也是可能的。

园后那学校的教员室里的男子的恋爱，虽然没有完结，也就算完结了。

他在教员休息室里也看到这园子，在教室里站在黑板前面也看到这园子，因此他就想到那可怕的白色的冬天。他希望刚走去了的冬天接着再来，但那是不可能。

果园一天一天地在他的旁边成熟，他嗅到果子的气味就像坐在园里的一样。他看见果子从青色变成红色，就像拿在手里看得那么清楚。同时园门上插着的那张旗子，也好像更鲜明了起来。那黄黄的颜色使他对着那旗子起着一种生疏、反感和没有习惯的那种感觉。所以还不等果子红起来，他就把他的窗子换上了一张蓝色的窗围。

他怕那果子会一个一个地透进他的房里来，因此他怕感到什么不安。

果园终于全红起来了，一个礼拜，两个礼拜，差不多三个礼拜，园子还是红的。

他想去问问那看园子的人，果子究竟要红到什么时候。但他一走上那去果园的小路，他就心跳，好像园子在眼前也要颤抖起来。于是他背向着那红色的园子擦擦眼睛，又顺着小路回来了。

在他走上楼梯时，他的胸膛被幻想猛烈地攻击了一阵：他看见她就站在那小道上，蝴蝶在她旁边的青草上飞来飞去。“我在这里……”他好像听到她的喊声似的那么震动。他又看到她等在小夹树道的木凳上。他还回想着，他是跑了过去的，把她牵住了，于是声音和人影一起消失到树丛里去了。他又想到通夜在园子里走着的景况和人影一起消失到树丛里去了。他又想到通夜在园子里走着的景况……有时热情来了的时候，他们和虫子似的就靠着那树丛接吻了。朝阳还没有来到之前，他们的头发和衣裳就被夜露完全打湿了。

他在桌上翻开了学生作文的卷子，但那上面写着些什么呢？

“皇帝登极，万民安乐……”

他又看看另一本，每本开头都有这么一段……他细看时，那并不是学生们写的，是用铅字已经替学生们印好了的。他翻开了所有的卷子，但铅字是完全一样。

他走过去，把蓝色的窗围放下来，他看到那已经熟悉了的看园人在他的窗口下面扫着园地。

看园人说："先生！不常过来园里走走？总也看不见先生呢？"

"嗯！"他点着头，"怎么样？市价还好？"

"不行啦。先生，你看……这不是吗？"那人用竹帚的把柄指着太阳快要落下来的方向，那面飘着一些女人的花花的好像口袋一样大的袖子。

"这年头，不行了啊！不是年头……都让他们……让那些东西们摘了去啦……"他又用竹帚的把柄指打着树枝："先生……看这里……真的难以栽培，折的折，掉枝的掉枝……招呼她们不听，又哪敢招呼呢？人家是日本二大爷……"他又问，"女先生，那位，怎么今年也好像总也没有看见？"

他想告诉他："女先生当 ×× 军去了。"但他没有说。他听到了园门上旗子的响声，他向着旗子的方向看了看，也许是什么假日，园门口换了一张大的旗……黄色的……好像完全黄色的。

看园子的人已经走远了，他的指甲还在敲着窗上的玻璃。他看着，他听着，他对着这"园子"和"旗"起着兴奋的情感。于是被敲着的玻璃更响了，假若游园的人经过他的窗下，也能够听到他的声音。

1936 年 9 月东京

（首刊于 1936 年 9 月 15 日上海《作家》第 1 卷第 6 号）

永久的憧憬和追求

一九一一年，在一个小县城里边，我生在一个小地主的家里。那县城差不多就是中国的最东最北部——黑龙江省——所以一年之中，倒有四个月飘着白雪。

父亲常常为着贪婪而失掉了人性。他对待仆人，对待自己的儿女，以及对待我的祖父都是同样的吝啬而疏远，甚至于无情。

有一次，为着房客租金的事情，父亲把房客的全套的马车赶了过来。房客的家属们哭着诉说着，向我的祖父跪了下来，于是祖父把两匹棕色的马从车上解下来还了回去。

为着两匹马，父亲向祖父起着终夜的争吵。“两匹马，咱们是算不了什么的，穷人，这两匹马就是命根。”祖父这样说着，而父亲还是争吵。

九岁时，母亲死去。父亲也就更变了样，偶然打碎了一只杯子，他就要骂到使人发抖的程度。后来就连父亲的眼睛也转了弯，每从他的身边经过，我就像自己的身上生了针刺一样；他斜视着你，他那高傲的眼光从鼻梁经过嘴角而后往下流着。

所以每每在大雪中的黄昏里，围着暖炉，围着祖父，听着祖父读着诗篇，看着祖父读着诗篇时微红的嘴唇。

父亲打了我的时候，我就在祖父的房里，一直向着窗子，从黄昏到深夜——窗外的白雪，好像白棉一样飘着；而暖炉上水壶的盖子，则像伴奏的乐器似的振动着。

祖父时时把多纹的两手放在我的肩上，而后又放在我的头上，我的耳边便响着这样的声音：

“快快长吧！长大就好了。”

二十岁那年，我就逃出了父亲的家庭。直到现在还是过着流浪的生活。

“长大”是“长大”了，而没有“好”。

可是从祖父那里，知道了人生除掉了冰冷和憎恶而外，还有温暖和爱。

所以我就向这“温暖”和“爱”的方面，怀着永久的憧憬和追求。

1936年12月12日

（署名萧红，刊于1937年1月10日《报告》第1卷第1期）

天空的点缀

用了我有点苍白的手，卷起纱窗来，在那灰色的云的后面，我看不到我所要看的东西（这东西是常常见的，但它们真的载着炮弹飞起来的时候，这在我还是生疏的事情，也还是理想着的事情）。正在我踌躇的时候，我看见了，那飞机的翅子好像不是和平常的飞机的翅子一样（它们有大的也有小的）好像还带着轮子，飞得很慢，只在云彩的缝际出现了一下，云彩又赶上来把它遮没了。不，那不是一只，那是两只，以后又来了几只。它们都是银白色的，并且又都叫着呜呜的声音，它们每个都在叫着吗？这个，我分不清楚。或者它们每个在叫着的，节拍像唱歌的，是有一定的调子，也或者那在云幕当中撒下来的声音就是一片。好像在夜里听着海涛的声音似的，那就是一片了。

过去了！过去了！心也有点平静下来。午饭时用过的家具，我要去洗一洗。刚一经过走廊，又被我看见了，又是两只。这次是在南边，前面一个，后面一个，银白色的，远看有点发黑，于是我听到了我的邻家在说：

"这是去轰炸虹桥飞机场。"

我只知道这是下午两点钟，从昨夜就开始的这战争。至于飞机我就不能够分别了，日本的呢？还是中国的呢？大概是日本的吧！因为是从北边来的，到南边去的，战地是在北边中国虹桥飞机场是真的，于是我又起了很多想头：是日本打胜了吧！所以安闲地去炸中国的后方，是……一定是，那么这是很坏的事情，他们没止境的屠杀，一定要像大风里的火焰似的那么没有止境……

很快我批驳了我自己的这念头，很快我就被我这没有把握的不正确的热望压倒了，中国，一定是中国占着一点胜利，日本遭了些挫伤。假若是日本占着优势，他一定要冲过了中国的阵地而追上去，哪里有工夫用飞机来这边扩大战线呢？

风很大，在游廊上，我拿在手里的家具，感到了点沉重而动摇，一个小白铝锅的盖子，啪啦啪啦地掉下来了，并且在游廊上啪啦啪啦地跑着，我追住了它，就带着它到厨房去。

至于飞机上的炸弹，落了还是没落呢？我看不见，而且我也听不见，因为东北方面和西北方面炮弹都在开裂着。甚至于那炮弹真正从哪方面出发，因着回音的关系，我也说不定了。

但那飞机的奇怪的翅子，我是看见了的，我是含着眼泪而看着它们，不，我若真的含着眼泪而看着它们，那就相同遇到了魔鬼而想教导魔鬼那般没有道理。

但在我的窗外，飞着，飞着，飞去又飞来了的，飞得那么高，好像一分钟那飞机也没离开我的窗口。因为灰色的云层的掠过，真切了，朦胧了，消失了，又出现了，一个来了，一个又来了。看着这些东西，实在的我的胸口有些疼痛。

一个钟头看着这样我从来没有看过的天空，看得疲乏了，于是，我看着桌上的台灯，台灯的绿色的伞罩上还画着菊花，又看到了箱子上散乱的衣裳，平日弹着的六条弦的大琴，依旧是站在墙角上。一样，什么都是和平常一样，只有窗外的云，和平日有点不一样，还有桌上的短刀和平日有点不一样，紫檀色的刀柄上镶着两块黄铜，而且不装在红牛皮色的套子里。对于它我看了又看，我相信我自己绝不是拿着这短刀而赴前线。

1937 年 8 月 14 日

（署名萧红，刊于 1937 年 10 月 16 日
武汉《七月》第 1 卷第 1 期）

失眠之夜

为什么要失眠呢！烦躁，恶心，心跳，胆小，并且想要哭泣。我想想，也许就是故乡的思虑罢。

窗子外面的天空高远了，和白棉一样绵软的云彩低近了，吹来的风好像带点草原的气味，这就是说已经是秋天了。

在家乡那边，秋天最可爱。

蓝天蓝得有点发黑，白云就像银子做成一样，就像白色的大花朵似的点缀在天上；就又像沉重得快要脱离开天空而坠了下来似的，而那天空就越显得高了，高得再没有那么高的。

昨天我到朋友们的地方走了一遭，听来了好多的心愿（那许多心愿综合起来，又都是一个心愿）这回若真的打回满洲去。有的说，煮一锅高粱米粥喝；有的说，咱家那地豆多么大！说着就用手比量着，这么碗大；珍珠米，老的一煮就开了花的，一尺来长的；还有的说，高粱米粥、咸盐豆。还有的说，若真地打回满洲去，三天二夜不吃饭，打着大旗往家跑。跑到家去自然也免不了先吃高粱米粥或咸盐豆。

比方高粱米那东西，平常我就不愿吃，很硬，有点发涩（也许因为我有胃病的关系），可是经他们这一说，也觉得非吃不可了。

但是什么时候吃呢？那我就不知道了。而况我到底是不怎样热烈的，所以关于这一方面，我终究不怎样亲切。

但我想我们那门前的蒿草，我想我们那后园里开着的茄子的紫色的小花，黄瓜爬上了架。而那清早，朝阳带着露珠一齐来了！

我一说到蒿草或黄瓜，三郎就向我摆手或摇头："不，我们家，门前是两棵柳树，树荫交织着做成门形。再前面是菜园，过了菜园就是山。那金字塔形的山峰正向着我们家的门口，而两边像蝙蝠的翅膀似的向着村子的东方和西方伸展开去。而后园黄瓜、茄子也种着，最好看的是牵牛花在石头墙的缝隙爬遍了，早晨带着露水牵牛花开了……"

"我们家就不这样，没有高山，也没有柳树……只有……"我常常这样打断他。

有时候，他也不等我说完，他就接下去。我们讲的故事，彼此都好像是讲给自己听，而不是为着对方。

只有那么一天，他买来了一张《东北富源图》挂在墙上了，染着黄色的平原上站着小马、小羊，还有骆驼，还有牵着骆驼的小人；海上就是些小鱼、大鱼、黄色的鱼，红色的好像小瓶似的大肚的鱼，还有黑色的大鲸鱼；而兴安岭和辽宁一带画着许多和海涛似的绿色的山脉。

他的家就在离着渤海不远的山脉中，他的指甲在山脉上爬着："这是大凌河……这是小凌河……哼……没有，这个地图是个不完全的，是个略图……"

"好哇！天天说凌河，哪有凌河呢！"我不知为什么一提到家乡，常常愿意给他扫兴一点。

"你不相信！我给你看。"他去翻他的书橱去了，"这不是大凌河……小凌河……小孩的时候在凌河沿上捉小鱼，拿到山上去，在石头上用火烤着吃……这边就是沈家台，离我们家二里路……”因为是把地图摊在地板上看的缘故，一面说着，他一面用手扫着他已经垂在前额的发梢。

《东北富源图》就挂在床头，所以第二天早晨，我一张开了眼睛，他就抓住了我的手：

“我想将来我回家的时候，先买两匹驴，一匹你骑着，一匹我骑着……先到我姑姑家，再到我姐姐家……顺便也许看看我的舅舅去……我姐姐很爱我……她出嫁以后，每回来一次就哭一次，姐姐一哭，我也哭…这有七八年不见了！也都老了。”

那地图上的小鱼，红的，黑的，都能够看清，我一边看着，一边听着，这一次我没有打断他，或给他扫一点兴。

“买黑色的驴，挂着铃子，走起来……当啷啷当啷啷……”他形容着铃音的时候，就像他的嘴里边含着铃子似的在响。

“我带你到沈家台去赶集。那赶集的日子，热闹！驴身上挂着烧酒瓶……我们那边，羊肉非常便宜……羊肉炖片粉……真有味道！唉呀！这有多少年没吃那羊肉啦！”他的眉毛和额头上起着很多皱纹。

我在大镜子里边看了他，他的手从我的手上抽回去，放在他自己的胸上，而后又背着放在枕头下面去，但很快地又抽出来。只理一理他自己的发梢又放在枕头上去。

而我，我想：

“你们家对于外来的所谓‘媳妇’也一样吗？”我想着这样说了。

这失眠大概也许不是因为这个。但买驴子的买驴子，吃咸盐豆的吃咸盐豆，而我呢？坐在驴子上，所去的仍是生疏的地方，我停着的仍然是别人的家乡。

家乡这个观念，在我本不甚切的，但当别人说起来的时候，我也就心慌了！虽然那块土地在没有成为日本的之前，“家”在我就等于没有了。

这失眠一直继续到黎明之前，在高射炮的炮声中，我也听到了一声声和家乡一样的震抖在原野上的鸡鸣。

1937 年 8 月 23 日

（署名萧红，刊于 1937 年 10 月 16 日

武汉《七月》第 1 卷第 1 期）

记鹿地夫妇

池田在开仗的前夜，带着一匹小猫仔来到我家的门口，因为是夜静的时候，那鞋底拍着楼廊的声音非常响亮。

“谁呀！”

这声音并没有回答，我就看到是日本朋友池田，她的眼睛好像被水洗过的玻璃似的那么闪耀。

“她怎么这时候来的呢，她从北四川路来的……”这话在我的思想里边绕了一周。

“请进来呀！”

一时看不到她的全身，因为她只把门开了一个小缝。

“日本和中国要打仗。”

“什么时候？”

“今天夜里四点钟。”

“真的吗？”

“一定的。”

我看一看表，现在是十一点钟。“一、二、三、四、五——”我说“还有五个钟头。”

那夜我们又讲了些别的就睡了。军睡在外室的小床上，我和池田就睡在内室的大床上，这一夜没有睡好，好像很热，小猫仔又那么叫，从床上跳到地上，从地上又跳到椅子上，而后再去撕着窗帘。快到四点钟的时候，我好像听到了两下枪响。

“池田，是枪声吧！”

“大概是。”

“你想鹿地怎么样，若真的今天开仗，明天他能跑出来不能？”

“大概能，那就不知道啦！”

夜里开枪并不是事实。第二天我们吃完饭，三个人坐在地板的凉席上乘凉。这时候鹿地来了，穿一条黄色的短裤，白衬衫，黑色的卷卷头发，日本式的走法。走到席子旁边，很习惯的就脱掉鞋子坐在席子上。看起来他很快活，日本话也说，中国字也有。他赶快地吸纸烟，池田给他做翻译。他一着急就又加几个中国字在里面。转过脸来向我们说：

“是的，叭叭开枪啦……”

“是什么地方开的？”我问他。

“在陆战队……边上。”

“你看见了吗？”

“看见的……”

他说话十分喜欢用手势：“我，我，我看见啦……完全死啦！”而后他用手巾揩着汗。但是他非常快活，笑着，全身在轻松里边打着转。我看他像洗过羽毛的雀子似的振奋，因为他的眼光和嘴唇都像讲着与他不相干的，同时非常感到兴味的人一样。

夜晚快要到来，第一发的炮声过去了。而我们四个人——池田、鹿地、萧军和我——正在吃晚饭，池田的大眼睛对着我，萧军的耳向旁边歪着，我则感到心脏似乎在移动。但是我们合起声音来：

“哼！”彼此点了点头。

鹿地有点像西洋人的嘴唇，扣得很紧。

第二发炮弹发过去了。

池田仍旧用日本女人的跪法跪在席子上，我们大概是用一种假象把自己平定下来，所以仍旧吃着饭。鹿地的脸色自然变得很不好看了。若是我，我一定想到这炮声就使我脱离了祖国。但是他的感情一会就恢复了。他说：

“日本这回坏啦，一定坏啦……”这话的意思是日本要打败的，日本的老百姓要倒霉的，他把这战争并不看得怎样可怕，他说日本军阀早一天破坏早一天好。

第二天他们到S家去住的。我们这里不大方便；邻居都知道他们是日本人，还有一个白俄在法国捕房当巡捕。街上打间谍，日本警察到他们从前住过的地方找过他们。在两国夹攻之下，他们开始被陷进去。

第二天我们到S家去看他们的时候，他们住在三层楼上，尤其是鹿地很开心，俨俨乎和主人一样。两张大写字台靠着窗子，写字台这边坐着一个，那边坐着一个，嘴上都叼着香烟，白金龙香烟四五罐，堆成个小塔型在桌子头上。他请我吃烟的时候，我看到他已经开始工作。很讲究的黑封面的大本子摊开在他的面前，他说他写日记了，当然他写的是日文，我看了一下也看不懂。一抬头看到池田在那边也张开了一个大本子。我想这真不得了，这种克制自己的力量，中国人很少能够做到。无论怎样说，这战争对于他们比对于我们，总是更痛苦的。又过了两天，大概他们已经写了一些日记了。他们开始劝我们，为什么不参加团体工作呢？鹿地说：

“你们不认识救亡团体吗？我给介绍！”这样好的中国话是池田给修改的。

“应该工作了，要快工作，快工作，日本军阀快完啦……”

他们说现在写文章，以后翻成别国文字，有机会他们要到各国去宣传。

我看他们好像变成了中国人一样。

三二日之后去看他们，他们没有了。说他们昨天下午一起出去就没有回来。临走时说吃饭不要等他们，至于哪里去了呢？S说她也不知道。又过了几天，又问了好几次，仍旧不知道他们在哪里。

或者被日本警察捉去啦，送回国去啦！或者住在更安全的地方，大概不能有危险吧！

一个月以后的事：我拿刀子在桌子上切葱花，准备午饭，这时候，有人打门，走进来的人是认识的，可是他一向没有来过，这次的来不知有什么事。但很快就得到结果了：鹿地昨夜又来到S家。听到他们并没有出危险，很高兴。但他接着再说下去就是痛苦的了。他们躲在别人家里躲了一个月，那家非赶他们离开不可，因为住日本人，怕当汉奸看待。S家很不便，当时S做救亡工作，怕是日本探子注意到。

“那么住到那里去呢？”我问。

“就是这个问题呀！他们要求你去送一封信，我来就是找你去送信，你立刻到S家去。”

我送信的地方是个德国医生，池田一个月前在那里治过病，当上海战事开始的时候，医生太太向池田说过：假若在别的地方住不方便，可以搬到她家去暂住。有一次我陪池田去看医生，池田问他：

“你喜欢希特勒吗？”

医生说：“唔……不喜欢。”并且说他不能够回德国。

根据这点，池田以为医生是很好的人，同时又受希特勒的压迫。

我送完了信，又回到S家去，我上楼说：

“可以啦，大概是可以。”

回信，我并没拆开读，因为我的英文不好。他们两个从地板上坐起来。打开这信：

“随时可来，我等候着……”池田说信上写着这样的话。

“我说对么！那医生当我临走的时候还说，把手伸给他，我知道他就了解了。”

这回鹿地并不怎样神气了，说话不敢大声，不敢站起来走动。晚饭就坐在地板的席子上吃的，台灯放在地上，灯头被蒙了一块黑纱布，就在这微黑的带着神秘的三层楼上，我也和他们一起吃的饭。我端碗来，再三的不能把饭咽下去，我看一看池田发亮的眼睛，好像她对她自己未知的命运还不如我对他们那样关心。

“吃鱼呀！”我记不得是他们谁把一段鱼尾摆在我的碗上来。

当着一个人，在他去试验他出险的道路前一刻，或者就正在出险之中，为什么还能够这样安宁呢！我实在对这晚餐不能够多吃。我为着我自己，我几次说着多余的闲余话：

“我们好像山寨们在树林里吃饭一样……”接着我还是说：“不是吗？看像不像？”

回答这话的没有人，我抬头看一看四壁，这是一间藏书房，四壁黑沉沉的站着书箱或书柜。

八点钟刚过，我就想去叫汽车，他们说，等一等，稍微晚一点更好。鹿地开始穿西装，白裤子，黑上衣，这是一个西洋朋友给他的旧衣裳（他自己的衣裳从北四路逃出来时丢掉了）。多么可笑啊！又像贾伯林又像日本人。

“这个不要紧！”指着他已经蔓延起来的胡子对我说：“像日本人不像？”

“不像。”但明明是像。

等汽车来了时，我告诉他：

“你绝对不能说话，中国话也不要说，不开口最好，若忘记了说出日本字来那是危险的。”

报纸上登载过法租界和英租界交界的地方，常常有小汽车被验查。假若没有人陪着他们，他们两个差不多就和哑子一样了。鹿地干脆就不能开口。至于池田一听就知道说的是日本的中国话。

那天晚上下着一点小雨，记得大概我是坐在他们两个人之间，有两小箱笼颠动在我们膝盖的前边。爱多亚路被指路灯所照，好像一条虹彩似的展开在我们的面前，柏油路被车轮所擦过的纹痕，在路警指管着的红绿灯下，变成一条红的，而后又变成一条绿的，我们都把眼睛看着这动乱交错的前方。同时司机人前面那块玻璃上有一根小棍来回地扫着那块扇形的地盘。

车子到了同孚路口了，我告诉车子左转，而后靠到马路的右边。

这座大楼本来是有电梯的，因为司机人不在，等不及了，就从扶梯跑上去。我们三个人都提着东西，而又都跑得快，好像这一路没有出险，多半是因为这最末的一跑才做到的。

医生在小客厅里接待着鹿地夫妇：

“弄错了啦，嗯！”

我所听到的，这是什么话呢？我看看鹿地，我看看池田，再看看胖医生。

“医生弄错啦，他以为是要来看病的人，所以随时可来。”

“那么房子呢？”

“房子他没有。”池田摆一摆手。

我想这回可成问题了，我知道S家绝对不能再回去。找房子立刻是可能的吗？而后我说到我家去可以吗？

池田说：“你们家那白俄呀！”

医生还不错，穿了雨衣去替他们找房子去了。在这中间，非常恐慌。

他说房子就在旁边，可是他去了好多时候没有回来。

"箱子里边有写的文章啊！老医生不是去通知捕房？"池田的眼睛好像枭鸟的眼睛那么大。

过了半点钟的样子，医生回来了，医生又把我们送到那新房子。

走进去一看，就像个旅馆，茶房非常多，说中国话的，说法国话的，说俄国话的，说英国话的。

刚一开战，鹿地就说过要到国际上去宣传，我看那时候，他可差不多去到国际上了。

这地方危险是危险的，怎么办呢？只得住下了。

中国茶房问："先生住几天呢？"

我说住一两天，但是鹿地说："不！不！"只说了半截就回去了，大概是日本话又来到嘴边上。

池田有时说中国话，有时说英国话，茶房来了一个，去了，又来了一个。

鹿地静静地站在一边。

大床、大桌子、大沙发，棚顶垂着沉重的带着链锁的大灯头。并且还有一个外室，好像阳台一样。

茶房都去了，鹿地仍旧站着，地心有一块花地毯，他就站在地毯的边上。

我告诉他不要说日本话，因为隔壁的房子说不定住的是中国人。

"好好地休息吧！把被子摊在床上，衣箱就不要动了，三两天就要搬的。我把这情况通知别的朋友……"往下我还有话要说，中国茶房进来了，手里端着一个大白铜盘子，上面站着两个汽水瓶。我想这个五块钱一天的旅馆还给汽水喝！问那茶房，那茶房说是白开水，这开水怎样卫生，怎样经过过滤，怎样多喝了不会生病。正在这时候，他却来讲卫生了。

向中国政府办理证明书的人说，再有三五天大概就替他们领到，可是到第七天还没有消息。他们在那房子里边，简直和小鼠似的，地板或什么东西有时格格地作响，至于讲话的声音，外边绝对听不到。

每次我去的时候，鹿地好像还是照旧的样子，不然就是变了点，也究竟没变了多少，喜欢讲笑话。不知怎么想起来的，他又说他怕女人：

"女人我害怕，别的我不怕……女人我最怕。"

"帝国主义你不怕？"我说。

"我不怕，我打死他。"

"日本警察捉你也不怕？"我和池田是站在一面的。

池田听了也笑，我也笑，池田在这几天的不安中也破例了。

"那么你就不用这里逃到那里，让日本警察捉去好啦！其实不对的，你还是最怕日本警察。我看女人并不绝顶的厉害，还是日本警察绝顶的厉害。"

我们都笑了，但是都没有高声。

最显现在我面前的是他们两个有点憔悴的颜面。

有一天下午，我陪着他们谈了两个多钟头，对于这一点点时间，他们是怎样的感激呀！我临走时说：

"明天有工夫，我早点来看你们，或者是上午。"

尤其是池田立刻说谢谢，并且立刻和我握握手。

第二天我又来迟了，池田不在房里。鹿地一看到我，就从桌上摸到一块白纸条。他摇一摇手而后他在纸条上写着：

今天下午有巡捕在门外偷听了，一下午英国巡捕（即印度巡捕）、中国巡捕，从一点钟起停到五点钟才走。

但最感动我的是他的纸条上出现着这样的字：——今天我决心被捕。

"这被捕不被捕，怎能是你决心不决心的呢？"这话我不能对他说，因为我知道他用的是日本文法。

我又问他打算怎样呢？他说没有办法，池田去到S家里。

那个时候经济也没有了，证明书还没有消息。租界上日本有追捕日本或韩国人的自由。想要脱离租界，而又一步不能脱离。到中国地去，要被中国人误认作间谍。

他们的生命，就像系在一根线上那么脆弱。

那天晚上，我把他们的日记、文章和诗，包集起来带着离开他们。我说：

“假使日本人把你们捉回去，说你们帮助中国，总是没有证据的呀！”

我想我还是赶快走的好，把这些致命的东西快些带开。

临走时我和他握握手，我说不怕。至于怕不怕，下一秒钟谁都没有把握。但我是说了，就像说给站在狼洞里边的孩子一样。

以后再去看他们，他们就搬了，我们也就离开上海。

1938年2月20日，临汾

（署名萧红，刊于1938年5月1日

武汉《文艺阵地》第1卷第2期）

女教师

一个初中学生，拿着书本来到家里上课，郎华一大声开讲，我就躲到厨房里去。第二天，那个学生又来，就没拿书，他说他父亲不许他读白话文，打算让他做商人，说白话文没有用；读古文他父亲供给学费，读白话文他父亲就不管。

最后，他从口袋摸出一张一元票子给郎华。

“很对不起先生，我读一天书，就给一元钱吧！”那学生很难过的样子，他说他不愿意学买卖。手拿着钱，他要哭似的。

郎华和我同时觉得很不好过，临走时，强迫把他的钱给他装进衣袋。

郎华的两个读中学课本的学生也不读了！他实在不善于这行业，到现在我们的生命线又断尽。胖朋友刚搬过家，我就拿了一张郎华写的条子到他家去。回来时我是带着米、面、木柈，还有几角钱。

我眼睛不住地盯住那马车，怕那车夫拉了木柈跑掉。所以我手下提着用纸盒盛着的米，因为我在快走而震摇着；又怕小面袋从车上翻下来，赶忙跑到车前去弄一弄。

听见马的铃铛响，郎华才出来！这一些东西很使他欢乐，亲切地把小面袋先拿进屋去。他穿着很单的衣裳，就在窗前摆堆着木柈。

"进来暖一暖再出去……冻着！"可是招呼不住他。始终摆完才进来。

"天真够冷。"他用手扯住很红的耳朵。

他又呵着气跑出去，他想把火炉点着，这是他第一次点火。

"柈子真不少，够烧五六天啦！米面也够吃五六天，又不怕啦！"

他弄着火，我就洗米烧饭。他又说了一些看见米面时特有高兴的话，我简直没理他。

米面就这样早饭晚饭的又快不见了，这就到我做女教师的时候了！

我也把桌子上铺了一块报纸，开讲的时候也是很大的声。郎华一看，我就要笑。他也是常常躲到厨房去。我的女学生，她读小学课本，什么猪啦！羊啦，狗啦！这一类字都不用我教她，她抢着自己念："我认识，我认识！"

不管在什么地方碰到她认识的字，她就先一个一个念出来，不让她念也不行，因为她比我的岁数还大，我总有点不好意思。她先给我拿五元钱，并说：

"过几天我再交那五元。"

四五天她没有来，以为她不会再来了。那天，我正在烧晚饭，她跑来。她说她这几天生病。我看她不像生病，那么她又来做什么呢？过了好久，她站在我的身边：

"先生，我有点事求求你！"

"什么事？说吧……"我把葱花加到油里去炸。

她的纸单在手心握得很热，交给我；这是药方吗？信吗？都不是。

借着炉台上那个流着油的小蜡烛看，看不清，怕是再点两支蜡烛我也看不清，因为我不认识那样的字。

“这是易经上的字！”郎华看了好些时才说。

“我批了个八字，找了好些人也看不懂，我想先生是很有学问的人，我拿来给先生看看。”

这次她走去，再也没有来，大概她觉得这样的先生教不了她，连个“八字”都说不出所以然来！

滑竿

黄河边上的驴子，垂着头的，细腿的，穿着自己的破烂的毛皮的，它们划着无边苍老的旷野，如同枯树根又在人间活动了起来。

它们的眼睛永远为了遮天的沙土而垂着泪，鼻子的响声永远搅在黄色的大风里，那沙沙地足音，只有在黄昏以后，一切都停息了的时候才能听到。

而四川的轿夫，同样会发出那沙沙的足音。下坡路，他们的腿，轻捷得连他们自己也不能够止住，蹒跚地他们控制了这狭小的山路。他们的血液骄傲地跳动着，好像他们停止了呼吸，只听到草鞋触着石级的声音。在山涧中，在流泉中，在烟雾中，在凄惨地飞着细雨的斜坡上，他们喊着：左手！

迎面走来的，担着草鞋的担子，背着青菜的孩子，牵着一条黄牛的老头，赶着三个小猪的女人，他们也都为着这下山的轿子让开路。因为他们走得快，就像流泉一样的，一刻也不能够止息。

一到拔坡的时候，他们的脚步声便不响了。迎面遇到来人的时候，他们喊着左手或右手的声音只有粗嗄，而一点也不强烈。因为他们开始喘息，他们的肺叶开始扩张，发出来好像风扇在他们的胸膛里煽起来的声音，那破片做的衣裳在吱吱响的轿子下面，有秩序的向左或向右地摆动。汗珠在头发梢上静静地站着，他们走得当心而出奇的慢，而轿子仍旧像要破碎了似的叫。像是迎着大风向前走，像是海船临靠岸时遇到了潮头一样困难。

他们并不是巨象，却发出来巨象呼喘似的声音。

早晨他们吃了一碗四个大铜板一碗的面，晚上再吃一碗，一天八个大铜板。甚或有一天不吃什么的，只要抽一点鸦片就可以。所以瘦弱苍白，有的像化石人似的，还有点透明。若让他们自己支持着自己都有点奇怪，他们随时要倒下来的样子。

可是来往上下山的人，却担在他们的肩上。

有一次我偶尔和他们谈起做爆竹的方法来，其中的一个轿夫，不但晓得做爆竹的方法，还晓得做枪药的方法。他说用破军衣，破棉花，破军帽，加上火硝，琉璜，就可以做枪药。他还怕我不明白枪药。他又说：

“那就是做子弹。”

我就问他：

“你怎么晓得做子弹？”

他说他打过贺龙，在湖南。

“你那时候是当官吗？当兵吗？”

他说他当兵，还当过班长。打了两年。后来他问我：

“你晓得共党吗？打贺龙就是打共党。”

“我听说。”接着我问他：“你知道现在的共党已经编了八路军吗？”

“呵！这我还不知道。”

“也是打日本。”

“对呀！国家到了危难的时候，还自己打什么呢？一齐枪口对外。”他想了一下的样子：“也是归蒋委员长领导吗？”

“是的。”

这时候，前边的那个轿夫一声不响。轿杆在肩上，一会儿换换左手，一会儿又换换右手。

后边的就接连着发了议论：

“小日本不可怕，就怕心不齐。中国人心齐，他就治不了。前几天飞机来炸，炸在朝天门。那好做啥子呀！飞机炸就占了中国？我们可不能讲和，讲和就白亡了国。日本人坏呀！日本人狠哪！报纸上去年没少画他们杀中国人的图。我们中国人抓住他们的俘虏，一律优待。可是说日本人也不都坏，说是不当兵不行，抓上船就载到中国来……”

“是的……老百姓也和中国老百姓一样好。就是日本军阀坏……”我回答他。

就快走上高坡了，一过了前边的石板桥，隔着这一个山头又看到另外的一个山头。云烟从那个山慢慢地沉落下来，沉落到山腰了，仍旧往下沉落，一道深灰色的，一道浅灰色的，大团的游丝似的缚着山腰。我的轿子要绕过那个有云烟的尖顶的山。两个轿夫都开始吃力了。我能够听得见的，是后边的这一个，喘息的声音又开始了。我一听到他的声音，就想起海上在呼喘着的活着的蛤蟆。因为他的声音就带着起伏、扩张、呼煽的感觉。他们脚下刷刷的声音，这时候没有了。伴着呼喘的是轿杆的竹子的鸣叫。坐在轿子上的人，随着他们沉重的脚步的起伏在一升一落的。在那么多的石级上，若有一个石级不留心踏滑了，连人带轿子要一齐滚下山涧去。

因为山上的路只有二尺多宽，遇到迎面而来的轿子，往往是彼此摩擦着走过。假若摩擦得厉害一点，谁若靠着山涧的一面，谁就要滚下山涧去。山峰在前边那么高，高得插进云霄似的。山壁有的地方挂着一条小小的流泉，这流泉从山顶上一直挂到深涧中。再从涧底流到另一面天地去，就是说，从山的这面又流到山的那面去了。同时流泉们发着唧铃铃的声音。山风阴森地浸着人的皮肤。这时候，真有点害怕，可是转头一看，在山涧的边上都挂着人，在乱草中，耙子的声音刷刷地响着。原来是女人和小孩子在集着野柴。

后边的轿夫说：

“共党编成了八路军，这我还不知道。整天忙生活……连报纸也不常看（他说过他在军队常看报纸）……整天忙生活对于国家就疏忽了……”

正是拔坡的时候，他的话和轿杆的声响搅在了一起。

对于滑竿，我想他俩的肩膀，本来是肩不起的，但也肩起了。本来不应该担在他们的肩上的，但他们也担起了。而在担不起时，他们就抽起大烟来担。所以我总以为抬着我的不是两个人，而像轻飘飘的两盏烟灯。在重庆的交通运转却是掌握在他们的肩膀上的，就如黄河北的驴子，垂着头的，细腿的，使马看不起的驴子，也转运着国家的军粮。

1939年春，歌乐山

长安寺

接引殿里的佛前灯一排一排的，每个顶着一颗小灯花燃在案子上。敲钟的声音一到接近黄昏的时候就稀少下来，并且渐渐地简直一声不响了。因为烧香拜佛的人都回家去吃着晚饭。

大雄宝殿里，也同样哑默默地，每个塑像都站在自己的地盘上忧郁起来，因为黑暗开始挂在他们的脸上。长眉大仙，伏虎大仙，赤脚大仙，达摩，他们分不出哪个是牵着虎的，哪个是赤着脚的。他们通通安安静静地同叫着别的名字的许多塑像分站在大雄宝殿的两壁。

只有大肚弥勒佛还在笑眯眯地看着打扫殿堂的人，因为打扫殿堂的人把小灯放在弥勒佛脚前的缘故。

厚沉沉的圆圆的蒲团，被打扫殿堂的人一个一个地拾起来，高高地把它们靠着墙堆了起来。香火着在释迦摩尼的脚前，就要熄灭的样子，昏昏暗暗地，若不去寻找，简直看不见了似的，只不过香火的气息缭绕在灰暗的微光里。

接引殿前，石桥下边池里的小龟，不再像日里那样把头探在水面上。

用胡芝麻磨着香油的小石磨也停止了转动。磨香油的人也在收拾着家具。庙前喝茶的都戴起了帽子，打算回家去。冲茶的红脸的那个老头，在小桌上自己吃着一碗素面，大概那就是他的晚餐了。

过年的时候，这庙就更温暖而热气腾腾的了，烧香拜佛的人东看看，西望望。用着他们特有的幽闲，摸一摸石桥的栏杆的花纹，而后研究着想多发现几个桥下的乌龟。有一个老太婆背着一个黄口袋，在右边的胯骨上，那口袋上写着“进香”两个黑字，她已经跨出了当门的殿堂的后门，她又急急忙忙地从那后门转回去。我很奇怪地看着她，以为她掉了东西。大家想想看吧！她一翻身就跪下，迎着殿堂的后门向前磕了一个头。看她的年岁，有六十多岁，但那磕头的动作，来得非常灵活，我看她走在石桥上也照样的精神而庄严。为着过年才做起来的新缎子帽，闪亮地向着接引殿去朝拜了。佛前钟在一个老和尚手里拿着的钟锤下当当地响了三声，那老太婆就跪在蒲团上安详地磕了三个头。这次磕头却并不像方才在前面殿堂的后门磕得那样热情而慌张。我想了半天才明白，方才，就是前一刻，一定是她觉得自己太疏忽了，怕是那尊面向着后门口的佛见她怪，而急急忙忙地请他恕罪的意思。

卖花生糖的肩上挂着一个小箱子，里边装了三四样糖，花生糖、炒米糖，还有胡桃糖。卖瓜子的提着一个长条的小竹篮，篮子的一头是白瓜籽，一头是盐花生。而这里不大流行难民卖的一包一包的“瓜籽大王”。青茶，素面，不加装饰的，一个铜板随手抓过一撮来就放在嘴上磕的白瓜籽，就已经十足了。所以这庙里吃茶的人，都觉得别有风味。

耳朵听的是梵钟和诵经的声音；眼睛看的是些悠闲而且自得的游庙或烧香的人；鼻子所闻到的，不用说是檀香和别和香料的气息。所以这种吃茶的地方确实使人喜欢，又可以吃茶，又可以观风景看游人。比起重庆的所有的吃茶店来都好。尤其是那冲茶的红脸的老头，他总是高高兴兴的，走路时喜欢把身子向两边摆着，好像他故意把重心一会放在左腿上，一会放在右腿上。每当他掀起茶盅的盖子时，他的话就来了，一串一串的，他说：我们这四川没有啥好的，若不是打日本，先生们请也请不到这地方。他再说下去，就不懂了，他谈的和诗句一样。这时候他要冲在茶盅的开水，从壶嘴如同一条水落进茶盅来。他拿起盖子来把茶盅扣住了，那里边上下游着的小鱼似的茶叶也被盖子扣住了，反正这地方是安静得可喜的，一切都是太平无事。

× × 坊的水龙就在石桥的旁边和佛堂斜对着面。里边放置着什么，我没有机会去看，但有一次重庆的防空演习我是看过的，用人推着哇哇的山响的水龙，一个水龙大概可装两桶水的样子，可是非常沉重，四五个人连推带挽。若着起火来，我看那水龙到不了火已经落了。那仿佛就写着什么 × × 坊一类的字样。惟有这些东西，在庙里算是一个不调和的设备，而且也破坏了安静和统一。庙的墙壁上，不是大大的写着“观世音菩萨”吗？庄严静穆，这是一块没有受到外面侵扰的重庆的唯一的地方。他说，一花一世界，这是一个小世界，应作如是观。

但我突然神经过敏起来——可能有一天这上面会落下了敌人的一颗炸弹。而可能的那两条水龙也救不了这场大火。那时，那些喝茶的将没有着落了，假如他们不愿意茶摊埋在瓦砾场上。

我顿然地感到悲哀。

1939 年 4 月，歌乐山

（首刊于 1939 年 9 月 5 日出版的《鲁迅风》第 19 期）

放火者

从五月一号那天起，重庆就动了，在这个月份里，我们要纪念好几个日子，所以街上有不少人在游行，他们还准备着在夜里火炬游行。街上的人带着民族的信心，排成大队行列沉静地走着。

“五三”的中午日本飞机二十六架飞到重庆的上空，在人口最稠密的街道上投下燃烧弹和炸弹，那一天就有三条街起了带着硫磺气的火焰。

“五四”的那天，日本飞机又带了多量的炸弹，投到他们上次没有完全毁掉的街上和上次没可能毁掉的街道上。

大火的十天以后，那些断墙之下，瓦砾堆中仍冒着烟。人们走在街上用手帕掩着鼻子或者挂着口罩，因为有一种奇怪的气味满街散布着。那怪味并不十分浓厚，但随时都觉得吸得到。似乎每人都用过于细微的嗅觉存心嗅到那说不出的气味似的，就在十天以后发掘的人们，还在深厚的灰烬里寻出尸体来。断墙笔直地站着，在一群瓦砾当中，只有它那么高而又那么完整。设法拆掉它，拉倒它，但它站得非常坚强。断牌坊就站着这断墙，很远就可以听到几十人在喊着，好像拉着帆船的纤绳，又像抬着重物。

“唉呀……喔呵……唉呀……喔呵……”

走近了看到那里站着一队兵士，穿着绿色的衣裳，腰间挂着他们喝水的瓷杯，他们像出发到前线上去差不多。但他们手里挽着绳子的另一端系在离他们很远的单独的五六丈高站着一动也不动的那断墙处。他们喊着口号一起拉它不倒，连歪斜也不歪斜，它坚强地站着。步行的人停下了，车子走慢了，走过去的人回头了，用一种坚强的眼光，人们看住了它。

被那声音招引着，我也回过头去看它，可是它不倒，连动也不动。我就看到了这大瓦场的近边，那高坡上仍旧站着被烤干了的小树。有谁能够认得出那是什么树，完全脱掉了叶子，并且变了颜色，好像是用赭色的石头雕成的。靠着小树那一排房子窗上的玻璃掉了，只有三五块碎片，在夕阳中闪着金光。走廊的门开着，一切可以看得到，门帘扯掉了，墙上的镜框在斜垂着。显然在不久之前，他们是在这儿好好地生活着，那墙壁日历上还露着四号的“四”字。

街道是哑默的，一切店铺关了门，在黑大的门扇上贴着白帖或红帖，上面坐着一个苍白着脸色的恐吓的人，用水盆子在洗刷着弄脏了的胶皮鞋、汗背心……毛巾之类，这些东西是从火中抢救出来的。

被炸过了的街道，飞尘卷着白沫扫着稀少的行人，行人挂着口罩，或用帕子掩着鼻子。街是哑然的，许多人生存的街毁掉了，生活秩序被破坏了，饭馆关起了门。

大瓦砾场一个接着一个，前边是一群人在拉着断墙，这使人一看上去就要低了头。无论你心胸怎样宽大，但你的心不能不跳，因为那摆在你面前的是荒凉的，是横遭不测的，千百个母亲和小孩子是吼叫着的，哭号着的，他们嫩弱的生命在火里边挣扎着，生命和火在斗争。但最后生命给谋杀了。那曾经狂喊过的母亲的嘴，曾经乱舞过的父亲的胳膊，曾经发疯对着火的祖母的眼睛，曾经依然偎在妈妈怀里吃乳的婴儿，这些最后都被火给杀死了。孩子和母亲，祖父和孙儿，猫和狗，都同他们凉台上的花盆一道倒在火里了。这倒下来的全家，他们没有一个是战斗员。

白洋铁壶成串的仍在那烧了一半的房子里挂着，显然是一家洋铁制器店被毁了。洋铁店的后边，单独一座三楼三底的房子站着，它两边都倒下去了，只有它还歪歪趔趔地支持着，楼梯分做好几段自己躺下去了，横睡在楼脚上。窗子整张的没有了，门扇也看不见了，墙壁穿着大洞，像被打破了腹部的人那样可怕地奇怪地站着。但那摆在二楼的木床，仍旧摆着，白色的床单还随着风飘着那只巾角，就在这二十个方丈大的火场上同时也有绳子在拉着一道断墙。

就在这火场的气味还没有停息，瓦砾还会烫手的时候，坐着飞机放火的日本人又要来了，这一天是五月十二号。

警报的笛子到处叫起，不论大街或深巷，不论听得到的听不到的，不论加以防备的或是没有知觉的都卷在这声浪里了。

那拉不倒的断墙也放手了，前一刻在街上走着的那一些行人，现在狂乱了，发疯了，开始跑了，开始喘着，还有拉着孩子的，还有拉着女人的，还有脸色变白的。街上像来了狂风一样，尘土都被这惊慌的人群带着声响卷起来了，沿街响着关窗和锁门的声音，街上什么也看不到，只看到跑。我想疯狂的日本法西斯刽子手们若看见这一刻的时候，他们一定会满足的吧，他们是何等可以骄傲呵，他们可以看见……

十几分钟之后，都安定下来了，该进防空洞的进去了，躲在墙根下的躲稳了。第二次警报（紧急警报）发了。

听得到一点声音，而越听越大。我就坐在公园石阶铁狮子附近，这铁狮子旁边坐着好几个老头，大概他们没有气力挤进防空洞去，而又跑也跑不远的缘故。

飞机的响声大起来，就有一个老头招呼着我：

“这边……到铁狮子下边来……”这话他并没有说，我想他是这个意思，因为他向我招手。

为了呼应他的亲切我去了，蹲在他的旁边。后边高坡上的树，那树叶遮着头顶的天空，致使想看飞机不大方便，但在树叶的空间看到飞机了，六架，六架。飞来飞去的总是六架，不知道为什么高射炮也未发，也不投弹。

穿蓝布衣裳的老头问我：“看见了吗？几架？”

我说：“六架”。

“向我们这边飞……”

“不，离我们很远。”

我说瞎话，我知道他很害怕，因为他刚说过了：“我们坐在这儿的都是善人，看面色没有做过恶事，我们良心都是正的……死不了的。”

大批的飞机在头上飞过了，那里三架三架地集着小堆，这些小堆在空中横排着，飞得不算顶高，一共四十几架。高射炮一串一串地发着，红色和黄色的火球像一条长绳似的扯在公园的上空。

那老头向着另外的人而又向我说：

“看面色，我们都是没有做过恶的人，不带恶象，我们不会死……”

说着他就伏在地上了，他看不见飞机，他说他老了。大概他只能看见高射炮的连串的火球。

飞机像是低飞了似的，那声音沉重了，压下来了。守卫的宪兵喊了一声口令：“卧倒。”他自己也就挂着枪伏在水池子旁边了。四边的火光蹿起来，有沉重的爆击声，人们看见半边天是红光。

公园在这一天并没有落弹。在两个钟头之后，我们离开公园的铁狮子，那个老头悲惨地向我点头，而且和我说了很多话。

下一次，五月二十五号那天，中央公园被炸了。水池子旁边连铁狮子都被炸碎了。在弹花飞溅时，那是混合着人的肢体，人的血，人的脑浆。这小小的公园，死了多少人？我不愿说出它的数目来，但我必须说出它的数目来：死伤 ××× 人，而重庆在这一天，有多少人从此不会听见解除警报的声音了……

（该篇作于1939年6月19日，题名为《轰炸前后》，先后发表在是年7月《文摘》（战时旬刊）第51、52、53合刊号和8月20日出版的《鲁迅风》第8期上，经作者修改后，改为《放火者》，收录在《萧红散文》里）

回忆鲁迅先生

鲁迅先生的笑声是明朗的，是从心里的欢喜。若有人说了什么可笑的话，鲁迅先生笑得连烟卷都拿不住了，常常是笑的咳嗽起来。

鲁迅先生走路很轻捷，尤其使人记得清楚的，是他刚抓起帽子来往头上一扣，同时左腿就伸出去了，仿佛不顾一切地走去。

鲁迅先生不大注意人的衣裳，他说："谁穿什么衣裳我看不见的……"

鲁迅先生生病，刚好了一点，他坐在躺椅上，抽着烟，那天我穿着新奇的大红的上衣，很宽的袖子。

鲁迅先生说："这天气闷热起来，这就是梅雨天。"他把他装在象牙烟嘴上的香烟，又用手装得紧一点，往下又说了别的。

许先生忙着家务，跑来跑去，也没有对我的衣裳加以鉴赏。

于是我说："周先生，我的衣裳漂亮不漂亮？"

鲁迅先生从上往下看了一眼："不大漂亮。"

过了一会又接着说："你的裙子配的颜色不对，并不是红上衣不好看，各种颜色都是好看的，红上衣要配红裙子，不然就是黑裙子，咖啡色的就不行了；这两种颜色放在一起很浑浊……你没看到外国人在街上走的吗？绝没有下边穿一件绿裙子，上边穿一件紫上衣，也没有穿一件红裙子而后穿一件白上衣的……”

鲁迅先生就在躺椅上看着我：“你这裙子是咖啡色的，还带格子，颜色浑浊得很，所以把红色衣裳也弄得不漂亮了。”

“……人瘦不要穿黑衣裳，人胖不要穿白衣裳；脚长的女人一定要穿黑鞋子，脚短就一定要穿白鞋子；方格子的衣裳胖人不能穿，但比横格子的还好；横格子的胖人穿上，就把胖子更往两边裂着，更横宽了，胖子要穿竖条子的，竖的把人显得长，横的把人显的宽……”

那天鲁迅先生很有兴致，把我一双短筒靴子也略略批评一下，说我的短靴是军人穿的，因为靴子的前后都有一条线织的拉手，这拉手据鲁迅先生说是放在裤子下边的……

我说：“周先生，为什么那靴子我穿了多久了而不告诉我，怎么现在才想起来呢？现在我不是不穿了吗？我穿的这不是另外的鞋吗？”

“你不穿我才说的，你穿的时候，我一说你该不穿了。”

那天下午要赴一个宴会去，我要许先生给我找一点布条或绸条束一束头发。许先生拿了来米色的绿色的还有桃红色的。经我和许先生共同选定的是米色的。为着取美，把那桃红色的，许先生举起来放在我的头发上，并且许先生很开心地说着：

“好看吧！多漂亮！”

我也非常得意，很规矩又顽皮地在等着鲁迅先生往这边看我们。

鲁迅先生这一看，脸是严肃的，他的眼皮往下一放向着我们这边看着：

“不要那样装饰她……”

许先生有点窘了。

我也安静下来。

鲁迅先生在北平教书时，从不发脾气，但常常好用这种眼光看人，许先生常跟我讲。她在女师大读书时，周先生在课堂上，一生气就用眼睛往下一掠，看着他们，这种眼光是鲁迅先生在记范爱农先生的文字曾自己述说过，而谁曾接触过这种眼光的人就会感到一个旷代的全智者的催逼。

我开始问："周先生怎么也晓得女人穿衣裳的这些事情呢？"

"看过书的，关于美学的。"

"什么时候看的……"

"大概是在日本读书的时候……"

"买的书吗？"

"不一定是买的，也许是从什么地方抓到就看的……"

"看了有趣味吗？！"

"随便看看……"

"周先生看这书做什么？"

"……"没有回答，好像很难回答。

许先生在旁说："周先生什么书都看的。"

在鲁迅先生家里作客人，刚开始是从法租界来到虹口，搭电车也要差不多一个钟头的工夫，所以那时候来的次数比较少。记得有一次谈到半夜了，一过十二点电车就没有的，但那天不知讲了些什么，讲到一个段落就看看旁边小长桌上的圆钟，十一点半了，十一点四十五分了，电车没有了。

"反正已十二点，电车也没有，那么再坐一会。"许先生如此劝着。

鲁迅先生好像听了所讲的什么引起了幻想，安顿地举着象牙烟嘴在沉思着。

一点钟以后，送我（还有别的朋友）出来的是许先生，外边下着濛濛的小雨，弄堂里灯光全然灭掉了，鲁迅先生嘱咐许先生一定让坐小汽车回去，并且一定嘱咐许先生付钱。

以后也住到北四川路来，就每夜饭后必到大陆新村来了，刮风的天，下雨的天，几乎没有间断的时候。

鲁迅先生很喜欢北方饭，还喜欢吃油炸的东西，喜欢吃硬的东西，就是后来生病的时候，也不大吃牛奶。鸡汤端到旁边用调羹舀了一二下就算了事。

有一天约好我去包饺子吃，那还是住在法租界，所以带了外国酸菜和用绞肉机绞成的牛肉，就和许先生站在客厅后边的方桌边包起来。海婴公子围着闹得起劲，一会按成圆饼的面拿去了，他说做了一只船来，送在我们的眼前，我们不看他，转身他又做了一只小鸡。许先生和我都不去看他，对他竭力避免加以赞美，若一赞美起来，怕他更做得起劲。

客厅后边没到黄昏就先黑了，背上感到些微微的寒凉，知道衣裳不够了，但为着忙，没有加衣裳去。等把饺子包完了看看那数目并不多，这才知道许先生与我们谈话谈得太多，误了工作。许先生怎样离开家的，怎样到天津读书的，在女师大读书时怎样做了家庭教师。她去考家庭教师的那一段描写，非常有趣，只取一名，可是考了好几十名，她之能够当选算是难的了。指望对于学费有点补助，冬天来了，北平又冷，那家离学校又远，每月除了车子钱之外，若伤风感冒还得自己拿出买阿司匹林的钱来，每月薪金十元要从西城跑到东城……

饺子煮好，一上楼梯，就听到楼上明朗的鲁迅先生的笑声冲下楼梯来，原来有几个朋友在楼上也正谈得热闹。那一天吃得是很好的。

以后我们又做过韭菜合子，又做过荷叶饼，我一提议，鲁迅先生必然赞成，而我做得又不好，可是鲁迅先生还是在桌上举着筷子问许先生：

“我再吃几个吗？”

因为鲁迅先生胃不大好，每饭后必吃“脾自美”药丸一二粒。

有一天下午鲁迅先生正在校对着瞿秋白的《海上述林》，我一走进卧室去，从那圆转椅上鲁迅先生转过来了，向着我，还微微站起了一点。

“好久不见，好久不见。”一边说着一边向我点头。

刚刚我不是来过了吗？怎么会好久不见？就是上午我来的那次周先生忘记了，可是我也每天来呀……怎么都忘记了吗？

周先生转身坐在躺椅上才自己笑起来，他是在开着玩笑。

梅雨季节，很少有晴天，一天的上午刚一放晴，我高兴极了，就到鲁迅先生家去了，跑得上楼还喘着。鲁迅先生说：“来啦！”我说：“来啦！”

我喘着连茶也喝不下。

鲁迅先生就问我：

“有什么事吗？”

我说：“天晴啦，太阳出来啦。”

许先生和鲁迅先生都笑着，一种对于冲破忧郁心境的崭然的会心的笑。

海婴一看到我非拉我到院子里和他一道玩不可，拉我的头发或拉我的衣裳。

为什么他不拉别人呢？据周先生说：“他看你梳着辫子，和他差不多，别人在他眼里都是大人，就看你小。”

许先生问着海婴：“你为什么喜欢她呢？不喜欢别人？”

“她有小辫子。”说着就来拉我的头发。

鲁迅先生家生客人很少，几乎没有，尤其是住在他家里的人更没有。一个礼拜六的晚上，在二楼上鲁迅先生的卧室里摆好了晚饭，围着桌子坐满了人。每逢礼拜六晚上都是这样的，周建人先生带着全家来拜访的。在桌子边坐着一个很瘦的很高的穿着中国小背心的人，鲁迅先生介绍说：“这是一位同乡，是商人。”

初看似乎对的，穿着中国裤子，头发剃的很短。当吃饭时，他还让别人酒，也给我倒一盅，态度很活泼，不大像个商人；等吃完了饭，又谈到《伪自由书》及《二心集》。这个商人，开明得很，在中国不常见。没有见过的就总不大放心。

下一次是在楼下客厅后的方桌上吃晚饭，那天很晴，一阵阵地刮着热风，虽然黄昏了，客厅里还不昏黑。鲁迅先生是新剪的头发，还能记得桌上有一盘黄花鱼，大概是顺着鲁迅先生的口味，是用油煎的。鲁迅先生前面摆着一碗酒，酒碗是扁扁的，好像用做吃饭的饭碗。那位商人先生也能喝酒，酒瓶就站在他的旁边。他说蒙古人什么样，苗人什么样，从西藏经过时，那西藏女人见了男人追她，她就如何如何。

这商人可真怪，怎么专门走地方，而不做买卖？并且鲁迅先生的书他也全读过，一开口这个，一开口那个。并且海婴叫他 × 先生，我一听那 × 字就明白他是谁了。× 先生常常回来得很迟，从鲁迅先生家里出来，在弄堂里遇到了几次。

有一天晚上 × 先生从三楼下来，手里提着小箱子，身上穿着长袍子，站在鲁迅先生的面前，他说他要搬了。他告了辞，许先生送他下楼去了。这时候周先生在地板上绕了两个圈子，问我说：

“你看他到底是商人吗？”

“是的。”我说。

鲁迅先生很有意思地在地板上走几步，而后向我说：“他是贩卖私货的商人，是贩卖精神上的……”

× 先生走过二万五千里回来的。

青年人写信，写得太草率，鲁迅先生是深恶痛绝之的。

“字不一定要写得好，但必须得使人一看了就认识，年青人现在都太忙了……他自己赶快胡乱写完了事，别人看了三遍五遍看不明白，这费了多少工夫，他不管。反正这费了功夫不是他的。这存心是不太好的。”

但他还是展读着每封由不同角落里投来的青年的信，眼睛不济时，便戴起眼镜来看，常常看到夜里很深的时光。

鲁迅先生坐在 ×× 电影院楼上的第一排，那片名忘记了，新闻片是苏联纪念“五一”节的红场。

“这个我怕看不到的……你们将来可以看得到。”鲁迅先生向我们周围的人说。

珂勒惠支的画，鲁迅先生最佩服，同时也很佩服她的做人。珂勒惠支受希特拉的压迫，不准她做教授，不准她画画，鲁迅先生常讲到她。

史沫特烈，鲁迅先生也讲到，她是美国女子，帮助印度独立运动，现在又在援助中国。

鲁迅先生介绍人去看的电影：《夏伯阳》，《复仇艳遇》……其余的如《人猿泰山》……或者非洲的怪兽这一类的影片，也常介绍给人的。鲁迅先生说：“电影没有什么好的，看看鸟兽之类倒可以增加些对于动物的知识。”

鲁迅先生不游公园，住在上海十年，兆丰公园没有进过，虹口公园这么近也没有进过。春天一到了，我常告诉周先生，我说公园里的土松软了，公园里的风多么柔和。周先生答应选个晴好的天气，选个礼拜日，海婴休假日，好一道去，坐一乘小汽车一直开到兆丰公园，也算是短途旅行。但这只是想着而未有做到，并且把公园给下了定义。鲁迅先生说：“公园的样子我知道的……一进门分做两条路，一条通左边，一条通右边，沿着路种着点柳树什么树的，树下摆着几张长椅子，再远一点有个水池子。”

我是去过兆丰公园的，也去过虹口公园或是法国公园的，仿佛这个定义适用于任何国度的公园设计者。

鲁迅先生不戴手套，不围围巾，冬天穿着黑士蓝的棉布袍子，头上戴着灰色毡帽，脚穿黑帆布胶皮底鞋。

胶皮底鞋夏天特别热，冬天又凉又湿，鲁迅先生的身体不算好，大家都提议把这鞋子换掉。鲁迅先生不肯，他说胶皮底鞋子走路方便。

“周先生一天走多少路呢？也不就一转弯到××书店走一趟吗？”

鲁迅先生笑而不答。

“周先生不是很好伤风吗？不围巾子，风一吹不就伤风了吗？”

鲁迅先生这些个都不习惯，他说：

“从小就没戴过手套围巾，戴不惯。”

鲁迅先生一推开门从家里出来时，两只手露在外边，很宽的袖口冲着风就向前走，腋下夹着个黑绸子印花的包袱，里边包着书或者是信，到老靶子路书店去了。

那包袱每天出去必带出去，回来必带回来。出去时带着给青年们的信，回来又从书店带来新的信和青年请鲁迅先生看的稿子。

鲁迅先生抱着印花包袱从外边回来，还得提着一把伞，一进门客厅早坐着客人，把伞挂在衣架上就陪客人谈起话来。谈了很久了，伞上的水滴顺着伞杆在地板上已经聚了一堆水。

鲁迅先生上楼去拿香烟，抱着印花包袱，而那把伞也没有忘记，顺手也带到楼上去。

鲁迅先生的记忆力非常之强，他的东西从不随便散置在任何地方。

鲁迅先生很喜欢北方口味。许先生想请一个北方厨子，鲁迅先生以为开销太大，请不得的，男佣人，至少要十五元钱的工钱。

所以买米买炭都是许先生下手。我问许先生为什么用两个女佣人都是年老的，都是六七十岁的？许先生说她们做惯了，海婴的保姆，海婴几个月时就在这里。

正说着那矮胖胖的保姆走下楼梯来了，和我们打了个迎面。

“先生，没吃茶吗？”她赶快拿了杯子去倒茶，那刚刚下楼时气喘的声音还在喉管里咕噜咕噜的，她确实年老了。

来了客人，许先生没有不下厨房的，菜食很丰富，鱼，肉……都是用大碗装着，起码四五碗，多则七八碗。可是平常就只三碗菜：一碗素炒豌豆苗，一碗笋炒咸菜，再一碗黄花鱼。

这菜简单到极点。

鲁迅先生的原稿，在拉都路一家炸油条的那里用着包油条，我得到了一张，是译《死魂灵》的原稿，写信告诉了鲁迅先生。鲁迅先生不以为希奇，许先生倒很生气。

鲁迅先生出书的校样，都用来揩桌，或做什么的。请客人在家里吃饭，吃到半道，鲁迅先生回身去拿来校样给大家分着。客人接到手里一看，这怎么可以？鲁迅先生说：

“擦一擦，拿着鸡吃，手是腻的。”

到洗澡间去，那边也摆着校样纸。

许先生从早晨忙到晚上，在楼下陪客人，一边还手里打着毛线。不然就是一边谈着话一边站起来用手摘掉花盆里花上已干枯了的叶子。许先生每送一个客人，都要送到楼下门口，替客人把门开开，客人走出去而后轻轻地关了门再上楼来。

来了客人还到街上去买鱼或买鸡，买回来还要到厨房里去工作。

鲁迅先生临时要寄一封信，就得许先生换起皮鞋子来到邮局或者大陆新村旁边信筒那里去。落着雨天，许先生就打起伞来。

许先生是忙的，许先生的笑是愉快的，但是头发有一些是白了的。

夜里去看电影，施高塔路的汽车房只有一辆车，鲁迅先生一定不坐，一定让我们坐。许先生，周建人夫人……海婴，周建人先生的三位女公子。我们上车了。

鲁迅先生和周建人先生，还有别的一二位朋友在后边。

看完了电影出来，又只叫到一部汽车，鲁迅先生又一定不肯坐，让周建人先生的全家坐着先走了。

鲁迅先生旁边走着海婴，过了苏州河的大桥去等电车去了。等了二三十分钟电车还没有来，鲁迅先生依着沿苏州河的铁栏杆坐在桥边的石围上了，并且拿出香烟来，装上烟嘴，悠然地吸着烟。

海婴不安地来回地乱跑，鲁迅先生还招呼他和自己并排坐下。

鲁迅先生坐在那和一个乡下的安静老人一样。

鲁迅先生吃的是清茶，其余不吃别的饮料。咖啡、可可、牛奶、汽水之类，家里都不预备。

鲁迅先生陪客人到深夜，必同客人一道吃些点心。那饼干就是从铺子里买来的，装在饼干盒子里，到夜深许先生拿着碟子取出来，摆在鲁迅先生的书桌上。吃完了，许先生打开立柜再取一碟。还有向日葵子差不多每来客人必不可少。鲁迅先生一边抽着烟，一边剥着瓜子吃，吃完了一碟鲁迅先生必请许先生再拿一碟来。

鲁迅先生备有两种纸烟，一种价钱贵的，一种便宜的。便宜的是绿听子的，我不认识那是什么牌子，只记得烟头上带着黄纸的嘴，每五十支的价钱大概是四角到五角，是鲁迅先生自己平日用的。另一种是白听子的，是前门烟，用来招待客人的，白听烟放在鲁迅先生书桌的抽屉里。来客人鲁迅先生下楼，把它带到楼下去，客人走了，又带回楼上来照样放在抽屉里。而绿听子的永远放在书桌上，是鲁迅先生随时吸着的。

鲁迅先生的休息，不听留声机，不出去散步，也不倒在床上睡觉，鲁迅先生自己说：

“坐在椅子上翻一翻书就是休息了。”

鲁迅先生从下午二三点钟起就陪客人，陪到五点钟，陪到六点钟，客人若在家吃饭，吃完饭又必要在一起喝茶，或者刚刚吃完茶走了，或者还没走又来了客人，于是又陪下去，陪到八点钟，十点钟，常常陪到十二点钟。从下午三点钟起，陪到夜里十二点，这么长的时间，鲁迅先生都是坐在藤躺椅上，不断地吸着烟。

客人一走，已经是下半夜了，本来已经是睡觉的时候了，可是鲁迅先生正要开始工作。

在工作之前，他稍微阖一阖眼睛，燃起一支烟来，躺在床边上，这一支烟还没有吸完，许先生差不多就在床里边睡着了（许先生为什么睡得这样快？因为第二天早晨六七点钟就要来管理家务。）海婴这时在三楼和保姆一道睡着了。

全楼都寂静下去，窗外也一点声音没有了，鲁迅先生站起来，坐到书桌边，在那绿色的台灯下开始写文章了。许先生说鸡鸣的时候，鲁迅先生还是坐着，街上的汽车嘟嘟地叫起来了，鲁迅先生还是坐着。

有时许先生醒了，看着玻璃窗白萨萨的了，灯光也不显得怎么亮了，鲁迅先生的背影不像夜里那样高大。

鲁迅先生的背影是灰黑色的，仍旧坐在那里。

人家都起来了，鲁迅先生才睡下。

海婴从三楼下来了，背着书包，保姆送他到学校去，经过鲁迅先生的门前，保姆总是吩咐他说：

“轻一点走，轻一点走。”

鲁迅先生刚一睡下，太阳就高起来了，太阳照着隔院子的人家，明亮亮的，照着鲁迅先生花园的夹竹桃，明亮亮的。

鲁迅先生的书桌整整齐齐的，写好的文章压在书下边，毛笔在烧瓷的小龟背上站着。

一双拖鞋停在床下，鲁迅先生在枕头上边睡着了。

鲁迅先生喜欢吃一点酒，但是不多吃，吃半小碗或一碗。鲁迅先生吃的是中国酒，多半是花雕。

老靶子路有一家小吃茶店，只有门面一间，在门面里边设座，座少，安静，光线不充足，有些冷落。鲁迅先生常到这里吃茶店来，有约会多半是在这里边，老板是犹太人也许是白俄，胖胖的，中国话大概他听不懂。

鲁迅先生这一位老人，穿着布袍子，有时到这里来，泡一壶红茶，和青年人坐在一道谈了一两个钟头。

有一天鲁迅先生的背后那茶座里边坐着一位摩登女子，身穿紫裙子、黄衣裳、头戴花帽子……那女子临走时，鲁迅先生一看她，用眼瞪着她，很生气地看了她半天。而后说：

“是做什么的呢？”

鲁迅先生对于穿着紫裙子、黄衣裳、花帽子的人就是这样看法的。

鬼到底是有的没有的？传说上有人见过，还跟鬼说过话，还有人被鬼在后边追赶过，吊死鬼一见了人就贴在墙上。但没有一个人捉住一个鬼给大家看看。

鲁迅先生讲了他看见过鬼的故事给大家听：

“是在绍兴……”鲁迅先生说，“三十年前……”

那时鲁迅先生从日本读书回来，在一个师范学堂里也不知是什么学堂里教书，晚上没有事时，鲁迅先生总是到朋友家去谈天。这朋友住的离学堂几里路，几里路不算远，但必得经过一片坟地。谈天有的时候就谈得晚了，十一二点钟才回学堂的事也常有，有一天鲁迅先生就回去得很晚，天空有很大的月亮。

鲁迅先生向着归路走得很起劲时，往远处一看，远远有一个白影。

鲁迅先生不相信鬼的，在日本留学时是学的医，常常把死人抬来解剖的，鲁迅先生解剖过二十几个，不但不怕鬼，对死人也不怕，所以对坟地也就根本不怕。仍旧是向前走的。

走了不几步，那远处的白影没有了，再看突然又有了。并且时小时大，时高时低，正和鬼一样。鬼不就是变幻无常的吗？

鲁迅先生有点踌躇了，到底向前走呢？还是回过头来走？本来回学堂不止这一条路，这不过是最近的一条就是了。

鲁迅先生仍是向前走，到底要看一看鬼是什么样，虽然那时候也怕了。

鲁迅先生那时从日本回来不久，所以还穿着硬底皮鞋。鲁迅先生决心要给那鬼一个致命的打击，等走到那白影旁边时，那白影缩小了，蹲下了，一声不响地靠住了一个坟堆。

鲁迅先生就用了他的硬皮鞋踢了出去。

那白影噢的一声叫起来，随着就站起来，鲁迅先生定眼看去，他却是个人。

鲁迅先生说在他踢的时候，他是很害怕的，好像若一下不把那东西踢死，自己反而会遭殃的，所以用了全力踢出去。

原来是个盗墓子的人在坟场上半夜做着工作。

鲁迅先生说到这里就笑了起来。

“鬼也是怕踢的，踢他一脚就立刻变成人了。”

我想，倘若是鬼常常让鲁迅先生踢踢倒是好的，因为给了他一个做人的机会。

从福建菜馆叫的菜，有一碗鱼做的丸子。

海婴一吃就说不新鲜，许先生不信，别的人也都不信。因为那丸子有的新鲜，有的不新鲜，别人吃到嘴里的恰好都是没有改味的。

许先生又给海婴一个，海婴一吃，又不是好的，他又嚷嚷着。别人都不注意，鲁迅先生把海婴碟里的拿来尝尝，果然不是新鲜的。鲁迅先生说：

“他说不新鲜，一定也有他的道理，不加以查看就抹杀是不对的。”

…………

以后我想起这件事来，私下和许先生谈过，许先生说：“周先生的做人，真是我们学不了的。哪怕一点点小事。”

鲁迅先生包一个纸包也要包得整整齐齐，常常把要寄出的书，鲁迅先生从许先生手里拿过来自己包，许先生本来包得多么好，而鲁迅先生还要亲自动手。

鲁迅先生把书包好了，用细绳捆上，那包方方正正的，连一个角也不准歪一点或扁一点，而后拿着剪刀，把捆书的那绳头都剪得整整齐齐。

就是包这书的纸都不是新的，都是从街上买东西回来留下来的。许先生上街回来把买来的东西一打开随手就把包东西的牛皮纸折起来，随手把小细绳卷了一个卷。若小细绳上有一个疙瘩，也要随手把它解开的。准备着随时用随时方便。

鲁迅先生住的是大陆新村九号。

一进弄堂口，满地铺着大方块的水门汀，院子里不怎样嘈杂，从这院子出入的有时候是外国人，也能够看到外国小孩在院子里零星地玩着。

鲁迅先生隔壁挂着一块大的牌子，上面写着一个“茶”字。

在一九三五年十月一日。

鲁迅先生的客厅里摆着长桌，长桌是黑色的，油漆不十分新鲜，但也并不破旧，桌上没有铺什么桌布，只在长桌的当处摆着一个绿豆青色的花瓶，花瓶里长着几株大叶子的万年青。围着长桌有七八张木椅子。尤其是在夜里，全弄堂一点什么声音也听不到。

那夜，就和鲁迅先生和许先生一道坐在长桌旁边喝茶的。当夜谈了许多关于伪满洲国的事情，从饭后谈起，一直谈到九点钟十点钟而后到十一点钟。时时想退出来，让鲁迅先生好早点休息，因为我看出来鲁迅先生身体不大好，又加上听许先生说过，鲁迅先生伤风了一个多月，刚好了的。

但鲁迅先生并没有疲倦的样子。虽然客厅里也摆着一张可以卧倒的藤椅，我们劝他几次想让他坐在藤椅上休息一下，但是他没有去，仍旧坐在椅子上。并且还上楼一次，去加穿了一件皮袍子。

那夜鲁迅先生到底讲了些什么，现在记不起来了。也许想起来的不是那夜讲的而是以后讲的也说不定。过了十一点，天就落雨了，雨点淅沥淅沥地打在玻璃窗上，窗子没有窗帘，所以偶一回头，就看到玻璃窗上有小水流往下流。夜已深了，并且落了雨，心里十分着急，几次站起来想要走，但是鲁迅先生和许先生一再说再坐一下：“十二点以前终归有车子可搭的。”所以一直坐到将近十二点，才穿起雨衣来，打开客厅外边的响着的铁门，鲁迅先生非要送到铁门外不可。我想为什么他一定要送呢？对于这样年轻的客人，这样的送是应该的吗？雨不会打湿了头发，受了寒伤风不又要继续下去吗？站在铁门外边，鲁迅先生说，并且指着隔壁那家写着“茶”字的大牌子：“下次来记住这个‘茶’字，就是这个‘茶’的隔壁。”而且伸出手去，几乎是触到了钉在铁门旁边的那个九号的“九”字，“下次来记住茶的旁边九号。”

于是脚踏着方块的水门汀，走出弄堂来，回过身去往院子里边看了一看，鲁迅先生那一排房子统统是黑洞洞的，若不是告诉的那样清楚，下次来恐怕要记不住的。

鲁迅先生的卧室，一张铁架大床，床顶上遮着许先生亲手做的白布刺花的围子，顺着床的一边折着两床被子，都是很厚的，是花洋布的被面。挨着门口的床头的方面站着抽屉柜。一进门的左手摆着八仙桌，桌子的两旁藤椅各一，立柜站在和方桌一排的墙角，立柜本是挂衣服的，衣裳却很少，都让糖盒子、饼干桶子、瓜子罐给塞满了。有一次 ×× 老板的太太来拿版权的图章花，鲁迅先生就从立柜下边大抽屉里取出的。沿着墙角往窗子那边走，有一张装饰台，桌子上有一个方形的满浮着绿草的玻璃养鱼池，里边游着的不是金鱼而是灰色的扁肚子的小鱼。除了鱼池之外另有一只圆的表，其余那上边满装着书。铁床架靠窗子的那头的书柜里书柜外都是书。最后是鲁迅先生的写字台，那上边也都是书。

鲁迅先生家里，从楼上到楼下，没有一个沙发。鲁迅先生工作时坐的椅子是硬的，到楼下陪客人时坐的椅子又是硬的。

鲁迅先生的写字台面向着窗子，上海弄堂房子的窗子差不多满一面墙那么大，鲁迅先生把它关起来，因为鲁迅先生工作起来有一个习惯，怕吹风，风一吹，纸就动，时时防备着纸跑，文章就写不好。所以屋子里热得和蒸笼似的，请鲁迅先生到楼下去，他又不肯，鲁迅先生的习惯是不换地方。有时太阳照进来，许先生劝他把书桌移开一点都不肯。只有满身流汗。

鲁迅先生的写字桌，铺了张蓝格子的油漆布，四角都用图钉按着。桌子上有小砚台一方，墨一块，毛笔站在笔架上。笔架是烧瓷的，在我看来不很细致，是一个龟，龟背上带着好几个洞，笔就插在那洞里。鲁迅先生多半是用毛笔的，钢笔也不是没有，是放在抽屉里。桌上有一个方大的白瓷的烟灰盒，还有一个茶杯，杯子上戴着盖。

鲁迅先生的习惯与别人不同，写文章用的材料和来信都压在桌子上，把桌子都压得满满的，几乎只有写字的地方可以伸开手，其余桌子的一半被书或纸张占有着。

左手边的桌角上有一个带绿灯罩的台灯，那灯泡是横着装的，在上海那是极普通的台灯。

冬天在楼上吃饭，鲁迅先生自己拉着电线把台灯的机关从棚顶的灯头上拔下，而后装上灯泡子。等饭吃过，许先生再把电线装起来，鲁迅先生的台灯就是这样做成的，拖着一根长长的电线在棚顶上。

鲁迅先生的文章，多半是在这台灯下写。因为鲁迅先生的工作时间，多半是下半夜一两点起，天将明了休息。

卧室就是如此，墙上挂着海婴公子一个月婴孩的油画像。

挨着卧室的后楼里边，完全是书了，不十分整齐，报纸和杂志或洋装的书，都混在这间屋子里，一走进去多少还有些纸张气味。地板被书遮盖得太小了，几乎没有了，大网篮也堆在书中。墙上拉着一条绳子或者是铁丝，就在那上边系了小提盒、铁丝笼之类。风干荸荠就盛在铁丝笼，扯着的那铁丝几乎被压断了在弯弯着。一推开藏书室的窗子，窗子外边还挂着一筐风干荸荠。

“吃吧，多得很，风干的，格外甜。”许先生说。

楼下厨房传来了煎菜的锅铲的响声，并且两个年老的娘姨慢重重地在讲一些什么。

厨房是家庭最热闹的一部分。整个三层楼都是静静的，喊娘姨的声音没有，在楼梯上跑来跑去的声音没有。鲁迅先生家里五六间房子只住着五个人，三位是先生的全家，余下的二位是年老的女佣人。

来了客人都是许先生亲自倒茶，即或是麻烦到娘姨时，也是许先生下楼去吩咐，绝没有站到楼梯口就大声呼唤的时候。所以整个房子都在静悄悄之中。

只有厨房比较热闹了一点，自来水哗哗地流着，洋瓷盆在水门汀的水池子上每拖一下磨着嚓嚓地响，洗米的声音也是嚓嚓的。鲁迅先生很喜欢吃竹笋的，在菜板上切着笋片笋丝时，刀刃每划下去都是很响的。其他比起别人家的厨房来却冷清极了，所以洗米声和切笋声都分开来听得样样清清晰晰。

客厅的一边摆着并排的两个书架，书架是带玻璃橱的，里边有朵斯托益夫斯基的全集和别的外国作家的全集，大半都是日文译本。地板上没有地毯，但擦得非常干净。

海婴公子的玩具橱也站在客厅里，里边是些毛猴子、橡皮人、火车汽车之类，里边装得满满的，别人是数不清的，只有海婴自己伸手到里边找些什么就有什么。过新年时在街上买的兔子灯，纸毛上已经落了灰尘了，仍摆在玩具橱顶上。

客厅只有一个灯头，大概五十烛光。客厅的后门对着上楼的楼梯，前门一打开有一个一方丈大小的花园，花园里没有什么花看，只有一株很高的七八尺高的小树，大概那树是柳桃，一到了春天，容易生长蚜虫，忙得许先生拿着喷蚊虫的机器，一边陪着谈话，一边喷着杀虫药水。沿着墙根，种了一排玉米，许先生说："这玉米长不大的，这土是没有养料的，海婴一定要种。"

春天，海婴在花园里掘着泥沙，培植着各种玩艺。

三楼则特别静了，向着太阳开着两扇玻璃门，门外有一个水门汀的突出的小廊子，春天很温暖的抚摸着门口长垂着的帘子，有时帘子被风打得很高，飘扬的饱满的和大鱼泡似的。那时候隔院的绿树照进玻璃门扇里边来了。

海婴坐在地板上装着小工程师在修着一座楼房，他那楼房是用椅子横倒了架起来修的，而后遮起一张被单来算作屋瓦，全个房子在他自己拍着手的赞誉声中完成了。

这间屋感到些空旷和寂寞，既不像女工住的屋子，又不像儿童室。海婴的眠床靠着屋子的一边放着，那大圆顶帐子日里也不打起来，长拖拖的好像从棚顶一直拖到地板上，那床是非常讲究的，属于刻花的木器一类的。许先生讲过，租这房子时，从前一个房客转留下来的。海婴和他的保姆，就睡在五六尺宽的大床上。

冬天烧过的火炉，三月里还冷冰冰地在地板上站着。

海婴不大在三楼上玩的，除了到学校去，就是在院里踏脚踏车，他非常欢喜跑跳，所以厨房、客厅、二楼，他是无处不跑的。

三楼整天在高处空着，三楼的后楼住着另一个老女工，一天很少上楼来，所以楼梯擦过后，一天到晚干净的溜明。

一九三六年三月里鲁迅先生病了，靠在二楼的躺椅上，心脏跳动得比平日厉害，脸色略微灰了一点。

许先生正相反的，脸色是红的，眼睛显得大了，讲话的声音是平静的，态度并没有比平日慌张。在楼下一走进客厅来许先生就告诉说：

“周先生病了，气喘……喘得厉害，在楼上靠在躺椅上。”

鲁迅先生呼喘的声音，不用走到他的旁边，一进了卧室就听得到的。鼻子和胡须在煽着，胸部一起一落。眼睛闭着，差不多永久不离开手的纸烟，也放弃了。藤椅后边靠着枕头，鲁迅先生的头有些向后，两只手空闲地垂着。眉头仍和平日一样没有聚皱，脸上是平静的，舒展的，似乎并没有任何痛苦加在身上。

“来了吧？”鲁迅先生睁一睁眼睛，“不小心，着了凉呼吸困难……到藏书的房子去翻一翻书……那房子因为没有人住，特别凉……回来就……”

许先生看周先生说话吃力，赶紧接着说周先生是怎样气喘的。

医生看过了，吃了药，但喘并未停。下午医生又来过，刚刚走。

卧室在黄昏里边一点一点地暗下去，外边起了一点小风，隔院的树被风摇着发响。别人家的窗子有的被风打着发出自动关开的响声，家家的流水道都是哗啦哗啦地响着水声，一定是晚餐之后洗着杯盘的剩水。晚餐后该散步的散步去了，该会朋友的会朋友去了，弄堂里来去地稀疏不断地走着人，而娘姨们还没有解掉围裙呢，就依着后门彼此搭讪起来。小孩子们三五一伙前门后门地跑着，弄堂外汽车穿来穿去。

鲁迅先生坐在躺椅上，沉静地，不动地阖着眼睛，略微灰了的脸色被炉里的火染红了一点。纸烟听子蹲在书桌上，盖着盖子，茶杯也蹲在桌子上。

许先生轻轻地在楼梯上走着，许先生一到楼下去，二楼就只剩了鲁迅先生一个人坐在椅子上，呼喘把鲁迅先生的胸部有规律性地抬得高高的。

“鲁迅先生必得休息的，”须藤医生这样说的。可是鲁迅先生从此不但没有休息，并且脑子里所想的更多了，要做的事情都像非立刻就做不可，校《海上述林》的校样，印珂勒惠支的画，翻译《死魂灵》下部，刚好了，这些就都一起开始了，还计算着出三十年集（即鲁迅全集）。

鲁迅先生感到自己的身体不好，就更没有时间注意身体，所以要多做，赶快做。当时大家不解其中的意思，都以为鲁迅先生对于休息不以为然，后来读了鲁迅先生《死》的那篇文章才了然了。

鲁迅先生知道自己的健康不成了，工作的时间没有几年了，死了是不要紧的，只要留给人类更多，鲁迅先生就是这样。

不久书桌上德文字典和日文字典都摆起来了，果戈里的《死魂灵》，又开始翻译了。

鲁迅先生的身体不大好，容易伤风，伤风之后，照常要陪客人，回信，校稿子。所以伤风之后总要拖下去一个月或半个月的。

瞿秋白的《海上述林》校样，一九三五年冬，一九三六年的春天，鲁迅先生不断地校着，几十万字的校样，要看三遍，而印刷所送校样来总是十页八页的，并不是统统一道地送来，所以鲁迅先生不断地被这校样催索着，鲁迅先生竟说：

“看吧，一边陪着你们谈话，一边看校样，眼睛可以看，耳朵可以听……”

有时客人来了，一边说着笑话，鲁迅先生一边放下了笔。有的时候也说：“剩几个字了……请坐一坐……”

一九三五年冬天许先生说：

“周先生的身体是不如从前了。”

有一次鲁迅先生到饭馆里去请客，来的时候兴致很好，还记得那次吃了一只烤鸭子，整个的鸭子用大钢叉子叉上来时，大家看这鸭子烤的又油又亮的，鲁迅先生也笑了。

菜刚上满了，鲁迅先生就到躺椅上吸一支烟，并且阖一阖眼睛。一吃完了饭，有的喝多了酒的，大家都乱闹了起来，彼此抢着苹果，彼此讽刺着玩，说着一些人可笑的话。而鲁迅先生这时候，坐在躺椅上，阖着眼睛，很庄严地在沉默着，让拿在手上纸烟的烟丝，袅袅地上升着。

别人以为鲁迅先生也是喝多了酒吧！

许先生说，并不的。

“周先生的身体是不如从前了，吃过了饭总要闭一闭眼睛稍微休息一下，从前一向没有这习惯。”

周先生从椅子上站起来了，大概说他喝多了酒的话让他听到了。

“我不多喝酒的。小的时候，母亲常提到父亲喝了酒，脾气怎样坏，母亲说，长大了不要喝酒，不要像父亲那样子……所以我不多喝的……从来没喝醉过……”

鲁迅先生休息好了，换了一支烟，站起来也去拿苹果吃，可是苹果没有了。鲁迅先生说：

“我争不过你们了，苹果让你们抢没了。”

有人抢到手的还在保存着的苹果，奉献出来，鲁迅先生没有吃，只在吸烟。

一九三六年春，鲁迅先生的身体不大好，但没有什么病，吃过了夜饭，坐在躺椅上，总要闭一闭眼睛沉静一会。

许先生对我说，周先生在北平时，有时开着玩笑，手按着桌子一跃就能够跃过去，而近年来没有这么做过。大概没有以前那么灵便了。

这话许先生和我是私下讲的：鲁迅先生没有听见，仍靠在躺椅上沉默着呢。

许先生开了火炉门，装着煤炭哗哗地响，把鲁迅先生震醒了。一讲起话来鲁迅先生的精神又照常一样。

鲁迅先生睡在二楼的床上已经一个多月了，气喘虽然停止。但每天发热，尤其是在下午热度总在三十八度三十九度之间，有时也到三十九度多，那时鲁迅先生的脸是微红的，目力是疲弱的，不吃东西，不大多睡，没有一些呻吟，似乎全身都没有什么痛楚的地方。躺在床上的时候张开眼睛看着，有的时候似睡非睡地安静地躺着，茶吃得很少。差不多一刻也不停地吸烟，而今几乎完全放弃了，纸烟听子不放在床边，而仍很远地蹲在书桌上，若想吸一支，是请许先生付给的。

许先生从鲁迅先生病起，更过度地忙了。按着时间给鲁迅先生吃药，按着时间给鲁迅先生试温度表，试过了之后还要把一张医生发给的表格填好，那表格是一张硬纸，上面画了无数根线，许先生就在这张纸上拿着米度尺画着度数，那表面画得和尖尖的小山丘似的，又像尖尖的水晶石，高的低的一排连一排地站着。许先生虽每天画，但那像是一条接连不断的线，不过从低处到高处，从高处到低处，这高峰越高越不好，也就是鲁迅先生的热度越高了。

来看鲁迅先生的人，多半都不到楼上来了，为的请鲁迅先生好好地静养，所以把陪客人这些事也推到许先生身上来了。还有书、报、信，都要许先生看过，必要的就告诉鲁迅先生，不十分必要的，就先把它放在一处放一放，等鲁迅先生好些了再取出来交给他。然而这家庭里边还有许多琐事，比方年老的娘姨病了，要请两天假；海婴的牙齿脱掉一个要到牙医那里去看过，但是带他去的人没有，又得许先生。海婴在幼稚园里读书，又是买铅笔，买皮球，还有临时出些个花头，跑上楼来了，说要吃什么花生糖，什么牛奶糖，他上楼来是一边跑着一边喊着，许先生连忙拉住了他，拉他下了楼才跟他讲：

“爸爸病啦，”而后拿出钱来，嘱咐好了娘姨，只买几块糖而不准让他格外的多买。

收电灯费的来了，在楼下一打门，许先生就得赶快往楼下跑，怕的是再多打几下，就要惊醒了鲁迅先生。

海婴最喜欢听讲故事，这也是无限的麻烦，许先生除了陪海婴讲故事之外，还要在长桌上偷一点工夫来看鲁迅先生为有病耽搁下来尚未校完的校样。

在这期间，许先生比鲁迅先生更要担当一切了。

鲁迅先生吃饭，是在楼上单开一桌，那仅仅是一个方木桌，许先生每餐亲手端到楼上去，每样都用小吃碟盛着，那小吃碟直径不过二寸，一碟豌豆苗或菠菜或苋菜，把黄花鱼或者鸡之类也放在小碟里端上楼去。若是鸡，那鸡也是全鸡身上最好的一块地方拣下来的肉；若是鱼，也是鱼身上最好一部分，许先生才把它拣下放在小碟里。

许先生用筷子来回地翻着楼下的饭桌上菜碗里的东西，菜拣嫩的，不要茎，只要叶，鱼肉之类，拣烧得软的，没有骨头没有刺的。

心里存着无限的期望，无限的要求，用了比祈祷更虔诚的目光，许先生看着她自己手里选得精精致致的菜盘子，而后脚板触了楼梯上了楼。

希望鲁迅先生多吃一口，多动一动筷，多喝一口鸡汤。鸡汤和牛奶是医生所嘱的，一定要多吃一些的。

把饭送上去，有时许先生陪在旁边，有时走下楼来又做些别的事，半个钟头之后，到楼上去取这盘子。这盘子装得满满的，有时竟照原样一动也没有动又端下来了，这时候许先生的眉头微微地皱了一点。旁边若有什么朋友，许先生就说："周先生的热度高，什么也吃不落，连茶也不愿意吃，人很苦，人很吃力。"

有一天许先生用波浪式的专门切面包的刀切着面包，是在客厅后边方桌上切的，许先生一边切着一边对我说：

"劝周先生多吃东西，周先生说，人好了再保养，现在勉强吃也是没有用的。”

许先生接着似乎问着我：

“这也是对的？”

而后把牛奶面包送上楼去了。一碗烧好的鸡汤，从方盘里许先生把它端出来了，就摆在客厅后的方桌上。许先生上楼去了，那碗热的鸡汤在方桌上自己悠然地冒着热气。

许先生由楼上回来还说呢：

“周先生平常就不喜欢吃汤之类，在病里，更勉强不下了。”

许先生似乎安慰着自己似的。

“周先生人强，喜欢吃硬的，油炸的，就是吃饭也喜欢吃硬饭……”

许先生楼上楼下地跑，呼吸有些不平静，坐在她旁边，似乎可以听到她心脏的跳动。

鲁迅先生开始独桌吃饭以后，客人多半不上楼来了，经许先生婉言把鲁迅先生健康的经过报告了之后就走了。

鲁迅先生在楼上一天一天地睡下去，睡了许多日子，都寂寞了，有时大概热度低了点就问许先生：

“什么人来过吗？”

看鲁迅先生好些，就一一地报告过。

有时也问到有什么刊物来吗？

鲁迅先生病了一个多月了。

证明了鲁迅先生是肺病，并且是肋膜炎，须藤老医生每天来了，为鲁迅先生把肋膜积水用打针的方法抽净，共抽过两三次。

这样的病，为什么鲁迅先生一点也不晓得呢？许先生说，周先生有时觉得肋痛了就自己忍着不说，所以连许先生也不知道，鲁迅先生怕别人晓得了又要不放心，又要看医生，医生一定又要说休息。鲁迅先生自己知道做不到的。

福民医院美国医生的检查，说鲁迅先生肺病已经20年了。这次发了怕是很严重。

医生规定个日子，请鲁迅先生到福民医院去详细检查，要照X光的。

但鲁迅先生当时就下楼是下不得的，又过了许多天，鲁迅先生到福民医院去检查病去了。照X光后给鲁迅先生照了一个全部的肺部的照片。

这照片取来的那天许先生在楼下给大家看了，右肺的上尖是黑的，中部也黑了一块，左肺的下半部都不大好，而沿着左肺的边边黑了一大圈。

这之后，鲁迅先生的热度仍高，若再这样热度不退，就很难抵抗了。

那查病的美国医生，只查病，而不给药吃，他相信药是没有用的。

须藤老医生，鲁迅先生早就认识，所以每天来，他给鲁迅先生吃了些退热药，还吃停止肺病菌活动的药。他说若肺不再坏下去，就停止在这里，热自然就退了，人是不危险的。

在楼下的客厅里，许先生哭了。许先生手里拿着一团毛线，那是海婴的毛线衣拆了洗过之后又团起来的。

鲁迅先生在无欲望状态中，什么也不吃，什么也不想，睡觉似睡非睡的。

天气热起来了，客厅的门窗都打开着，阳光跳跃在门外的花园里。麻雀来了停在夹竹桃上叫了三两声就飞去，院子里的小孩们唧唧喳喳地玩耍着，风吹进来好像带着热气，扑到人的身上，天气刚刚发芽的春天，变为夏天了。

楼上老医生和鲁迅先生谈话的声音隐约可以听到。

楼下又来客人，来的人总要问：

“周先生好一点吗？”

许先生照常说：“还是那样子。”

但今天说了眼泪又流了满脸。一边拿起杯子来给客人倒茶，一边用左手拿着手帕按着鼻子。

客人问：

“周先生又不大好吗？”

许先生说：

“没有的，是我心窄。”

过了一会鲁迅先生要找什么东西，喊许先生上楼去，许先生连忙擦着眼睛，想说她不上楼的，但左右看了一看，没有人能代替了她，于是带着她那团还没有缠完的毛线球上楼去了。

楼上坐着老医生，还有两位探望鲁迅先生的客人。许先生一看了他们就自己低了头不好意思地笑了，她不敢到鲁迅先生的面前去，背转着身问鲁迅先生要什么呢，而后又是慌忙地把毛线缕挂在手上缠了起来。

一直到送老医生下楼，许先生都是把背向着鲁迅先生而站着的。

每次老医生走，许先生都是替老医生提着皮提包送到前门外的。许先生愉快地、沉静地带着笑容打开铁门闩，很恭敬地把皮包交给老医生，眼看着老医生走了才进来关了门。

这老医生出入在鲁迅先生的家里，连老娘姨对他都是尊敬的，医生从楼上下来时，娘姨若在楼梯的半道，赶快下来躲开，站到楼梯的旁边。有一天老娘姨端着一个杯子上楼，楼上医生和许先生一道下来了，那老娘姨躲闪不灵，急得把杯里的茶都颠出来了。等医生走过去，已经走出了前门，老娘姨还在那里呆呆地望着。

“周先生好了点吧？”

有一天许先生不在家，我问着老娘姨。她说：

“谁晓得，医生天天看过了不声不响地就走了。”

可见老娘姨对医生每天是怀着期望的眼光看着他的。

许先生很镇静，没有紊乱的神色，虽然说那天当着人哭过一次，但该做什么，仍是做什么，毛线该洗的已经洗了，晒的已经晒起，晒干了的随手就把它团起团子。

“海婴的毛线衣，每年拆一次，洗过之后再重打起，人一年一年地长，衣裳一年穿过，一年就小了。”

在楼下陪着熟的客人，一边谈着，一边开始手里动着竹针。

这种事情许先生是偷空就做的，夏天就开始预备着冬天的，冬天就做夏天的。

许先生自己常常说：

“我是无事忙。”

这话很客气，但忙是真的，每一餐饭，都好像没有安静地吃过。海婴一会要这个，要那个；若一有客人，上街临时买菜，下厨房煎炒还不说，就是摆到桌子上来，还要从菜碗里为着客人选好地夹过去。饭后又是吃水果，若吃苹果还要把皮削掉，若吃荸荠看客人削得慢而不好也要削了送给客人吃，那时鲁迅先生还没有生病。

许先生除了打毛线衣之外，还用机器缝衣裳，剪裁了许多件海婴的内衫裤在窗下缝。

因此许先生对自己忽略了，每天上下楼跑着，所穿的衣裳都是旧的，次数洗得太多，钮扣都洗脱了，也磨破了，都是几年前的旧衣裳，春天时许先生穿了一个紫红宁绸袍子，那料子是海婴在婴孩时候别人送给海婴做被子的礼物。做被子，许先生说很可惜，就拣起来做一件袍子。正说着，海婴来了，许先生使眼神，且不要提到，若提到海婴又要麻烦起来了，一要说是他的，他就要。

许先生冬天穿一双大棉鞋，是她自己做的。一直到二三月早晚冷时还穿着。

有一次我和许先生在小花园里拍一张照片，许先生说她的钮扣掉了，还拉着我站在她前边遮着她。

许先生买东西也总是到便宜的店铺去买，再不然，到减价的地方去买。

处处俭省，把俭省下来的钱，都印了书和印了画。

现在许先生在窗下缝着衣裳，机器声格哒格哒的，震着玻璃门有些颤抖。

窗外的黄昏，窗内许先生低着的头，楼上鲁迅先生的咳嗽声，都搅混在一起了，重续着、埋藏着力量。在痛苦中，在悲哀中，一种对于生的强烈的愿望站得和强烈的火焰那样坚定。

许先生的手指把捉了在缝的那张布片，头有时随着机器的力量低沉了一两下。

许先生的面容是宁静的、庄严的、没有恐惧的，她坦荡地在使用着机器。

海婴在玩着一大堆黄色的小药瓶，用一个纸盒子盛着，端起来楼上楼下地跑。向着阳光照是金色的，平放着是咖啡色的，他召集了小朋友来，他向他们展览，向他们夸耀，这种玩艺只有他有而别人不能有。他说：

“这是爸爸打药针的药瓶，你们有吗？”

别人不能有，于是他拍着手骄傲地呼叫起来。

许先生一边招呼着他，不叫他喊，一边下楼来了。

“周先生好了些？”

见了许先生大家都是这样问的。

“还是那样子，”许先生说，随手抓起一个海婴的药瓶来：“这不是么，这许多瓶子，每天打针，药瓶也积了一大堆。”

许先生一拿起那药瓶，海婴上来就要过去，很宝贵地赶快把那小瓶摆到纸盒里。

在长桌上摆着许先生自己亲手做的蒙着茶壶的棉罩子，从那蓝缎子的花罩下拿着茶壶倒着茶。

楼上楼下都是静的了，只有海婴快活地和小朋友们地吵嚷躲在太阳里跳荡。

海婴每晚临睡时必向爸爸妈妈说："明朝会！"

有一天他站在上三楼去的楼梯口上喊着：

"爸爸，明朝会！"

鲁迅先生那时正病得沉重，喉咙里边似乎有痰，那回答的声音很小，海婴没有听到，于是他又喊：

"爸爸，明朝会！"他等一等，听不到回答的声音，他就大声地连串地喊起来：

"爸爸，明朝会，爸爸，明朝会，……爸爸，明朝会……"

他的保姆在前边往楼上拖他，说是爸爸睡下了，不要喊了。可是他怎么能够听呢，仍旧喊。

这时鲁迅先生说"明朝会"，还没有说出来喉咙里边就像有东西在那里堵塞着，声音无论如何放不大。到后来，鲁迅先生挣扎着把头抬起来才很大声地说出：

"明朝会，明朝会。"

说完了就咳嗽起来。

许先生被惊动得从楼下跑来了，不住地训斥着海婴。

海婴一边哭着一边上楼去了，嘴里唠叨着：

"爸爸是个聋人哪！"

鲁迅先生没有听到海婴的话，还在那里咳嗽着。

鲁迅先生在四月里，曾经好了一点，有一天下楼去赶一个约会，把衣裳穿得整整齐齐，手下夹着黑花布包袱，戴起帽子来，出门就走。

许先生在楼下正陪客人，看鲁迅先生下来了，赶快说：

“走不得吧，还是坐车子去吧。”

鲁迅先生说：“不要紧，走得动的。”

许先生再加以劝说，又去拿零钱给鲁迅先生带着。

鲁迅先生说不要不要，坚决地走了。

“鲁迅先生的脾气很刚强。”

许先生无可奈何的，只说了这一句。

鲁迅先生晚上回来，热度增高了。

鲁迅先生说：

“坐车子实在麻烦，没有几步路，一走就到。还有，好久不出去，愿意走走……动一动就出毛病……还是动不得……”

病压服着鲁迅先生又躺下了。

七月里，鲁迅先生又好些。

药每天吃，记温度的表格照例每天好几次在那里面，老医生还是照常地来，说鲁迅先生就要好起来了。说肺部的菌已经停止了一大半，肋膜也好了。

客人来差不多都要到楼上来拜望拜望。鲁迅先生带着久病初愈的心情，又谈起话来，披了一张毛巾子坐在躺椅上，纸烟又拿在手里了，又谈翻译，又谈某刊物。

一个月没有上楼去，忽然上楼还有些心不安，我一进卧室的门，觉得站也没地方站，坐也不知坐在哪里。

许先生让我吃茶，我就依着桌子边站着。好像没有看见那茶杯似的。

鲁迅先生大概看出我的不安来了，便说：

"人瘦了，这样瘦是不成的，要多吃点。"

鲁迅先生又在说玩笑话了。

"多吃就胖了，那么周先生为什么不多吃点？"

鲁迅先生听了这话就笑了，笑声是明朗的。

从七月以后鲁迅先生一天天地好起来了，牛奶，鸡汤之类，为了医生所嘱也隔三差五地吃着，人虽是瘦了，但精神是好的。

鲁迅先生说自己体质的本质是好的，若差一点的，就让病打倒了。

这一次鲁迅先生保持了很久时间，没有下楼更没有到外边去过。

在病中，鲁迅先生不看报，不看书，只是安静地躺着。但有一张小画是鲁迅先生放在床边上不断看着的。

那张画，鲁迅先生未生病时，和许多画一道拿给大家看过的，小得和纸烟包里抽出来的那画片差不多。那上边画着一个穿大长裙子飞散着头发的女人在大风里边跑，在她旁边的地面上还有小小的红玫瑰的花朵。

记得是一张苏联某画家着色的木刻。

鲁迅先生有很多画，为什么只选了这张放在枕边。

许先生告诉我的，她也不知道鲁迅先生为什么常常看这小画。

有人来问他这样那样的，他说：

"你们自己学着做，若没有我呢！"

这一次鲁迅先生好了。

还有一样不同的，觉得做事要多做……

鲁迅先生以为自己好了，别人也以为鲁迅先生好了。

准备冬天要庆祝鲁迅先生工作三十年。

又过了三个月。

一九三六年十月十七日，鲁迅先生病又发了，又是气喘。

十七日，一夜未眠。

十八日，终日喘着。

十九日的下半夜，人衰弱到极点了。天将发白时，鲁迅先生就像他平日一样，工作完了，他休息了。

1939 年 10 月

几个欢快的日子

人们跳着舞，“牵牛房”那一些人们每夜跳着舞。过旧年那夜，他们就在茶桌上摆起大红蜡烛，他们摹仿着供财神，拜祖宗。灵秋穿起紫红绸袍，黄马褂，腰中配着黄腰带，他第一个跑到神桌前。老桐又是他那一套，穿起灵秋太太瘦小的旗袍，长短到膝盖以上，大红的脸，脑后又是用红布包起笤帚把柄样的东西，他跑到灵秋旁边，他们俩是一致的，每磕一下头，口里就自己喊一声口号：一、二、三……不倒翁样不能自主地倒下又起来。后来就在地板上烘起火来，说是过年都是烧纸的……这套把戏玩得熟了，惯了！不是过年，也每天来这一套，人们看得厌了！对于这事冷淡下来，没有人去大笑，于是又变一套把戏：捉迷藏。

客厅是个捉迷藏的地盘，四下窜走，桌子底下蹲着人，椅子倒过来扣在头上顶着跑，电灯泡碎了一个。蒙住眼睛的人受着大家的玩戏，在那昏庸的头上摸一下，在那分张的两手上打一下。有各种各样的叫声，蛤蟆叫，狗叫，猪叫，还有人在装哭。要想捉住一个很不容易，从客厅的四个门会跑到那些小屋去。有时瞎子就摸到小屋去，从门后扯出一个来，也有时误捉了灵秋的小孩。虽然说不准向小屋跑，但总是跑。后一次瞎子摸到王女士的门扇。

“那门不好进去。”有人要告诉他。

“看着，看着不要吵嚷！”又有人说。

全屋静下来，人们觉得有什么奇迹要发生。瞎子的手接触到门扇，他触到门上的铜环响，眼看他就要进去把王女士捉出来，每人心里都想着这个：看他怎样捉啊！

“谁呀！谁？请进来！”跟着很脆的声音开门来迎接客人了！以为她的朋友来访她。

小浪一般冲过去的笑声，使摸门的人脸上的罩布脱掉了，红了脸。王女士笑着关了门。

玩得厌了！大家就坐下喝茶，不知从什么瞎话上又拉到正经问题上。于是“做人”这个问题使大家都兴奋起来。

——怎样是“人”，怎样不是“人”？

“没有感情的人不是人。”

“没有勇气的人不是人。”

“冷血动物不是人。”

“残忍的人不是人。”

“有人性的人才是人。”

“……”

每个人都会规定怎样做人。有的人他要说出两种不同做人的标准。起首是坐着说，后来站起来说，有的也要跳起来说。

“人是感情的动物，没有情感就不能生出同情，没有同情那就是自私，为己……结果是互相杀害，那就不是人。”那人的眼睛睁得很圆，表示他的理由充足，表示他把人的定义下得准确。

“你说的不对，什么同情不同情，就没有同情，中国人就是冷血动物，中国人就不是人？”第一个又站了起来，这个人他不常说话，偶然说一句使人很注意。

说完了，他自己先红了脸，他是山东人，老桐学着他的山东调：

“老猛（孟），你使（是）人不使人？”

许多人爱和老孟开玩笑，因为他老实，人们说他像个大姑娘。

“浪漫诗人”，是老桐的绰号。他好喝酒，让他作诗不用笔就能一套连着一套，连想也不用想一下。他看到什么就给什么作个诗；朋友来了他也作诗：

“梆梆梆敲门响，呀！何人来了？”

总之，就是猫和狗打架，你若问他，他也有诗，他不喜欢谈论什么人啦！社会啦！他躲开正在为了“人”而吵叫的茶桌，摸到一本唐诗在读：

“昨日之……日不可留……今日之日……多……烦……忧，”读得有腔有调，他用意就在打搅吵叫的一群。郎华正在高叫着：

“不剥削人，不被人剥削的就是人。”

老桐读诗也感到无味。

“走！走啊！我们喝酒去。”

他看一看只有灵秋同意他，所以他又说：

“走，走，喝酒去。我请客……”

客请完了！差不多都是醉着回来。郎华反反复复地唱着半段歌，是维特别离绿蒂的故事。人人喜欢听，也学着唱。

听到哭声了！正像绿蒂一般年轻的姑娘被歌声引动着，哪能不哭？是谁哭？就是王女士。单身的男人在客厅中也被感动了，倒不是被歌声感动，而是被少女的明脆而好听的哭声所感动，在地心不住地打着转。尤其是老桐，他贪婪的耳朵几乎竖起来，脖子一定更长了点，他到门边去听，他故意说：

“哭什么？真没意思！”

其实老桐感到很有意思，所以他听了又听，说了又说：“没意思。”

不到几天，老桐和那女士恋爱了！那女士也和大家熟识了！也到客厅来和大家一道跳舞。从那时起，老桐的胡闹也是高等的胡闹了！

在王女士面前，他耻于再把红布包在头上，当灵秋叫他去跳滑稽舞的时候，他说：

“我不跳啦！”一点兴致也不表示。

等王女士从箱子里把粉红色的面纱取出来：

“谁来当小姑娘，我给他化装。”

“我来，我……我来……”老桐他怎能像个小姑娘？他像个长颈鹿似的跑过去。

他自己觉得很好的样子，虽然是胡闹，也总算是高等的胡闹。头上顶着面纱，规规矩矩地、平平静静地在地板上动着步。但给人的感觉无异于他脑后的颤动着红扫帚柄的感觉。

别的单身汉，就开始羡慕幸福的老桐。可是老桐的幸福还没十分摸到，那女士已经和别人恋爱了！

所以“浪漫诗人”就开始作诗。正是这时候他失一次盗：丢掉他的毛毯，所以他就作诗“哭毛毯”。哭毛毯的诗作得很多，过几天来一套，过几天又来一套。朋友们看到他就问：

“你的毛毯哭得怎样了？”

文学馆

诗歌

萧红精品选

短诗（五首）

可纪念的枫叶

红红的枫叶，
是谁送给我的！
都叫我不留意丢掉了。
若知这般别离滋味，
恨不早早地把它写上几句别离的诗。

偶然想起

去年的五月，
正是我在北平吃青杏的时节，
今年的五月，

我生活的痛苦，
真是有如青杏般地滋味！

静

晚来偏无事，
坐看天边红，
红照伊人处。
我思伊人心，
有如天边红。

栽花

你美丽的栽花的姑娘，
弄得两手污泥不嫌脏吗；
任凭你怎样的栽，
也怕栽不出一株相思的树来。

公园

树大人小，
秋心沁透人心了。

春　曲

一

那边清溪唱着，
这边树叶绿了，
姑娘啊！
春天到了。

二

我爱诗人又怕害了诗人，
因为诗人的心，
是那么美丽，
水一般地，

花一般地，
我只是舍不得摧残它，
但又怕别人摧残。
那么我何妨爱他。

三

你美好的处子诗人，
来坐在我的身边，
你的腰任意我怎样拥抱，
你的唇任意我怎样的吻，
你不敢来在我的身边吗?
诗人啊!
迟早你是逃避不了女人!

四

只有爱的踟蹰美丽，
三郎，我并不是残忍，
只喜欢看你立起来又坐下，
坐下又立起，
这其间，
正有说不出的风月。

五

谁说不怕初恋的软力！
　　就是男性怎样粗暴，
　这一刻儿，
　　也会娇羞羞地，
　为什么我要爱人！
　　只怕为这一点娇羞吧！
　但久恋他就不娇羞了。

六

当他爱我的时候，
　我没有一点力量，
　连眼睛都张不开，
我问他这是为了什么？
他说：爱惯就好了，
　啊！可珍贵的初恋之心。

苦　杯

一

带着颜色的情诗，
一只一只是写给她的，
像三年前他写给我的一样。
也许人人都是一样，
也许情诗再过三年他又写给另外一个姑娘！

二

昨夜他又写了一只诗，
我也写了一只诗，
他是写给他新的情人的，

我是写给我悲哀的心的。

三

爱情的账目，
要到失恋的时候才算的，
算也总是不够本的。

四

已经不爱我了吧！
尚与我日日争吵，
我的心潮破碎了，
他分明知道，
他又在我浸着毒一般痛苦的心上，
时时踢打。

五

往日的爱人，
为我遮避暴风雨，
而今他变成暴风雨了！
让我怎样来抵抗？
敌人的攻击，
爱人的伤悼。

六

他又去公园了，
我说：
“我也去吧！”
“你去做什么？”他自己走了。
他给他新的情人的诗说：
“有谁不爱个鸟儿似的姑娘！”
“有谁忍拒绝少女红唇的苦！”
我不是少女，
我没有红唇了，
我穿的是从厨房带来的油污的衣裳。
为生活而流浪，
我更没有少女美的心肠。

他独自走了，
他独自去享受黄昏时公园里美丽的时光。
我在家里等待着，
等待明朝再去煮米熬汤。

七

我幼时有个暴虐的父亲，
他和我的父亲一样了！
父亲是我的敌人，

而他不是，
我又怎样来对待他呢？
他说他是我同一战线上的伙伴。

八

我没有家，
我连家乡都没有，
更失去朋友，
只有一个他，
而今他又对我取着这般态度。

九

泪到眼边流回去，
流着回去浸食我的心吧！
哭又有什么用！
他的心中既不放着我，
哭也是无足轻重。

十

近来时时想要哭了，
但没有一个适当的地方：
坐在床上哭，怕是他看到；
跑到厨房里去哭，

怕是邻居看到；
在街头哭，
那些陌生的人更会哗笑。
人间对我都是无情了。

十一

说什么爱情！
说什么受难者共同走尽患难的路程！
都成了昨夜的梦，
昨夜的明灯。

沙　粒

一

七月里长起来的野菜，
八月里开花了。
我伤感它们的命运，
我赞叹它们的勇敢。

二

我爱钟楼上的铜铃，
我也爱屋檐上的麻雀，
因为从孩童时代他们就是我的小歌手呵！

三

我的窗前结着两个蛛网，
蜘蛛晚餐的时候，
也正是我晚餐的时候。

四

世界那么大！
而我却把自己的天地布置得这样狭小！

五

冬夜原来就是冷清的，
更不必再加上邻家的筝声了。

六

夜晚归来的时候，
踏着落叶而思想着远方。
头发结满水珠了，
原来是个小雨之夜。

七

从前是和孤独来斗争，
而现在是体验着这孤独。
一样的孤独，
两样的滋味。

八

本也想静静地生活，
本也想静静地工作，
但被寂寞燃烧得发狂的时候，
烟，吃吧！
酒，喝吧！
谁人没有心胸过于狭小的时候！

九

绿色的海洋，
蓝色的海洋，
我羡慕你的伟大，
我又怕你的惊险。

十

朋友和敌人我都一样的崇敬，
因为在我的灵魂上他们都画过条纹。

十一

今后将不再流泪了，
不是我心中没有悲哀，
而是这狂妄的人间迷惘了我了。

十二

和珍宝一样得来的友情，
一旦失掉了，
那刺痛就更甚于失掉了珍宝。

十三

我的胸中积满了沙石，
因此我所想望着的：
只是旷野、高天和飞鸟。

十四

蒙古的草原上，夜
和羊群一样做着梦，
那么我将是个牧羊的赤子了。

十五

偶然一开窗子，
看到了檐头的圆月。

十六

人在孤独的时候，
反而不愿意看到孤独的东西。

十七

生命为什么不挂着铃子？
不然丢了你，
怎能感到有所亡失？

十八

还没有走上沙漠，

就忍受着沙漠之渴。
那么，既走上了沙漠，
又将怎样？

十九

月圆的时候，
可以看到；
月弯的时候，
也可以看到。
但人的灵魂的偏缺，
却永也看不到。

二〇

理想的白马骑不得，
梦中的爱人爱不得。

二一

东京落雪了，
好像看到千里外的故乡。

二二

当野草在人的心上长起来时，

不必去铲锄，
也绝铲锄不了。

二三

想望得久了的东西，
反而不愿意得到。
怕的是得到那一刻的颤栗，
又怕得到后的空虚。

二四

可怜的冬朝，
无酒也无诗。

二五

失掉了爱的心板，
相同失掉了星子的天空。

二六

当悲哀，
反而忘记了悲哀，
那才是最悲哀的时候。

二七

此刻若问我什么最可怕?
我说:
泛滥了的情感最可怕。

二八

可厌的人群,
固然接近不得,
但可爱的人们又正在这可厌的人群之中;
若永远躲避着脏污,
则又永远得不到纯洁。

二九

海洋之大,
天地之广,
却恨各自的胸中狭小,
我将去了!

三〇

野犬的心情,
我不知道;

飞到异乡去的燕子的心情，
我不知道。
但自己的心情，
自己却知道。

三一

从异乡又奔向异乡，
这愿望多么渺茫，
而况送着我的是海上的波浪，
迎接着我的是乡村的风霜。

三二

只要那是真诚的，
那怕就带着点罪恶，
我也接受了。

三三

我本一无所恋，
但又觉得到处皆有所恋。
这烦乱的情绪呀！
我咒诅着你，
好像咒诅着恶魔那么咒诅。

三四

什么最痛苦，

说不出的痛苦最痛苦。

1937年1月3日 东京

拜　墓

跟着别人的脚迹，
我走进了墓地，
又跟着别人的脚迹，
来到了你的墓边。

那天是个半阴的天气，
你死后我第一次来拜访你。

我就在你的墓边竖了一株小小的花草，
但，并不是用以招吊你的亡灵，
只是说一声：久违。

我们踏着墓畔的小草，
听着附近的石匠钻刻着墓石，

或是碑文的声音。
那一刻，
胸中的肺叶跳跃起来，
我哭着你，
不是哭你，
而是哭着正义。

你的死，
总觉得是带走了正义，
虽然正义并不能被人带走。

我们走出墓门，
那送着我们的仍是铁钻击打着石头的声音，
我不敢去问那石匠，
将来他为着你将刻成怎样的碑文？

（刊于1937年4月23日《大公报》副刊《文艺》）

一粒土泥

别人对你不能知晓,
因为你是一棵亡在阵前的小草。

这消息传来的时候,
我们并不哭得嚎啕,
只是猜着你受难的日子,
在何时才得到一个这样的终了?

你的尸骨已经干败了!
我们的心上,
你还活活地走着跳着,
你的尸骨也许不存在了!
我们的心上,
你还活活地说着笑着。

苍天为什么这样地迢迢！
受难的兄弟：
你怎样终止了你最后的呼吸？
你没喝到朋友们端给你的一杯清水。

你没听到朋友们呼叫一声你的名字，
处理着你的，
完全是出于我们的敌人。

朋友们慌忙地相继而出去，
只把你一个人献给了我们的敌手，
也许临行的时候，
没留给你一言半语；

也许临行的时候，
把你来忘记！
而今你的尸骨是睡在山坡或是洼地？
要想吊你，
也无从吊起！

将来全世界的土地开满了花的时候，
那时候，
我们全要记起，

亡友剑啸，
就是这开花的一粒土泥。

（刊于 1937 年 8 月上海生活书店出版的
纪念金剑啸烈士专号《兴安岭的风雪》（单行本））

幻　觉

昨夜梦里：
听说你对那个名字叫 Marlie 的女子，
也正有意。

是在一个妩媚的郊野里，
你一个人坐在草地上写诗。
猛一抬头，你看到了丛林那边，
女人的影子。

我不相信你是有意看她，
因为你的心，不是已经给了我吗？
疏薄的林丛。
透过来疏薄的歌声；
——弯弯的眉儿似柳叶；

红红的口唇似樱桃……

春哥儿呀！
你怕不喜欢在我的怀中睡着?
这时你站起来了！仔细听听。
把你的诗册丢在地上。

我的名字常常是写在你的诗册里。
我在你诗册里翻转；
诗册在草地上翻转；
但你的心！
却在那个女子的柳眉樱唇间翻转。

你站起来又坐定，那边的歌声
又来了……！
——我的春哥儿呀！
我这里有一个酥胸，还有哪……
……青春……
你再也耐不住这歌声了！
三步两步穿过林丛——
你穿过林丛，那个女子已不见影了……！
你又转身回来，拾起你的诗册
你发出漠然的叹息！

听说这位 Marlie 姑娘生得很美
又能歌舞——

能歌舞的女子谁能说不爱呢?
你心的深处那样被她打动!

我在林丛深处,
听你也唱着这样的歌曲:
我的女郎!来,来在我身边坐地;
我有更美丽,更好听的曲子唱给你……

树条摇摇;
我心跳跳;
树条是因风而摇的,
我的心儿你却为着什么而狂跳。
我怕她坐在你身边吗?不,
我怕你唱给她什么歌曲么?也不。
只怕你曾经讲给我听的词句,
再讲给她听,
她是听不懂的。
你的歌声还不休止!
我的眼泪流到嘴了!
又听你慢慢地说一声:
将来一定与她有相识的机会。
我是坐在一块大石头上的,
我的人儿怎不变作石头般的。

我不哭了!我替我的爱人幸福!
(天啦!你的爱人儿幸福过?言之酸心!)

因为你一定是绝顶聪明，谁都爱你；
那么请把你诗册我的名字涂抹
倒不是我心嫉妒——
只怕那个女子晓得了要难过的

我感谢你，
要能把你的诗册烧掉更好，
因为那上面写过你爱我的语句
教我们那一点爱，
与时间空间共存吧！！！

同时我更希望你更买个新诗册子，
我替你把 Marile 的名字装进去，
证明你的心是给她的。
但你莫要忘记：
你可再别教她的心，在你诗册里翻转哪！
那样会伤了她的心的！
因为她还是一个少女！

我正希望这个，
把你的孤寂埋在她的青春里。
我的青春！今后情愿老死！

1932 年 7 月 30 日

（署名悄吟，刊于 1934 年 5 月 27 日

哈尔滨《国际协报》副刊《国际公园》）

八月天

八月天来了，
牵牛花都爬满栏杆了，
遮住了我的情人啊，
你为什么不出来跟我会见呢？
× × ×
我知道你是个有用的青年，
你整天工作着，计划着，
现在日西斜了，
你为什么不走出来给我会见呢？
× × ×
听说你的父亲是死在工厂里，
我的父亲也是死在工厂里，
我们两个不都是一样孤独么？
为什么不出来会见？

×××

为什么不出来呢?
你以为我是魔鬼么?
你以为我是小姐么?
我不是谁家的小姐,
我穿着和你同样褴褛的衣裳。

×××

我也和你一样忙碌,
我也和你一样计划着,
那么你为什么不出来呢?
怕爱情烧毁你的计划么?

×××

我期待你依遍门栏,
依遍晚风,
你赶快出来吧,我的情人。
你的计划就是我的计划,
我们共同相思着这个计划吧。

×××

我走进屋来,为什么眼泪流呢?
落满了襟袖。

×××

八月天过了,
为什么牵牛花永不落呢?

(署名悄吟,刊于 1933 年 8 月 13 日
长春《大同报》周刊《夜哨》第 1 期)

学馆

书信

萧红精品选

致萧军

（一）

均：

现在我很难过，很想哭。想要写信钢笔里面的墨水没有了，可是怎样也装不进来，抽进来的墨水一压又随着压出来了。

华起来就到图书馆去了，我本来也可以去，我留在家里想写一点什么，但哪里写得下去，因为我听不到你那登登上楼的声音。

这里的天气也算很热，并且讲一句话的人也没有，看的书也没有，报也没有，心情非常坏，想到街上去走走，路又不认识，话也不会讲。

昨天到神保町的书铺去了一次，但那书铺好像与我一点关系也没有，这里太生疏了，满街响着木屐的声音，我一点也听不惯这声音。这样一天一天的我不晓得怎样过下去，真是好像充军西伯利亚一样。

比我们起初来到上海的时候更感到无聊，也许慢慢的就好了，但这要一个长的时间，怕是我忍耐不了。不知道你现在准备要走了没有？我已经来了五六天了，不知为什么你还没有信来？

珂已经在十六号起身回去了。

不写了，我要出去吃饭，或者乱走走。

吟上　七月廿六十时半

（二）

均：

接到你四号写的信现在也过好几天了，这信看过后，我倒很放心，因为你快乐，并且样子也健康。

稿子我已经发出三篇，一篇小说，两篇不成形的短文。现在又要来一篇短文，这些完了之后，就不来这零碎，要来长的了。

现在十四号，你一定也开始工作了几天了吧？

鸡子你遵命了，我很高兴。

你以为我在混光阴吗？一年已经混过一个月。

我也不用羡慕你，明年阿拉自己也到青岛去享清福。我把你遣到日本岛上来——

莹　八月十四日

异　国

夜间：这窗外的树声，

听来好像家乡田野上抖动着的高粱，

但，这不是。

这是异国了，

踏踏的木屐声音有时潮水一般了。

日里：这青蓝的天空，

好像家乡六月里广茫的原野，
但，这不是，
这是异国了。
这异国的蝉鸣也好像更响了一些。

（三）

均：

今天我才是第一次自己出去走个远路，其实我看也不过三五里，但也算了，去的是神保町，那地方的书局很多，也很热闹，但自己走起来也总觉得没什么趣味，想买点什么，也没有买，又沿路走回来了。觉得很生疏，街路和风景都不同，但有黑色的河，那和徐家汇一样，上面是有破船的，船上也有女人，孩子。也是穿着破衣裳。并且那黑水的气味也一样。像这样的河巴黎也会有！

你的小伤风即然伤了许多日子也应该管他，吃点阿司匹林吧！一吃就好。

现在我庄严的告诉你一件事情，在你看到之后一定要在回信上写明！就是第一件要你买个软枕头，看过我的信就去买！硬枕头使脑神经很坏。你若不买，来信也告诉我一声，我在这边买两个给你寄去，不贵，并且很软。第二件你要买一张当作被子来用的有毛的那种单子，就像我带来那样的，不过更该厚点。你若懒得买，来信也告诉我，也为你寄去。还有，不要忘了夜里（吃）东西。没有了，以上这就是所有的这封信上的重要事情。

照像机现在你也有用了，再寄一些照片来。我在这里多少有点苦寂，不过也没什么，多写些东西也就添补起来了。

旧地重游是很有趣的，并且有那样可爱的海！你现在一定洗海澡去了好几次了？但怕你没有脱衣裳的房子。

你再来信说你这样好那样好，我可说不定也去，我的稿费也可以够了。你怕不怕？我是和（你）开玩笑，也许是假玩笑。

你随手有什么我没看过的书也寄一本两本来！实在没有书读，越寂寞就越想读书，一天到晚不说话，再加上一天到晚也不看一个字我觉得很残忍，又像我从（前）在旅馆一个人住着的那个样子。但有钱，有钱除掉吃饭也买不到别的趣味。

萧上　8月17日

（四）

均：

因为夜里发烧，一个月来，就是嘴唇，这一块那一块的破着，精神也烦躁得很，所以一直把工作停了下来。想了些无用的和辽远的想头……

买了三张画，东墙上一张北墙上一张，一张是一男一女在长廊上相会，廊口处站着一个弹琴的女人。还有一张是关于战争的，在一个破屋子里把花瓶打碎了，因为喝了酒，军人穿着绿裤子就跳舞，我最喜欢的是第三张，一个小孩睡在檐下了，在椅子上，靠着软枕。旁边来了的大概是她的母亲，在栅栏外肩着大镰刀的大概是她的父亲。那檐下方块石头的廊道，那远处微红的晚天，那茅草的屋檐，檐下开着的格窗，那孩子双双的垂着的两条小腿，真是好，不瞒你说，因为看到了那女孩好像看到自己似的，我小的时候就是那样，所以我很爱她。

……

这里没有书看，有时候自己很生气。看看《水浒》吧！看着看着就睡着了，夜半里的头痛和恶梦对于我是非常坏。前夜就是那样醒来的，而不敢再睡了。

我的那瓶红色酒，到现在还是多半瓶，前天我偶然借了房东的锅子烧了点菜，就在火盆上烧的（对了，我还没有告诉你，我已经买了火盆，前天是星期日，我来试试）。小桌子，摆好了，但吃起来不是滋味，于是反受了感触，我虽不是什么多情的人，但也有些感触，于是把房东的孩子唤来，对面吃了。

地震，真是骇人，小的没有什么，上次震得可不小，两三分钟，房子格格地响着，表在墙上摇着。天还未明，我开了灯，也被震灭了，我梦里梦懵的穿着短衣裳跑下楼去。房东也起来了，他们好像要逃的样子，隔壁老太婆叫唤着我，开着门，人却没有应声，等她看到我是在楼下，大家大笑了一场。

纸烟向来不抽了，可是近几天忽然又挂在嘴上。

胃很好，很能吃，就好像我们在顶穷的时候那样，就连块面包皮也是喜欢的，点心之类，不敢买，买了就放不下。也许因为日本饭没有油水的关系，早饭一毛钱，晚饭二毛钱，中午两片面包一瓶牛奶。越能吃，我越节制着它。我想胃病好了也就是这个原因。但是闲饥难忍，这是不错的。但就把自己布置到这里了，精神上的不能忍也忍了下去，何况这一个饥呢？

又收到了五十元的汇票，不少了。你的费用也不小，再有钱就留下你用吧，明年一月末，照预算是够了的。

前些日子，总梦想着今冬要去滑冰，这里的别的东西都贵，只有滑冰鞋又好又便宜，旧货店门口，挂着的崭新的，简直看不出是旧货，鞋和刀子都好，十一元。还有八九元的也好。但滑冰场一点钟的门票五角，还离得很远，车钱不算，我合计一下，这干不得。我又打算随时买一点旧画，中国是没处买的，一方面留着带回国去，一方面围着火炉看一看，消消寂寞。均：你是还没过过这样的生活，和蛹一样，自己被卷在茧里去了。希望固然有，目的也固然有，但是都那么远和那么大。人尽靠着远的和大的来生活是不行的，虽然生活是为着将来而不是为着现在。

窗上洒满着白月的当儿，我愿意关了灯，坐下来沉默一些时候，就在这沉默中，忽然像有警钟似的来到我的心上：“这不就是我的黄金时代吗？此刻。”于是我摸着桌布，回身摸着藤椅的边沿，而后把手举到面前，模模糊糊的，但确认定这是自己的手，而后再看到那单细的窗棂上去。是的，自己就在日本，自由和舒适，平静和安闲，经济一点也不压迫，这真是黄金时代，是在笼子过的。从此我又想到了别的，什么事来到我这里就不对了，也不是时候了。对于自己的平安，显然是有些不惯，所以又爱这平安，又怕这平安。

均：上面又写了一些怕又引起你误解的一些话，因为一向你看得我很弱。

前天我还给奇一信。这信就给她看吧！

许君处，替我问候。

吟　11月19日

（五）

军：

关于周先生的死，二十一日的报上，我就渺渺茫茫知道一点，但我不相信自己是对的，我跑去问了那唯一的熟人，她说：“你是不懂日本文的，你看错了。”我很希望我是看错，所以很安心的回来了。虽然去的时候是流着眼泪。

昨夜，我是不能不哭了，我看到一张中国报上清清楚楚登着他的照片，而且那么痛苦的一刻。可惜我的哭声不能和你们的哭声混在一道。

现在他已经是离开我们五天了，不知现在他睡到哪里去了？虽然在三个月前向他告别的时候，他是坐在藤椅上，而且说："每到码头，就有验病的上来，不要怕，中国人就专会吓唬中国人，茶房就会说：验病的来啦！来啦！……"

我等着你的信来。

可怕的是许女士的悲痛，想个法子，好好安慰着她，最好是使她不要静下来，多多的和她来往。过了这一个最难忍的痛苦的初期，以后总是比开头容易平伏下来。还有那孩子，我真不能够想象了。我想一步踏了回来，这想象的时间，在一个完全孤独了的人是多么可怕！

最后你替我去送一个花圈或是什么！

告诉许女士：看在孩子的面上，不要太多哭。

红　1936.10.24

（六）

三郎：

廿四日的信，早接到了，汇票今天才来。

于（郁）达夫的讲演今天听过了，会场不大，差一点没把门挤下来，我虽然是买了票的，但也和没有买票的一样，没有得到位置，是被压在了门口，还好，看人还不讨厌。

近年水果吃得很多，因为大便不通的缘故，每次大便必要流血。

东亚学校，十二月二十三日第一期终了，第二期我打算到一个私人教授的地方去读，一面是读读小说，一方面可以少费一些时间，这两个月什么也没有写，大概也许太忙了的缘故。

寄来那张译的原稿也读过了，很不错，文章刚发表就有人注意到了。

这里的天气还不算冷，房间里生了火盆，它就像一个伙伴似的陪着我。花，不买了，酒也不想喝，对于一切都不大有趣味，夜里看着窗棂和空空的四壁，对于一个年青的有热情的人，这是绝大的残酷，但对于我还好，人到了中年总是能熬住一点火焰的。

珂要来就来吧！可能照理他的地方，照理他一点，不能的地方就让他自己找路走，至于“被迫”，我也想不出来被什么所迫。

奇她们已经安定下来了吧？两三年的工夫，就都兵荒马乱起来了，牵牛房的那些朋友们，都东流西散了。

许女士也是命苦的人，小时候就死去了父母，她读书的时候，也是勉强挣扎着读的，她为人家做过家庭教师，还在课余替人家抄写过什么纸张，她被传染了猩红热的时候是在朋友的父亲家里养好的。这可见她过去的孤零，可是现在又孤零了。孩子还小，还不能懂得母亲。既然住得很近，你可替我多跑两趟。别的朋友也可约同他们常到她家去玩，L. 没完成的事业，我们是接受下来了，但他的爱人，留给谁了呢？

不写了，祝好。

荣子　1936.11.2

（七）

军：

昨天又寄了一信，我总觉我的信都寄得那么慢，不然为什么已经这些天了还没能知道一点你的消息？其实是我个人性急而不推想一下邮便所必须费去的日子。

连这封信，是第四封了。我想那时候我真是为别离所慌乱了，不然为什么写错了一个号数？就连昨天寄的这信，也写的是那个错的号数，不知可能不丢么？

我虽写信并不写什么痛苦的字眼，说话也尽是欢乐的话语，但我的心就像被浸在毒汁里那么黑暗，浸得久了，或者我的心会被淹死的，我知道这是不对，我时时在批判着自己，但这是情感，我批判不了，我知道炎暑是并不长久的，过了炎暑大概就可以来了秋凉。但明明是知道，明明又做不到。正在口渴的那一刹，觉得口渴那个真理，就是世界上顶高的真理。

既然那样我看你还是搬个家的好。

关于珂，我主张既然能够去江西，还是去江西的好，我们的生活也没有一定，他也跟着跑来跑去，还不如让他去安定一个时期，或者上冬，我们有一定了，再让他来，年青人吃点苦好，总比有苦留着后来吃强。

昨天我又去周家一次，这次是宣武门外的那个桥，达智桥，二十五号也找到了，巧得很，也是个粮米店，并没有任何住户。

这几天我又恢复了夜里骇怕的毛病，并且在梦中常常生起死的那个观念。

痛苦的人生啊！服毒的人生啊！

我常常怀疑自己或者我怕是忍耐不住了吧？我的神经或者比丝线还细了吧？

我是多么替自己避免着这种想头，但还有比正在经验着的还更真切的吗？我现在就正在经验着。

我哭，我也是不能哭。不允许我哭，失掉了哭的自由了。我不知为什么把自己弄得这样，连精神都给自己上了枷锁了。

这回的心情还不比去日本的心情，什么能救了我呀！上帝！什么能救了我呀！我一定要用曾经把我建设起来的那只手把自己来打碎吗？

祝好！

荣子　五月四日

所有我们的书若有精装请各寄一本来。

致流亡异地的东北同胞书

沦落在异地的东北同胞们：

当每个中秋的月亮快圆的时候，我们的心总被悲哀装满。想起高粱油绿的叶子，想起白发的母亲或幼年的亲眷。

他们的希望曾随着秋天的满月，在幻想中赊取了十次。而每次都是月亮如期的圆了，而你们的希望却随着高粱叶子萎落。但是，自从“八·一三”之后，上海的炮火响了，中国政府的积极抗战揭开，成了习惯的愁惨的日子，却在炮火的交响里，焕成了鼓动、兴奋和感激。这时，你们一定也流泪了，这是鼓舞的泪，兴奋的泪，感激的泪。

记得抗战以后，第一个可欢笑的“九·一八”是怎样纪念的呢？

中国飞行员在这天作了突击的工作。他们对于出云舰的袭击作了出色的成绩。

那夜里，江面上的日本神经质的高射炮手，浪费的惊恐的射着炮弹，用红色的绿色的淡蓝色的炮弹把天空染红了。但是我们的飞行员，仍然以精确的技巧和沉毅的态度（他们有好多是东北的飞行员）来攻击这摧毁文化摧残和平的法西斯魔手。几百万的市民都仰起头来寻觅——其实他们什么也看不见的，但他们一定要看，在黑越越的天空里，他们看见了我们民族的自信和人类应有的光辉。

第一个煽惑起东北同胞的思想的是：

“我们就要回老家了！”

家乡多么好呀，土地是宽阔的，粮食是充足的，有顶黄的金子，有顶亮的煤，鸽子在门楼上飞，鸡在柳树下啼着，马群越着原野而来，黄豆像潮水似的在铁道上翻涌。

人类对着家乡是何等的怀恋呀，黑人对着“迪斯”痛苦的向往，爱尔兰的诗人夏芝一定要回到那“蜂房一窠，菜畦九垅”的“茵尼斯”去不可，水手约翰·曼殊斐尔（英国桂冠诗人）狂热的要回到海上。

但是等待了十年的东北同胞，十年如一日，我们心的火越着越亮，而且路子显现得越来越清楚。我们知道我们的路，我们知道我们的作战的位置——我们的位置，就是站在别人的前边的那个位置。我们应该是第一个打开了门而是最末走进去的人。

抗战到现在已经遭遇到最艰苦的阶段，而且也就是最后胜利接触的阶段。在贾克伦敦所写的一篇短篇小说上，描写两个拳师在冲击的斗争里，只系于最后的一拳。而那个可怜的老拳师，所以失败了的原因，也只在少吃了一块“牛扒”。假如事先他能吃得饱一点，胜利一定是他。中国的胜利是经过了这个最后的阶段，而东北人民在这里是决定的一环。

东北流亡同胞们，我们的地大物博，决定了我们的沉着毅勇，正如敌人的家当使他们急功切进一样。在最后的斗争里，谁打得最沉着，谁就会得胜。

我们应该献身给祖国作前卫工作，就如我们应该把失地收复一样，这是我们的命运。

东北流亡同胞，为了失去的地面上的大豆，高粱，努力吧！为了失去的土地的年老的母亲，努力吧！为了失去的地面上的痛心的一切的记忆，努力吧！

谨此即颂

1941 年

九一八致弟弟书

可弟：小战士，你也做了战士了，这是我想不到的。

世事恍恍惚惚的就过了；记得这十年中只有那么一个短促的时间是与你相处的，那时间短到如何程度，现在想起就像连你的面孔还没有来得及记住，而你就去了。

记得当我们都是小孩子的时候，当我离开家的时候，那一天的早晨你还在大门外和一群孩子们玩着，那时你才是十三四岁的孩子. 你什么也不懂，你看着我离开家向南大道上奔去，向着那白银似的满铺着雪的无边的大地奔去。你连招呼都不招呼，你恋着玩，对于我的出走，你连看我也不看。

而事隔六七年，你也就长大了，有时写信给我，因为我的漂流不定，信有时收到，有时收不到。但在收到信中我读了之后，竟看不见你，不是因为那信不是你写的，而是在那信里边你所说的话，都不像是你说的。这个不怪你，都只怪我的记忆力顽强，我就总记着，那顽皮的孩子是你，会写了这样的信的，会说了这样的话的，哪能够是你。比方说——生活在这边，前途是没有希望，等等……

这是什么人给我的信，我看了非常的生疏，又非常的新鲜，但心里边都不表示什么同情，因为我总有一个印象，你晓得什么，你小孩子.所以我回你的信的时候，总是愿意说一些空话，问一问家里的樱桃树这几年结樱桃多少？红玫瑰依旧开花否？或者是看门的大白狗怎样了？关于你的回信。说祖父的坟头上长了一棵小树。在这样的话里，我才体味到这信是弟弟写给我的。

但是没有读过你的几封这样的信，我又走了。越走越离得你远了，从前是离着你千百里远，那以后就是几千里了。

而后你追到我最先住的那地方，去找我，看门的人说，我已不在了。

而后婉转的你又来了信，说为着我在那地方，才转学也到那地方来念书。可是你扑空了。我已经从海上走了。

可弟，我们都是自幼没有见过海的孩子，可是要沿着海往南下去了，海是生疏的，我们怕，但是也就上了海船，飘飘荡荡的。前边没有什么一定的目的，也就往前走了。

那时到海上来的。还没有你们，而我是最初的。我想起来一个笑话，我们小的时候，祖父常讲给我们听，我们本是山东人，我们的曾祖，担着担子逃荒到关东的。而我们又将是那个未来的曾祖了，我们的后代也许会在那里说着，从前他们也有一个曾祖，坐着渔船，逃荒到南方的。

我来到南方，你就不再有后来。一年多又不知道你那方面的情形了。

不知多久，忽然又有信来，是来自东京的，说你是在那边念书了。恰巧那年我也要到东京去看看。立刻我写了一封情给你，你说暑假要回家的，我写信问你，是不是想看看我，我大概七月下旬可到。

我想这一次可以看到你了。这是多么出奇的一个奇遇。因为想也想不到，会在这样一个地方相遇的。

我一到东京就写信给你，你住的是神田町，多少多少番。本来你那地方是很近的，我可以请朋友带了我去找你。但是因为我们已经不是一个国度的人了，姐姐是另一国的人，弟弟又是另一国的人。直接的找你，怕与你有什么不便。信写去了，约的是第三天的下午六点在某某饭馆等我。

那天，我特别穿了一件红衣裳，使你很容易的可以看见我。我五点钟就等在那里，因为我在猜想，你如果来，你一定要早来的。我想你看到了我，你多少喜欢。而我也想到了，假如到了六点钟不来，那大概就是已经不在了。

一直到了六点钟，没有人来，我又多等了一刻钟，我又多等了半点钟，我想或者你有事情会来晚了的。到最后的几分钟，竟想到，大概你来过了，或者已经不认识我了，因为始终看不见你，第二天，我想还是到你住的地方看一趟，你那小房是很小的。有一个老婆婆，穿着灰色大袖子衣裳，她说你已经在月初走了，离开了东京了，但你那房子里还下着竹帘子呢。帘子里头静悄悄的，好像你在里边睡午觉的。

半年之后，我还没有回上海，不知怎么的，你又来了信，这信是来自上海的，说你已经到了上海，是到上海找我的。

我想这可糟了，又来了一个小吉卜西。

这流浪的生活，怕你过不惯，也怕你受不住。

但你说，“你可以过得惯，为什么我过不惯。”

于是你就在上海住下了。

等我一回到上海，你每天到我的住处来，有时我不在家，你就在楼廊等着，你就睡在楼廊的椅子上，我看见了你的黑黑的人影，我的心里充满了慌乱。我想这些流浪的年轻人，都将流浪到哪里去，常常在街上碰到你们的一伙，你们都是年轻的，都是北方的粗直的青年。内心充满了力量，你们是被逼着来到这人地生疏的地方，你们都怀着万分的勇敢，只有向前，没有回头。但是你们都充满了饥饿，所以每天到处找工作。你们是可怕的一群，在街上落叶似的被秋风卷着，寒冷来的时候，只有弯着腰，抱着膀，打着寒颤。肚里饿着的时候，我猜得到，你们彼此的乱跑，到处看看，谁有可吃的东西。

在这种情形之下，从家跑来的人，还是一天一天的增加，这自然都说是以往，而并非是现在。现在我们已经抗战四年了。在世界上还有谁不知我们中国的英勇，自然而今你们都是战士了。

不过在那时候，因此我就有许多不安。我想将来你到什么地方去，并且做什么?

那时你不知我心里的忧郁，你总是早上来笑着，晚上来笑着。似乎不知道为什么你已经得到了无限的安慰了。似乎是你所存在的地方，已经绝对的安然了，进到我屋子来，看到可吃的就吃，看到书就翻，累了，躺在床上就休息。

你那种傻里傻气的样子，我看了，有的时候，觉得讨厌，有的时候也觉得喜欢，虽是欢喜了，但还是心口不一地说："快起来吧，这么懒。"

不多时就七七事变，很快你就决定了，到西北去，做抗日军去。

你走的那天晚上，满天都是星，就像幼年我们在黄瓜架下捉着虫子的那样的夜，那样黑黑的夜，那样飞着萤虫的夜。

你走了，你的眼睛不大看我，我也没有同你讲什么话。我送你到了台阶上，到了院里，你就走了。那时我心里不知道想什么，不知道愿意让你走，还是不愿意。只觉得恍恍惚惚的，把过去的许多年的生活都翻了一个新，事事都显得特别真切，又都显得特别的模糊，真所谓有如梦寐了。

可弟，你从小就苍白，不健康．而今虽然长得很高了，仍旧是苍白不健康，看你的读书，行路，一切都是勉强支持。精神是好的，体力是坏的，我很怕你走到别的地方去，支持不住，可是我又不能劝你回家，因为你的心里充满了诱惑，你的眼里充满了禁果。

恰巧在抗战不久，我也到山西去，有人告诉我你在洪洞的前线，离着我很近，我转给你一封信，我想没有两天就可看到你了。那时我心里可开心极了，因为我看到不少和你那样年轻的孩子们，他们快乐而活泼，他们跑着跑着，当工作的时候嘴里唱着歌。这一群快乐的小战士，胜利一定属于你们的，你们也拿枪，你们也担水，中国有你们，中国是不会亡的。因为我的心里充满了微笑。虽然我给你的信你没有收到，我也没能看见你，但我不知为什么竟很放心，就像见到了你的一样。因为你也是他们之中的一个，于是我就把你忘了。

但是从那以后，你的音信一点也没有的。而至今已经四年了，你到底没有信来。

我本来不常想你，不过现在想起你来了，你为什么不来信。

于是我想，这都是我的不好，我在前边引诱了你。

今天又快到九一八了，写了以上这些，以遣胸中的忧闷。

愿你在远方快乐和健康。

致许先生

许先生：

还是在十二月里，我听说霞飞坊着火，而被烧的是先生的家。这谣传很久了，不过我是十二月听到的。看到你的信，我才知道，晓得那件事已经很晚了，那还是十月里的事情。但这次来的很好，因为关心这件事情的人太多，延安和成都，都有人来信问过。再说二周年祭，重庆也开了会，可是那时候我不能去参加，那理由你也晓得的。你说叫我收集一些当时的报纸，现在算起，过了两个月了，但怕你的贴报簿仍没有重庆的篇幅，所以我还是在收集，以后挂号寄上。因为过时之故，所以不能收集得快，而且也怕不全。这都是我这样的年轻人做事不留心的缘故，不然何必现在收集呢？不是本来应该留起的吗？

名叫《鲁迅》的刊物，至今尚未出。替转的那几张信，谢谢你。你交了白卷，我不生气（因为我不敢），所以我也不小气，打算给你写文的。不知现在时间已过你要不要？

《鲁迅》那刊物不该打算出得那样急，为的是赶二周年。因为周先生去世之后，算算自己做的事情太少，就心急起来。心急是不行的，周先生说过，这心急要拉得长，所以这刊物我始终计算着有机会就要出的。年底看，在这一年中，各种方法我都想，想法收集稿子，想法弄出版关系，即最后还想自己弄钱。这三条都是要紧的，尤其是关于稿子。这刊物要名实合一，要外表也漂亮，因为导师喜欢好的装修（漂亮书），因为导师的名字不敢侮辱，要选极好极好的作品，做编辑的要铁面无私，要宁缺勿滥；所以不出月刊，不出定期刊，有钱有稿就出一本，不管春夏秋冬，不管三月五月，整理好就出一本，本头要厚，出一本就是一本。载一长篇，三两篇短篇，散文一篇，诗有好的要一篇，没有好的不要。关于周先生，要每期都有关于他的文章。研究，传记，……所以先想请你作传记的工作（就是写回忆文），这很对不起，我不应该就这样指定，我的意思不是指定，就是请你具体的赞同。还请茅盾先生，台静农先生……若赞同就是写稿。但这稿也并不收在我手里（登出一期，再写信讨来一段），因为内地警报多，怕烧毁。文章越长越好，研究我们的导师非长文不够用。在这一年之中，大概你总可写出几万字的，就是这刊物不管怎样努力也不能出的话，那时就请你出单行本吧，我们都是要读的。导师的长处，我们知道得太少了，想做好人是难的。其实导师的文章就够了，绞了那么多心血给我们还不够吗？但是我们这一群年轻人非常笨，笨得就像一块石，假若看了导师怎样对朋友，怎样谈闲天，怎样看电影，怎样包一本书，怎样用剪子连包书的麻绳都剪得整整齐齐。那或者帮助我们做成一个人更快一点，因为我们连吃饭走路都得根本学习的，我代表青年们向你呼求，向你要素。

我们在这里一谈起话来就是导师导师，不称周先生也不称鲁迅先生，

你或者还没有机会听到，这声音是到处响着的，好像街上的车轮，好像檐前的滴水。（下略）

萧红上，3 月 14 日